Klarant Verlag

Bärbel Muschiol wurde 1986 in Weilheim, Oberbayern, geboren. Glücklich verheiratet lebt und arbeitet sie mit ihrem Mann und ihren zwei Kindern heute noch immer im tiefsten Bayern. Im Genre Erotik und in der Belletristik hat sich die Autorin mittlerweile einen festen Platz in den Bestsellerlisten geschaffen.

Bärbel Muschiol

Rocker Zorn

Klarant Verlag

Klarant Verlag, www.klarant.de
ISBN: 978-3-96586-793-2
1. Auflage, 2023
Umschlagabbildung: Klarant Verlag unter Verwendung von shutterstock-Bildern.

Printed in the EU.

Die Schöne und das Biest
Save a Harley, Ride a Biker

Prolog – Der Abschiedsfick

Jacob

„Du verlässt mich?"

Fassungslos starre ich mein Mädchen an und kann nicht fassen, dass das gerade wirklich passiert.

Das muss ein Scherz sein, ein schlechter Witz!

„Nein! Falsch, Jacob. Du verlässt mich!"

Okay. Es ist ein Scherz.

„Ich gehe in den Knast. Ich verlasse dich nicht."

Zoey zuckt mit den Schultern.

„Das kommt für mich aufs Gleiche raus."

„Es ist nicht das Gleiche. Ich mache das ja nicht freiwillig."

Sie stürmt an mir vorbei, verschwindet im Badezimmer und stopft eine Minute später ihren ganzen Schminkkram in ihren aufgeklappten auf dem Bett liegenden Koffer, während sie wieder und wieder leise murmelnd meine Worte wiederholt.

„Nicht freiwillig? Nicht freiwillig? Von wegen!"

Sie bleibt stehen, streicht sich die dunklen Locken aus dem Gesicht und wirbelt dann mit traurigen Augen und ausgestrecktem Zeigefinger herum.

„Du hast dich dafür entschieden, dem *Poison Death Motorcycle Club* beizutreten. Es war deine Entscheidung. Niemand hat dich dazu gezwungen. Du hast es freiwillig getan. Es war also sehr wohl deine Entscheidung, Jacob."

Zoey spricht meinen Namen aus, als wäre er Gift, dann kommt sie auf mich zu und stößt mir ihren Finger in die Brust.

„Wage es ja nie wieder, zu behaupten, dass es nicht deine Entscheidung war. Denn das ist eine Lüge."

Fuck!

Sie verdreht alles.

„Wir reden hier nicht vom Club, sondern vom Knast, das sind zwei völlig unterschiedliche Dinge."

Die Frau, die ich mehr als alles auf der Welt liebe, verdreht genervt die Augen.

„Nein, das ist genau dasselbe!"

„Ist es nicht."

Ihre Gesichtsfarbe wird immer dunkelroter.

So verdammt wütend habe ich sie noch nie gesehen.

Und Zoey hat ein Talent, auf mich wütend zu sein.

„Der Club ist kriminell. Er hält sich nicht an das Gesetz und macht jede Menge krumme, gefährliche Geschäfte. Es war also nur eine Frage der Zeit, bis du erwischt wirst und einfährst."

Ihr Finger rammt sich erneut gegen meine Brust.

„Es. War. Deine. Entscheidung."

Bei jedem Wort stößt sie erneut zu, so, als wolle sie damit den Wahrheitsgehalt ihrer Aussage unterstreichen.

Ich will etwas sagen und mich verteidigen, aber der Blick, mit dem sie mich ansieht, bringt mich dazu, besser die Klappe zu halten.

„Du hast dich für den Club und gegen mich entschieden und jetzt musst du mit den daraus resultierenden Konsequenzen leben."

Damit dreht sie sich um, lässt mich stehen und packt weiter ihre Sachen.

Fuck! Fuck! Fuck!

„Du weißt, warum ich den *Poison Deaths* beigetreten bin."

„Ja, weil du einfach nie erwachsen wirst."

Bullshit!

Sie ist einundzwanzig, ich bin acht Jahre älter.

Wenn einer von uns erwachsen ist, dann ja wohl ich.

„Ich bin dem MC beigetreten, weil ich da ordentlich Kohle verdienen kann."

Das ist nur ein Teil der Wahrheit. Ich wollte schon immer ein *Poison Death* werden. Und als ich gehört habe, dass sie nach Anwärtern suchen, habe ich keine Sekunde gezögert.

Jetzt trage ich das Leder seit einem halben Jahr – Halbzeit.

Als Anwärter muss man sich zwölf Monate beweisen, was bedeutet, dass noch sechs Monate vor mir liegen.

Sechs Monate – aber jetzt erwartet mich erst mal ein Jahr Knast.

Klar ist das beschissen!

Aber *Fuck*!

Was Zoey nicht weiß, ist, dass ich mit Skyler, dem Präsidenten des *Poison Death Motorcycle Clubs* einen Deal habe.

Ich halte für den Club den Kopf hin und werde dafür am Tag meiner Entlassung zum vollwertigen Member.

„Wir wären auch ohne das Geld klargekommen."

Sie wirft ihren Koffer zu, lässt sich direkt vor ihm auf den Boden sinken und sieht mich traurig an. Sämtliche Wut scheint verschwunden zu sein, in ihrem Blick liegt nichts als Verzweiflung.

„Du bist ein Jahr weg, Jacob. Ein ganzes verfluchtes Jahr. Das ist eine Ewigkeit."

Ich schüttle den Kopf, gehe vor ihr in die Hocke und sehe ihr direkt in die Augen.

„Nein, es sind nur zwölf Monate. Du wirst sehen, die Zeit vergeht wie im Flug und ich bin ganz schnell wieder bei dir."

Dicke Tränen rinnen ihr über die Wangen.

„Du bist so ein Arschloch!"

Ein Schluchzen schüttelt sie durch. Zu meiner Erleichterung lässt sie sich widerstandslos in meine Arme ziehen und von mir trösten.

Jetzt sitzen wir beide auf dem Boden, ihre salzigen Tränen tropfen auf meine Kutte, so als würden sie das Leben, für das ich mich entschieden habe, verhöhnen.

„Ich liebe dich, Babe."

Zoey schweigt.

Anstatt die Worte zu sagen, die ich so dringend hören muss, haucht sie mir einen Kuss auf den Hals, beißt sich dann an meinem Kiefer fest und lässt ihre winzigen Hände unter meine Kutte gleiten.

Die Stimmung zwischen uns schlägt um, aus Wut und Verzweiflung wird Lust.

Ich zögere nicht, beanspruche ihren Mund für mich und nehme mir so viel von meinem Mädchen, wie ich nur kriegen kann.

„Du gehörst mir, Zoey. Nur mir!"

Sie nickt, krabbelt auf mich und öffnet meine Jeans, während ich ihren Rock hochschiebe und ihren Slip zerreiße.

Eine Sekunde später nimmt sie auf mir Platz und lässt sich langsam und kontrolliert auf mich gleiten. Sie setzt sich, mein Schwanz dringt dabei tief in sie ein und füllt sie bis zum letzten Millimeter aus.

Ihr lustvolles Stöhnen vermischt sich mit meinem Knurren, während sie sich auf meinem Brustkorb abstützt.

Dafür würde ich töten. Dafür würde ich sterben. Zoey ...

Ein Jahr Knast. Das ist gar nichts.

Zumindest nicht im Vergleich zu unserem restlichen Leben.

„Wir schaffen das, Babe. Wir schaffen das zusammen."

Sie sagt nichts, sondern fängt erneut an zu weinen.

Als ob sie mich bestrafen wolle, bewegt sie sich langsam und kontrolliert, sie quält uns beide. Meine Sicherungen brennen durch.

„Vergiss es, Süße!"

Mit einer Drehung positioniere ich sie unter mir, drücke sie mit meinem Gewicht auf den Boden und hake ihre Beine an meinen Schultern ein.

In dieser Position stoße ich noch tiefer in sie hinein, entlocke ihr spitze Schreie und gebe uns beiden, was wir brauchen.

„Ich lasse nicht zu, dass du mich verlässt. Ich erlaube es nicht!“

Dazu sagt sie nichts, sondern sieht mich einfach weiter aus ihren großen grünen Augen an.

Die Lust packt mich, meine Muskeln zucken und ihr Inneres zieht sich zusammen.

Ich erkenne, dass sie kurz davor ist zu kommen, reibe mit dem Daumen über ihre Klit und bringe sie so zum Zucken.

„Jacob ...“

Sie haucht meinen Namen, ihre Pupillen werden groß, dann explodiert sie um meinen Schwanz herum und reißt mich mit sich.

Ihre Finger sind in meiner Kutte vergraben.

Sie hält mich fest, so als ob sie verhindern wollte, dass ich sie verlasse.

Was eine gewisse Ironie birgt, schließlich ist sie diejenige, die mit mir Schluss machen will.

Zoeys Orgasmus zieht sich in die Länge, sie zuckt und schluchzt und weigert sich, mich anzusehen.

Es reicht!

Viel zu grob schlinge ich meine Finger um ihren Kiefer, halte ihn fest und drehe ihren Kopf in meine Richtung.

„Schau mich an!“

Sie ignoriert meinen Befehl.

„Schau mich an, Babe!“

Anstatt endlich zu tun, was ich verlange, schließt sie die Augen.

„Fuck, Babe! Es ist doch nur ein Jahr. Wir haben den Rest unseres Lebens. Außerdem kannst du mich besuchen kommen.“

Keine Reaktion.

Der Zorn, der in mir wütet, frisst mich beinahe auf.

Anstatt endlich mit mir zu reden, bewegt sie sich etwas, sodass mein erschlaffendes Glied aus ihr herausrutscht.

„Geh von mir runter.“

Ich bleibe auf ihr liegen, zumindest bis sie ein leises „bitte“ hinterherschickt.

Mit fest zusammengebissenen Zähnen stehe ich auf, ziehe meine Jeans hoch und packe meinen Schwanz ein.

Mit viel zu schnell kommenden Atemzügen beobachte ich meine Frau dabei, wie sie ihren Rock nach unten zieht und sich vor mir bedeckt.

„Der Bus geht in einer Stunde. Ich muss los.“

Wie bitte?

„Das kann nicht dein Ernst sein!“

Sie nickt.

„Ich muss gehen. Wenn ich bleibe, ziehst du mich in deine Welt und das kann ich einfach nicht zulassen."

Ach ja? Und warum nicht?

„Was ist so schlimm an meiner Welt, dass du die Flucht ergreifst?"

„Der Knast, die Gewalt, die Gefahr, das, was du tust. Mir gefällt nicht, zu welcher Art Mann du geworden bist, seit du das Leder angezogen hast."

Ich höre alles, doch ich verstehe kein einziges Wort.

„Willst du mich verarschen? Dir gefällt nicht, zu wem ich geworden bin?"

Sie nickt.

Mein Herz schmerzt und blutet.

„Was sollte das dann gerade ...?" Zuerst verstehe ich gar nichts, doch dann wird mir alles klar. „War das ein Abschiedsfick?"

Sie nickt. In mir breitet sich eine solche Kälte aus, dass es sich so anfühlt, als würde ich innerlich erfrieren.

„Es tut mir leid, Jacob. Aber ich muss gehen, und wenn du mich liebst, wirst du mich nicht davon abhalten."

Wenn ich sie liebe? *Wenn?* Soll das ein Scherz sein?

„Du weißt genau, dass ich das tue!"

„Dann lass mich gehen."

Für eine Weile sehe ich sie einfach nur schweigend an, die Kälte nimmt zu, mein Herz bricht, die scharfkantigen Splitter bohren sich in meine Brust.

Ich fühle mich, als wäre ich gerade gestorben. Aber warum lebe ich dann noch?

„Dann geh!"

Sie nickt, schnappt sich den Koffer und marschiert an mir vorbei.

Ich sehe ihr fassungslos nach und kann nicht verstehen, dass das gerade passiert.

Der einzige Mensch, die einzige Frau, die ich liebe, verlässt mich und sie nimmt mein Herz mit.

Müsste ich nicht morgen Früh um acht Uhr zum Haftantritt, würde ich ihr folgen, ich würde sie packen, zurückschleppen und so lange ficken, bis sie körperlich gar nicht mehr in der Lage wäre, vor mir davonzurennen.

Und dann, wenn sie erschöpft und befriedigt in meinem Bett liegen würde, würde ich mit ihr reden. Nicht dass Worte meine Stärke wären ...

Aber Fuck!

Was bliebe mir anderes übrig?

So aber lasse ich sie ziehen, höre, wie die Türe hinter ihr ins Schloss fällt und balle die Fäuste.

Mir ist schlecht, mein Schädel dröhnt und meine Brust ist so schwer, als wäre sie mit Steinen gefüllt.

Ich fliege, falle, stürze ins Wasser und gehe unter ...

Meine Gefühle ertränken mich.

Alles, was ich will, ist, ihr nachzulaufen und sie einzufangen.

Doch jetzt ist nicht der richtige Zeitpunkt dafür.

Bloody Hell!

Vielleicht würde es mir gelingen, sie zum Bleiben zu überreden, aber spätestens, wenn ich morgen für ein Jahr ins Gefängnis wandere, würde sie doch wieder gehen.

Die Machtlosigkeit, die sich in mir ausbreitet, bringt mich dazu, gegen die Wand neben mir zu boxen.

Meine Haut reißt, die Knochen knacken, der scharfe Schmerz, der an meinem Arm nach oben zuckt und in meiner Schulter explodiert, lenkt mich von der Pein in meinem Inneren ab.

Zufrieden sehe ich dabei zu, wie etwas Putz und Farbe zu Boden rieseln. Das Wissen, dass noch etwas anderes außer mir zerstört wurde, beruhigt mich etwas.

Holy Shit!

Die Wohnung, in der ich mit Zoey lebe, gehört dem Club, was bedeutet, dass ich mir keine Sorgen um meine Sachen oder um die Mietzahlung machen muss.

Das ist gut.

So habe ich zumindest die Gewissheit, dass mein Mädchen ein Zuhause hat, falls es sich dazu entscheidet, nach Spokane und zu mir zurückzukommen.

Mit einem Fluch schalte ich das Licht aus, ziehe die Türe hinter mir zu, gehe zu meinem Bike, steige auf und fahre zurück zum Clubhaus der *Poison Deaths,* das sich im Westen am Stadtrand befindet.

Es war nicht geplant, meine letzte Nacht in Freiheit ohne Zoey zu verbringen.

Um ehrlich zu sein, wäre ich nie auf die Idee gekommen, dass mich meine Frau jemals verlassen könnte.

In meinem Kopf stand schon immer ein dickes ‚FÜR IMMER' geschrieben.

Zurück im Club schnappe ich mir eine Flasche Whisky und mache mich auf die Suche nach Alex, unserem Tätowierer.

Ich brauche eine Erinnerung, ich brauche Zoeys Gesicht auf meiner Haut, anders werde ich die kommenden zwölf Monate keinesfalls durchstehen.

Ich ziehe mein Lieblingsfoto von ihr aus der Innentasche meiner Kutte und knalle es Alex, der mit einem Bleistift in der Hand über einer neuen Zeichnung sitzt, vor die Nase.

„Kannst du mir das stechen?"

„Heute nicht, Bro. Morgen."

Er macht sich nicht mal die Mühe, mich anzusehen.

„Ich habe aber kein Morgen."

Sein Kopf zuckt hoch, er sieht mich an, dann schaut er das erste Mal wirklich auf das Bild vor ihm.

Mit einem Zischen lässt er den Stift fallen und nickt mir zu.

„Na schön. Du bekommst dein Tattoo."

Ich klemme mir eine Kippe in den Mundwinkel und zünde sie an.

„Wo willst du es hinhaben?"

„Auf den Arm."

Seine Augenbrauen wandern nach oben.

„Sicher?"

„Fuck! Ja!"

Während er die Liege desinfiziert und sich sterile Einmalhandschuhe überstreift, sieht er sich suchend um.

„Wo ist deine Kleine?"

„Zoey hat mich verlassen."

Er reißt überrascht die Augen auf.

„Der Knast?"

Ich nicke.

„Aye, die Vorstellung macht ihr Angst."

Dazu sagt er nichts, sondern lenkt das Thema wieder auf den Grund, aus dem ich da bin.

„Und du willst dir trotzdem ihr Gesicht unter die Haut stechen lassen?"

„Will ich."

„Sicher?"

„Ja, verdammt!"

Alex lacht und schüttelt den Kopf.

„Du bist verrückt, Alter."

Nicht verrückt. Nur wild entschlossen.

Für mich macht es keinen Unterschied, wo Zoey die kommenden Monate verbringt.

Zoey kann gut auf sich selbst aufpassen.

Ihre Selbstständigkeit und ihren Mut habe ich schon immer bewundert.

Klar wäre es mir lieber, wenn sie in der Nähe des Clubs geblieben wäre, dann hätten meine Brüder ein Auge auf sie haben können. Doch im Grunde genommen spielt das keine Rolle.

Nach dem Jahr werde ich sie aufspüren und erneut für mich beanspruchen.

So oder so - diese Frau gehört mir!

Ich ziehe mich aus, Alex desinfiziert die Stelle, wenige Minuten später erfüllt das Surren der Maschine das Zimmer.

Den Whisky trinkend, schließe ich die Augen und genieße meinen letzten Abend in Freiheit.

1. Kapitel – Erstens kommt es anders und zweitens als man denkt

Zoey

Fassungslos starre ich auf mein Handy und lese die drei Wörter, die mein Leben völlig auf den Kopf stellen.

>> Er ist raus! <<

Mehr steht nicht in der Textnachricht.

Keine Namen, keine Begrüßung und keine Verabschiedung.

Layla, eine der Clubbitches des *Poison Death Motorcycle Clubs,* hat sich nur auf das Wesentliche konzentriert und dafür danke ich ihr.

Nicht sicher, was ich von der Information, dass der einzige Mann, den ich je geliebt habe, nach knapp vier Jahren aus dem Gefängnis entlassen wurde, halten soll, lasse ich mich auf einen der freien Stühle sinken und schließe kurz die Augen.

Ursprünglich wurde Jacob nur zu zwölf Monaten verurteilt. Aber das Leben hatte seinen eigenen Plan und na ja ...

Es überrascht mich nicht wirklich, dass es schlussendlich vier verdammt lange Jahre geworden sind.

Dank Layla (meiner einzigen Verbindung zum Club) weiß ich, dass Jacob so seine Schwierigkeiten hatte, sich im Gefängnisalltag zurechtzufinden.

Er hatte schon immer ein Problem mit Regeln und Autoritäten.

Jacob ist weiß Gott kein Mann, der sich gerne sagen lässt, was er zu tun hat.

Schon nach einer Woche im Knast hatte er ein Messer zwischen den Rippen. Kaum dass er von der Krankenstation entlassen worden war, hat er einem Mitgefangenen ein blaues Auge verpasst und einen Wärter angegriffen.

Was ihm weitere sechs Monate eingebracht hat.

Und so ging es weiter ... Schlussendlich wurden aus einem Jahr achtundvierzig Monate.

Ich glaube, ich wusste von Anfang an, dass es so kommen würde, und aus dem Grund habe ich Spokane und meinen Rocker schlussendlich auch verlassen.

Ich wollte nie eine von den Frauen werden, die ihr Leben allein in Freiheit verbringt, während sie zu einem Mann gehört, der sein halbes Leben hinter Gittern sitzt.

Ganz davon abgesehen, bin ich nicht alleine.

Nicht mehr.

Als Jacob beschlossen hat, für seinen Präsidenten den Kopf hinzuhalten, war ich im dritten Monat schwanger.

Zuerst wollte ich es ihm sagen, ich dachte wirklich, dass es seine Meinung beeinflussen würde und dass ich ihn so zur Vernunft bringe.

Ich meine, warum sollte er für seinen Präsidenten ins Gefängnis gehen?

Das ist doch Wahnsinn!

Doch dann wurde mir klar, dass der Club zu Jacobs Welt geworden war und dass ihn nicht mal meine Schwangerschaft dazu bringen würde, dem MC den Rücken zu kehren. Also habe ich das Baby zu meinem Geheimnis gemacht und bin gegangen. Und was soll ich sagen, seitdem habe ich es jeden Tag bereut, obwohl mir grundsätzlich durchaus bewusst war, dass das die beste Entscheidung war, die ich treffen konnte. Ich wollte für mein Kind ein anderes Leben. Eins mit Sicherheiten und einem geregelten Alltag. Ich wollte nicht, dass es mit einem Vater aufwächst, der die Hälfte seines Lebens in den Gefängnissen dieses Landes verbringt.

Scheiße!

Wenn ich damals schon gewusst hätte, dass mich meine Familie fallen lässt, hätte ich es vielleicht nicht getan. Aber gut ...

Als meine Eltern erfahren haben, dass ich ein uneheliches Kind erwarte, und das auch noch von einem verurteilten Straftäter, wollten sie mich zu einer Abtreibung zwingen.

Sie hatten mich vor die Wahl gestellt, ich habe die meine getroffen und seitdem haben wir keinen Kontakt mehr.

Noah ist das Beste, was mir je passiert ist, er ist das Licht meines Lebens, der Grund meiner Existenz.

Er ist der tollste Junge, den sich eine Mutter nur wünschen kann und ich liebe ihn so sehr, dass es mir jedes Mal das Herz zerreißt, wenn ich ihn bei meiner Nachbarin lassen muss, um in die Arbeit zu gehen.

Für seine dreieinhalb Jahre ist er verdammt groß, was er von seinem Vater hat.

Genau wie seine silbergrauen Augen und seine kaffeebraunen Haare.

Er ist das Abbild seines Dads, was es mir unmöglich macht, Jacob zu vergessen.

Ich habe es versucht. Ehrlich. Nach Noahs Geburt hatte ich genau drei Dates. Ihr werdet jetzt wohl denken, dass das nicht viel ist für etwas mehr als drei Jahre. Aber glaubt mir, für eine alleinerziehende Mutter eines Babys ist das unglaublich viel.

Wie auch immer ...

Die Dates waren schrecklich.

Was nicht die Schuld der Männer war, sondern meine. Denn insgeheim vergleiche ich alle Kerle, die mir begegnen, mit dem Vater meines Kindes und na ja ... Gegen den Mann, den man liebt, hat einfach kein anderer eine Chance.

Ich bin also allein geblieben. Und ich denke, das war die richtige Entscheidung.

Noah ist ein aufgeschlossener, glücklicher kleiner Junge, und auch wenn wir es nicht immer leicht hatten, habe ich unser Leben fest im Griff.

Gut, mein Job ist nicht unbedingt der beste, aber hey, dafür verdiene ich jede Menge Geld.

Und lieber strippe ich dreimal die Woche und habe für mein Kind Zeit, als dass ich sieben Tage die Woche für einen beschissenen Lohn an der Kasse in irgendeinem Supermarkt sitze und so wenig verdiene, dass wir kaum über die Runden kommen.

Es ist März, die eisige Winterluft weht mir um die Nase, durchdringt den Stoff meines Mantels und lässt mich die Kälte verfluchen.

Verdammt!

Wo bleibt nur der Frühling?

Ich hab die Schnauze so was von voll von dem ganzen Schnee, dem Matsch und dem Eis.

Den Schal fester um meinen Hals wickelnd eile ich die Straße entlang, überquere sie und stolpere fast über meine eigenen Füße, als ich das große Werbeplakat entdecke, das an der Hausmauer auf der anderen Seite hängt und von drei hellen Spots beleuchtet wird.

„Heilige Scheiße!“

Entsetzt betrachte ich mein Gesicht und meinen fast nackten Körper und kann nicht fassen, was mein Chef da getan hat.

Warum hat er das nicht mit mir abgesprochen?

Ich meine, ich wusste, dass er das Foto gemacht hat, er hat von allen seinen Tänzerinnen Bilder machen lassen, aber na ja ... ich dachte, die seien für die Homepage oder so ...

Aber ich habe nie damit gerechnet, dass er ein gigantisches gut vier auf vier Meter großes Plakat von mir anfertigen lassen und mitten in Millwood aufhängen wird.

Gott verflucht!

Was soll das?

Was denkt er sich nur dabei?

Muss er so etwas nicht mit mir absprechen?

Mit weit offen stehendem Mund betrachte ich meinen fast nackten Arsch.

Das Perlenhöschen, das ich an dem Tag getragen habe, ist dank der Pose mit der ich an der Stange hänge, kaum zu sehen.

Ich bin nicht prüde, das sollte ich als Stripperin auch nicht sein, aber das bedeutet noch lange nicht, dass ich es gut finde, so zur Schau gestellt zu werden.

Zum Glück ist Noah noch so klein, dass er das nicht bemerken wird.

Doch was ist mit den anderen Menschen?

Den Menschen, die in Spokane leben? Den Menschen, die allesamt Kutten tragen, zu jeder Tages- und Nachtzeit bewaffnet sind und dem *Poison Death Motorcycle Club* angehören?

Von Millwood (also von hier) bis nach Spokane sind es nur knapp neun Meilen.

Es ist nicht so nah, dass die Gefahr besteht, einem der Rocker über den Weg zu laufen, aber es ist doch so nah zu der Stadt, in der ich mit Jacob gelebt habe, um mir das Gefühl von Sicherheit zu geben. Für den unwahrscheinlichen Fall, dass ich jemals in Schwierigkeiten geraten und auf die Hilfe des *Poison Death Motorcycle Club* angewiesen wäre, wäre ich nah genug an Spokane dran, um den MC zu erreichen.

Keine Ahnung wieso, aber das Wissen, dass ich dem Ort, in dem ich vor langer Zeit so glücklich war, nahe geblieben bin, hat mich beruhigt.

Zumindest bis jetzt.

Jetzt stecke ich bis zum Hals in der Scheiße, und das nur, weil mein Boss ein Arsch ist, der es nicht für nötig hält, mit mir zu reden.

Warum ich? Warum hat er mich gewählt?

Wir sind insgesamt zwölf Mädels.

Zwölf, verdammt noch mal!

Warum hat er nicht den nackten Arsch einer meiner Kolleginnen genommen?

Von einer seiner Tänzerinnen, die keine Vergangenheit hat, die sie jederzeit einholen kann?

Ich weiß warum.

Weil er keine Ahnung hat, dass ich mich vor dem MC verstecke.

Wobei *verstecken* das falsche Wort ist.

Ich verstecke mich nicht vor Skyler, Mason und wie sie sonst noch so alle heißen. Es ist nur so, dass ich ihnen nicht gerade winke, wenn hin und wieder einer von ihnen auf seiner dicken Harley an mir vorbeirauscht.

Im Gegenteil, ich halte mich bedeckt und tue mein Bestes, keine Aufmerksamkeit auf mich zu lenken.

Tagsüber bin ich einfach nur die alleinerziehende Mutter eines kleinen Jungen und nachts, na ja ... da schlüpfe ich in eine Art Rolle, ziehe mich für Geld aus und tanze zu lauter Musik.

Rechts von mir ertönt ein lautes Hupen. Ich zucke erschrocken zusammen und bemerke erst jetzt, dass ich noch immer mitten auf der Straße stehe und das blöde Plakat anstarre, das zu einem echten Problem für mich werden könnte.

Es muss weg. Am besten sofort.

So schnell ich kann, bringe ich den restlichen Weg bis zum *'Marylin'* wie der Laden, in dem ich tanze, heißt, hinter mich.

Dort stürme ich mit einer großen Portion Wut im Bauch direkt ins Büro meines Chefs und erwische ihn dabei, wie er sich gerade von Sally, einer meiner neuesten Kolleginnen, einen blasen lässt.

Unter anderen Umständen, an einem normalen Tag, an dem ich kein gigantisches Riesenplakat von mir mitten in der Stadt entdeckt hätte, hätte ich mich wahrscheinlich entschuldigt und mich so schnell es geht zurückgezogen. So aber bleibe ich entschlossen stehen, verschränke die Arme vor der Brust und gebe meinem Boss so zu verstehen, dass ich keinen Rückzieher machen, sondern mit ihm reden muss.

„Fuck, Zoey! Siehst du nicht, dass ich gerade beschäftigt bin?"

Beschäftigt?

Was eine nette Beschreibung für das, was ich sehe ...

„Ich dachte, ihr hättet das Vorstellungsgespräch schon hinter euch gebracht?"

Anstatt über meinen Witz zu lachen, schubst er Sally genervt von sich und zieht sich die Hose hoch.

„Sei froh, dass du mein bestes Pferd im Stall bist."

Einzig der Tatsache, dass ich Zions Liebling bin, verdanke ich es, dass ich letzten Herbst nicht längst gefeuert wurde, als Noah die Grippe hatte und ich an mehreren Abenden früher gehen musste.

„Wir müssen reden."

„Worüber?"

Den zornigen Blick ignorierend, den Sally mir im Vorbeigehen zuwirft, während sie sich über die Lippen wischt, warte ich, bis sie die Türe hinter sich zugezogen hat, ehe ich zu sprechen anfange.

„Ich habe das Plakat gesehen!"

Er grinst und nickt begeistert.

„Und jetzt bist du hier, um mir zu danken?"

Von wegen!

„Du musst es abhängen. Sofort."

Von meiner Reaktion überrascht, richtet er sich auf und zündet sich eine der widerlich stinkenden Mentholzigaretten an, die er so liebt.

„Bist du bescheuert? Weißt du, was das Ding gekostet hat?“

„Nein, und es interessiert mich auch nicht.“

Den ersten Zug inhalierend, reibt er sich über die Stirn.

„Hör zu, ich weiß nicht, was mit dir los ist, aber dieses Plakat ist gut für dich, Zoey. Es wird die jede Menge Geld einbringen. Mit ein bisschen Glück lockt es Kundschaft aus Spokane an.“

Ganz genau und das muss ich verhindern.

Moment mal ...

„Warum Spokane?“

Zion grinst siegessicher, so als ob er noch ein Ass im Ärmel hätte.

„Na, weil ich da ebenfalls zwei Plakate von dir habe aufhängen lassen.“

Die Bedeutung seiner Worte rieselt in meinen Verstand. Mir wird heiß und kalt und so was von schlecht, dass ich mich zusammenreißen muss, um mich nicht sofort übergeben zu müssen.

Ich bringe gerade noch ein gepresstes „Wie konntest du nur?“ hervor, ehe ich mich hinsetzen muss, weil sich alles um mich herum zu drehen beginnt.

„Jetzt reg dich mal ab, Zoey. Andere Mädchen würden für so viel Aufmerksamkeit einfach alles tun.“

Ach ja?

„Sally zum Beispiel ...“

Ich lasse ihn gar nicht erst ausreden, sondern falle ihm frech ins Wort.

„Ging es darum? Ja? Hat sie dir gerade den Schwanz gelutscht, weil sie auch ein paar Plakate haben will?“

Zions Mimik wird ernst und mir wird klar, dass ich kurz davor bin, es mir mit meinem Boss zu verscherzen.

Aber das ist mir egal.

Denn *Himmel*!

Wenn es so kommt, wie ich es befürchte, dann sind meine Tage als Tänzerin sowieso gezählt.

Das Leben hat ein echt beschissenes Timing und einen noch viel beschisseneren Humor.

Warum zur Hölle musste Zion die Plakate ausgerechnet an dem Tag aufhängen lassen, an dem Jacob aus dem Knast entlassen wurde?

Waruuuummmm?

Wobei das streng genommen keinen Unterschied macht, es ist nur das i-Tüpfelchen auf dem Berg Scheiße, der auf mich zurollt.

Denn selbst wenn Skyler, der Präsident des *Poison Death Motorcycle Clubs,* oder dessen Vize Mason mich halb nackt auf einem solchen

Plakat gesehen hätten, hätten die beiden nicht gezögert, sondern wären nach Millwood gekommen und hätten mich einkassiert.

Der Club ist wie eine laute, verrückte, wilde und stets bewaffnete Familie, die für ihre Mitglieder sorgt. Und für Skyler und die anderen war ich ein Mitglied. Und das nicht nur wegen Jacob, sondern weil sie mich geliebt haben.

Mehr als es meine richtigen Eltern je getan haben.

Ein fieser Stich zuckt durch meinen Brustkorb, ich verdränge den altbekannten Schmerz und konzentriere mich auf das Wesentliche.

Es gibt Tage, an denen bereue ich zutiefst, dass ich den Club verlassen habe. Aber ich musste es tun. Es war das Beste für Noah!

Ein irres Lachen steigt in mir auf.

Zion sieht mich verwirrt an. Kein Wunder. Er fragt sich wahrscheinlich gerade, ob ich den Verstand verloren habe.

Und na ja, ich denke, ich bin kurz davor ...

Wenn Jacob eines der Plakate sieht, wird er ausflippen, er wird auf sein Bike steigen, hierher kommen und Amok laufen. *Halleluja!*

Wenn es dumm läuft, wird er meinen Boss umbringen und dafür sofort wieder in den Knast wandern.

Was für mich wahrscheinlich nicht das Schlechteste wäre.

Denn so würde nur Zion sterben und nicht ich.

Oh Gott!

Ich will mir nicht mal vorstellen, wie mein Ex reagieren wird, wenn er herausfindet, dass ich ihm seinen Sohn verheimlicht habe.

„Bitte Zion. Bitte. Ich tue, was immer du willst, aber häng die Plakate ab."

Er scheint endlich zu kapieren, wie ernst es mir ist, und sieht mich fragend an.

„Warum?"

Das kann ich ihm nicht sagen.

Wenn er erfährt, dass einer der Member des *Poison Death Motorcycle Clubs* mich höchstwahrscheinlich immer noch als sein Eigentum betrachtet, feuert er mich schneller, als ich das kleine nette Wörtchen *Fuck* buchstabieren kann.

„Du musst es einfach tun. Okay?"

Seine Stirn legt sich in Falten.

„Weißt du, was die Teile gekostet haben, Mädchen?"

Nein, weiß ich nicht, und es ist mir auch total egal.

„Du hättest mich um mein Einverständnis bitten sollen."

Die Kippe zwischen die Lippen geklemmt, stemmt er sich mit den Händen auf der Lehne seines protzigen Ledersessels ab und steht auf.

„Ich hätte einen Scheiß, Zoey. Einen verfickten Scheiß! Du arbeitest für mich, nicht anders herum. Du bist hier nicht die verfluchte Königin, sondern einfach nur eine kleine Tänzerin, die ich ganz schnell gegen eine andere austauschen kann. Vergiss das besser nicht."

Er macht eine kurze Pause und sieht mich bedeutungsschwer an.

Ich halte seinem Blick stand, und spüre, wie mir die Knie weich werden.

Wenn er mich feuert, bin ich erledigt.

Und das weiß er.

Mist!

Vielleicht hätte ich doch etwas diplomatischer vorgehen sollen?

Aber wenn mein Temperament mit mir durchgeht, kann mich nichts mehr bremsen.

„Zion ..."

Er schüttelt verneinend den Kopf, also spreche ich gar nicht erst weiter.

„Ich weiß, es ist nicht einfach für dich, Zoey. Aber das ist nicht mein Problem. Dein Junge und du, ihr habt es nicht leicht. Aber ich habe dir in den letzten Wochen einfach zu viel durchgehen lassen. Damit ist jetzt Schluss! Ein für alle Mal. Keine Sonderbehandlung mehr. Ab jetzt machst du deinen Job wie all die anderen Mädchen auch, oder du kannst gehen."

Mein Herz wird schwer und ich fange an zu schwitzen.

Mit zittrigen Händen öffne ich meine Jacke und ziehe mir den dicken Schal vom Hals.

„Es tut mir leid, Boss."

Er nickt.

„Das sollte es auch."

Himmel!

Vielleicht sollte ich wirklich gehen?

Ich meine, jetzt wo die Plakate hängen, wird es nur eine Frage der Zeit sein, bis Jacob hier auftauchen wird. Vielleicht dauert es Tage, vielleicht Wochen, aber er wird kommen und bis dahin sollte ich am besten über alle Berge sein.

Das Dumme ist nur, dass ich das Geld brauche. Dringend.

Das Leben ist teuer und als alleinerziehende Mutter ist es nicht leicht, etwas auf die Seite zu legen.

Kündigen oder gekündigt zu werden, ist daher keine Option.

Also was tun?

Ganz einfach. Ich muss bleiben und auf das Beste hoffen.

Und vielleicht täusche ich mich ja. Seit unserer Trennung sind vier Jahre vergangen, das ist eine verflucht lange Zeit.

Es ist durchaus möglich, dass Jacob mich nicht mehr liebt und dass ich ihm inzwischen egal geworden bin. Ja genau ... mit ein bisschen Glück erinnert er sich gar nicht mehr an mich, und wenn doch, kann es sehr gut sein, dass er längst eine andere Frau kennengelernt hat, die draußen auf ihn wartet.

Klar. Logisch ...

Genauso gut könnte es Schweine regnen oder Ponys hageln.

Jacob wird mich nie, nie vergessen. Genauso wenig wie ich ihn vergessen kann. Und das nicht nur wegen meines Sohnes, der wie eine Miniversion seines Vaters aussieht, sondern weil das zwischen uns etwas Besonderes, etwas Außergewöhnliches war.

Etwas, das ich nie hätte beenden dürfen ...

„Zoey?"

Mir wird klar, dass ich noch immer reglos und zitternd mitten im Büro meines Chefs stehe.

„Es tut mir leid."

Damit lasse ich ihn stehen, gehe in die Umkleide und bereite mich auf meinen Auftritt vor.

Die nächsten Stunden, rauschen an mir vorbei.

Ich bin ein Profi.

Ganz egal was in meinem Leben auch gerade los sein mag, ich weiß, wie wichtig eine gute Performance ist.

Also reiße ich mich zusammen und ziehe mein Programm durch, sodass niemand mitbekommt, wie es tief in mir wirklich aussieht.

Ich gebe mein Bestes, ziehe eine mega Show ab und kassiere so viel Trinkgeld wie schon lange nicht mehr. Zion, der noch immer angesäuert an der Bar sitzt und mich beobachtet, wirkt zufrieden.

Zumindest etwas ...

Um vier Uhr morgens bin ich endlich fertig.

Erschöpft ziehe ich mich um, setze mir meine dicke Mütze auf und wickle mir den Schal um den Hals.

Gerade als ich den Heimweg antreten will, taucht Zion vor mir auf und stellt sich mir direkt in den Weg.

„Alles okay bei dir?"

Ich nicke und will einfach nur nach Hause.

„Sicher?"

„Ja, ganz ehrlich."

Er glaubt mir kein Wort.

„Was war dann heute los?"

Dazu sage ich nichts.

„Vergiss es einfach. Ich hatte mit den Plakaten nicht gerechnet und mich dann so riesig auf der anderen Straßenseite zu sehen, war einfach ein Schock.“

Und das ist nicht gelogen.

Zion sieht mich prüfend an, streckt seine Hand nach mir aus und streicht mit seinem Daumen an meiner Schläfe entlang hinab zu meinen Lippen.

Was soll das?

Im Gegensatz zu meinen Kolleginnen stehe ich nicht auf Körperkontakt und ich gehe auch nicht mit meinem Boss auf Tuchfühlung.

Während die meisten Tänzerinnen sich ihr Gehalt im Séparée aufbessern, bin ich mit meinem Trinkgeld zufrieden. Keine Blow Jobs, kein Sex, bei mir gibt es nicht mal einen *Lapdance.*

Das Letzte, was ich gebrauchen kann, ist ein Kunde, der denkt, dass zwischen uns etwas Besonderes ist und der sich irgendwelche Hoffnungen macht oder Freiheiten rausnimmt.

Ich bin einfach nur eine Tänzerin.

Nicht mehr und nicht weniger.

„Du weißt, wie ich zu dir stehe, Zoey?“

Aye, das tue ich.

Und genau deswegen ist es mir auch so unangenehm, dass sein Finger über meine Unterlippe reibt.

„Du musst nicht alleine sein ... ich könnte mich um dich und deinen Jungen kümmern.“

Entschlossen drehe ich meinen Kopf zur Seite, seine Hand fällt runter und ich zwinge mich zu einem künstlichen Lächeln.

Das ist nicht das erste Mal, dass Zion mir klarmacht, dass er weit mehr an mir interessiert ist, als es ein Chef sein sollte.

„Es tut mir leid, aber ich bin einfach noch nicht bereit für eine neue Beziehung.“

Seine Augen werden dunkel, irgendwie wütend.

Klasse!

Das hat mir heute gerade noch so gefehlt.

„Gibt es da einen anderen?“

Ich nicke und das Lächeln, zu dem sich meine Lippen jetzt verziehen, ist echt.

„Gibt es. Er ist drei, er liebt Dinosaurier und ihm gehört mein ganzes Herz. Und darum muss ich jetzt auch los.“

Noch bevor Zion etwas sagen kann, husche ich an ihm vorbei und renne durch die Dunkelheit nach Hause.

Besagtem Plakat schenke ich keinen Blick, ich blende es einfach aus und hoffe, dass es sich wie durch ein Wunder in Luft auflöst.

Doch zu meinem Pech tut es das nicht und aus genau diesem Grund weiß ich, dass ich so was von im Arsch bin.

2. Kapitel – Der Geschmack der Freiheit

Jacob

Den Whisky über meine Zunge rollen lassend, betrachte ich die lange Narbe, die meinen linken Handrücken ziert, und versuche zu verstehen, was da gerade passiert.

Skyler und Mason sind tot.

Fuck!

Den Präsidenten zu verlieren, ist ein harter Schlag.

Aber den Präsidenten und dessen Vize zu verlieren, ist etwas, an dem ein Club zerbrechen kann.

„Wir wollen, dass du Skylers Platz einnimmst."

William klingt ernst und entschlossen.

Ich saß vier Jahre im Knast und jetzt das ...

Bullshit!

Mein Ziel war es schon immer, das *Präsidenten-Patch* auf mein Leder zu nähen, aber ich hatte auf bessere Umstände gehofft.

Um seine Aussage zu unterstreichen, knallt William, der Sergeant at Arms des *Poison Death Motorcycle Clubs* ein nagelneues Präs-Abzeichen vor mir auf den Tisch und sieht mich aus zusammengekniffenen Augen an.

„Warum beanspruchst du den Posten nicht für dich? Du bist jetzt der ranghöchste noch lebende Member."

Im Besprechungsraum wird es auf einen Schlag still.

Die Luft ist zum Schneiden dick.

Was zur Hölle entgeht mir?

„Du hast vier Jahre deines Lebens für den Club geopfert."

„Habe ich. Und ich würde zehn weitere opfern, wenn es dem MC helfen würde."

William nickt, die anderen, die am Tisch sitzen, schließen sich ihm an.

„Und aus genau diesem Grund solltest du Skylers Nachfolger sein."

Ach ja? Sollte ich das?

Teufel noch eins ...

Bevor ich für etwas, was ich gar nicht getan habe, ins Gefängnis gegangen bin, war ich ein Anwärter. Ein beschissener Prospect.

Ich wurde im Knast zum Full Member ernannt, etwas, das es in der Geschichte des *Poison Death Motorcycle Clubs* zuvor noch nie gegeben hat.

Hinter Gittern habe ich dann einige Dinge für den Club erledigt, die mir ein paar weitere Jahre eingebracht haben.

Jahre, die ich damit verbracht habe, Pläne zu schmieden und mir vorzustellen, wie es wohl ist, endlich wieder frei zu sein.

Und jetzt kommt das.

Bämm!

Das Schicksal schlägt mit voller Wucht zu.

Und meine kühnsten Erwartungen werden übertroffen und ich habe keine Ahnung, wie ich mich entscheiden soll.

Jayden, der Kassenwart, schiebt ein dickes Bündel Dollarnoten zu mir rüber.

„Dein Anteil aus den Knastgeschäften. Du hast gute Arbeit geleistet."

Holy Shit!

Ich nehme das Geld, schätze das Gewicht ab und lasse die Daumenkuppe über die Enden der Scheine gleiten.

Sam, unser Vollstrecker, grinst mich blöd an. Er scheint der Einzige zu sein, der die Präsidentenfrage nicht so ernst nimmt wie die anderen Anwesenden.

„Steck das Geld ein, schnapp dir eine Nutte und fick dir die Seele aus dem Leib. Und dann näh dir das Patch an. Du hast es dir verdient, Bro."

Ich lasse den grünen Stapel, der nur mit einem Gummi zusammengehalten wird, vor mir auf den Tisch fallen, zünde mir eine Kippe an und schütte den Rest des Whiskys in meinen Rachen.

Der Geschmack der Freiheit ist nicht annähernd so süß, wie ich es mir erhofft hatte.

Ich will keine beschissene Bitch ficken, ich will mein Mädchen.

Zoey! *Fuck!*

In den vergangenen vier Jahren gab es keinen Tag, an dem ich nicht an sie gedacht, mich nicht an ihren Geruch und den Klang ihrer Stimme erinnert habe.

Diese Frau ist alles, was ich will.

Sie ist meine Freiheit!

Ohne sie macht das alles keinen Sinn.

„Hat jemand mein Mädchen gesehen?"

Sam und William tauschen einen kurzen Blick, der mir nicht entgeht.

„Sie ist untergetaucht."

Der Sergeant wirkt zerknirscht.

Aye, das dachte ich mir schon.

Sam flucht und kneift sich mit zwei Fingern in den Nasenrücken.

„Als Präsident kannst du keine Ablenkung gebrauchen. Vergiss die Hure. Ehrlich! Du bist ohne sie definitiv besser dran!"

Noch bevor er ausgesprochen hat, liegt meine Hand schon an seiner Kehle. Ich drücke ihm die Luftzufuhr ab, reiße ihn hoch, zerre ihn von seinem Stuhl und knalle ihn mit Wucht auf den Boden.

Wir sind gleich groß und ungefähr gleich stark.

Allerdings hatte ich die letzten Jahre nichts anderes zu tun, als Gewichte zu stemmen und zu trainieren.

Er hingegen ... *Bullshit!*

Ich weiß nicht, womit er seine Zeit verbracht hat, was ich aber weiß, ist, dass er jetzt und hier sterben wird, wenn er es noch ein einziges Mal wagen sollte, Zoeys Namen in den Mund zu nehmen.

„Halt dein Maul oder ich töte dich!“

Meine gezischte Warnung lässt alle stillstehen. Niemand mischt sich ein, niemand versucht, Sam zur Hilfe zu eilen.

Jeder in diesem Raum weiß, was passiert, wenn man mich reizt oder Zoey erwähnt – ich drehe durch.

Meine Finger graben sich tiefer in seinen Hals, der Vollstrecker röchelt und hustet und versucht panisch, nach Luft zu schnappen. Er zerrt an meinen Händen und versucht, sie von seiner Kehle zu bekommen, vergebens.

Ihn umzubringen wäre so leicht ...

Während er um sein Leben kämpft, strengt mich dieser Zwischenfall nicht im Geringsten an. Jetzt und hier verspüre ich weder Wut noch Zorn, sondern nichts als Gleichgültigkeit.

Sam ist mein Freund oder er war mein Freund, keine Ahnung, was in diesem Augenblick zutrifft. Er war derjenige, der mich am häufigsten im Knast besucht hat. Er war meine Verbindung zur Außenwelt.

Doch jetzt und hier ist er für mich nichts weiter als ein Wichser, der es gewagt hat, die Frau, die ich liebe, in den Dreck zu ziehen.

„Noch ein Wort über Zoey ...“

Ich mache mir nicht die Mühe, die Warnung ein weiteres Mal auszusprechen, er hat auch so kapiert, was los ist.

Sams Pupillen sind geweitet, seine Lippen färben sich blau, der Rest seines Gesichts hat an Farbe verloren.

Für einen kurzen Moment genieße ich noch seinen Überlebenskampf, dann zwinge ich mich selbst, meine Finger zu lösen und ihn loszulassen.

Keuchend dreht er sich zur Seite, während er wie ein Fisch auf dem Trockenen nach Luft schnappt.

Ich stehe mir geballten Fäusten über ihm, der rote Schleier vor meinen Augen löst sich nach und nach in Luft auf und ich erkenne, wie nah ich dran war, einen Bruder zu töten.

Bloody Hell!

Sämtliche Blicke sind auf mich gerichtet, William wirkt geschockt.

Meine Lunge bis zum Anschlag mit Sauerstoff füllend, sehe ich die Männer einen nach dem anderen an und weiß, dass jetzt der Moment gekommen ist, an dem ich eine Entscheidung treffen muss.

Meine Augen zucken zu dem auf dem Tisch liegenden Patch.

Es wird Zeit, eine neue Ära einzuläuten ...

Ohne Sam eines Blickes zu würdigen, hole ich mir den Aufnäher und vergrabe ihn in meiner Faust.

Dann schnappe ich mir den Whisky, setze die Flasche an und leere sie in einem Zug.

„Kommt schon, Brüder. Lasst uns feiern!"

Zuerst herrscht Stille, dann werden Jubelrufe laut.

Aiden, der zur gleichen Zeit wie ich Prospect gewesen ist, nickt mir zu und folgt mir als erster Richtung Bar.

Dort lasse ich mich auf einen der freien Hocker sinken und betrachte den Arsch der Nutte, die heute den Thekendienst übernommen hat.

„Alles klar bei dir, Alter?"

Wenn ich das mal wüsste.

Zoey im Knast zu vermissen war eine Sache, ich konnte schließlich nichts tun.

Außer mir zu den Erinnerungen an sie einen wichsen.

Aber in Freiheit?

Da sieht die Sache anders aus.

Hier gibt es keine Schlösser und Wärter die mich davon abhalten, nach ihr zu suchen.

„Bin mir nicht sicher."

Ich betrachte meine geballte Faust, in der sich das *Präsidenten-Patch* befindet.

„Und du bist dir sicher, dass du dafür bereit bist?"

„Nope, absolut nicht!"

Meine Ehrlichkeit bringt ihn zum Lachen.

Er schnalzt mit der Zunge und grinst amüsiert.

„Perfekte Voraussetzungen."

„Sehe ich auch so."

Ich brauche eine Aufgabe, etwas, das mich ablenkt und mich beschäftigt.

Meine Existenz hat ihren Sinn verloren. Wie es scheint, habe ich heute einen neuen gefunden.

„Lass uns abstoßen."

Die Bitch bringt uns zwei Bier, wir leeren die Dosen in einem Zug.

Keine zehn Minuten später habe ich irgendeine Nutte vor mir knien, von der ich nichts weiß, außer dass sie 1A im Schwänze lutschen ist.

Vier Jahre ohne einen Blow Job – ich muss wohl nicht extra erwähnen, dass es nicht besonders lange dauert, ehe ich sie meinen Saft schlucken lasse!

Kaum dass sie sich den Mund abgewischt hat, ziehe ich meine Hose hoch, schließe den Gürtel und verlasse das Clubhaus.

Die laute Musik, die vielen Menschen – ich bin den ganzen Trubel einfach nicht mehr gewohnt.

Draußen im Hof lasse ich den Kopf in den Nacken fallen und betrachte den schwarzen Nachthimmel, die silbernen Sterne und den runden Mond.

Die Luft ist kalt, mein Atem kondensiert – es ist perfekt.

Keine Ahnung wann ich das letzte Mal die Möglichkeit hatte, den Sternenhimmel zu betrachten. *Holy Shit!*

Es ist mindestens vier Jahre her.

Erst als ich die Endlosigkeit in mich aufgesaugt habe, marschiere ich zu meinem Bike, streiche mit der Hand beinahe zärtlich über den Tank, ehe ich mich auf den Sattel schwinge und mit einem kraftvollen Tritt den Motor starte.

Die Maschine erwacht zum Leben, ich drehe am Gas und rase vom Hof, raus auf die Straße und lege mich tief in die erste Kurve.

Der Fahrtwind heißt mich wie einen alten Freund willkommen, während ich die Grenzen unseres Reviers abfahre und mit eigenen Augen sehe, wie sehr sich Spokane in den letzten Jahren verändert hat.

Ich fahre durch die Stadtmitte, fahre dann Richtung Süden und ignoriere sämtliche Geschwindigkeitsbegrenzungen.

Ich habe locker vierzig Meilen zu viel drauf, als ich plötzlich Zoeys Gesicht entdecke.

Mein Mädchen hat sich verändert, aber ich erkenne es sofort.

Was kein Wunder ist, denn das überdimensionale Plakat ist kaum zu übersehen.

Sie hängt an einer Stange, ihr Arsch ist so gut wie nackt, und ihre Nippel sind mir roten Perlen bedeckt.

Fuck! Fuuuccckkkkk!

Was zur Hölle?

Ich steige so hart in die Bremse, dass es mein Bike beinahe überschlägt.

‚Die schönsten Frauen können es kaum erwarten, sich für dich auszuziehen'

Bullshit? Was?

Mein Verstand braucht einen Moment, um zu verstehen, was ich da sehe.

Meine Frau. Meine. Frau. Arbeitet in einem Stripclub in Millwood, und dem Slogan nach, kann sie es kaum erwarten, sich für andere Männer auszuziehen.

Holys Shit!

... für andere Männer ... Sie kann es kaum erwarten ...

Sie ist fast nackt!

Mein Hirn fühlt sich so an, als würde es jede Sekunde platzen, während mein Puls rast und das Blut in meinen Adern zu kochen beginnt.

Zoey hat mich verlassen. Sie ist gegangen, weil sie ein besseres Leben wollte.

Eine anständige, normale Zukunft ...

Sich für irgendwelche Wichser auszuziehen und für ein paar Dollar vor deren Gesichtern mit ihrem Arsch rumzuwackeln ist nicht normal und schon gar nicht anständig.

Das ist verdammt noch mal unter ihrer Würde.

Das erlaube ich nicht.

Niemals!

Nur über meine Leiche!

Ich war vier Jahre weg, vier verdammte Jahre.

Rückblickend betrachtet war das eine Ewigkeit. Doch in Wirklichkeit war es nichts, nichts im Vergleich zum Rest meines Lebens.

Trotzdem scheint in den vergangenen 48 Monaten die Welt verrückt geworden zu sein.

Skyler und Mason wurden ermordet.

Das hätte es früher nicht gegeben.

Ernsthaft!

Damals wäre niemand so wahnsinnig gewesen, sich mit dem *Poison Death Motorcycle Club* anzulegen.

Wir waren jemand.

Die Welt hatte verflucht noch mal Respekt vor uns.

Und jetzt?

Jetzt nietet jemand unseren Präs und seinen Stellvertreter um und was machen meine Brüder? Sie rauchen, sie saufen und sie ficken, anstatt ins Feld zu ziehen und die Straßen von Spokane mit dem Blut ihrer Feinde zu tränken.

Rache muss heiß serviert werden!

Kochend heiß!

Dafür scheint es inzwischen zu spät zu sein.

Doch das ändert nichts an der Tatsache, dass ich als der neue Präsident meinen Vorgänger rächen werde.

Jeder, der auch nur mit dem Gedanken spielt, einen von uns anzugreifen, muss wissen, was ihm droht.

Ein äußerst qualvoller Tod.

Der Club ist unantastbar – zumindest war er es mal, und ich werde alles in meiner Macht Stehende tun, um dafür zu sorgen, dass es wieder so wird.

Ich werde den Teufel tun und zulassen, dass der MC, für den ich vier Jahre meines Lebens in einer Zelle gesessen habe, zu einer Witznummer wird.

Es mag sein, dass meine Brüder ihre Eier verloren haben, ich hingegen habe im Knast die meinen gefunden.

Im Gefängnis heißt es töten oder getötet werden.

Die Starken geißeln die Schwachen!

Doch bevor ich losziehe und die Wichser, die es gewagt haben, den Club anzugreifen, aufspüre und in Stücke schneide, werde ich mich um das Mädchen kümmern, das ich bis zu meinem letzten Atemzug lieben werde.

Bullshit!

Zoey wollte ein anständiges Leben, das konnte sogar ich abgefuckter Bastard akzeptieren, aber das, was sie jetzt hat, scheint alles nur nicht anständig zu sein.

Diese Frau ist meine Königin, sie ist eine verdammte Göttin und keine billige Nutte, die sich für Geld ausziehen muss.

Was auch immer in den letzten Jahren schiefgelaufen ist, ich werde es richten.

Ein Auto stoppt hinter mir, der Fahrer hupt laut.

Ich reagiere nicht. Er hupt wieder und wieder und als ich selbst nach einer Minute immer noch keine Anstalten mache, weiterzufahren, steigt er aus.

Wunderbar!

Wie fucking verflucht wunderbar!

Die Stadt hat ihren Respekt vor der Kutte, die ich trage, verloren und jetzt ist der Augenblick gekommen, in dem ich ihn zurückfordern werde.

Mit einem Fluch schalte ich den Motor ab, klappe den Ständer aus und schwinge mein Bein über den Sozius.

Während ich mich zu dem hupenden Arschloch umdrehe, schiebe ich demonstrativ die Ärmel meines Hoodies nach oben, balle die Fäuste und lege meinen Kopf in den Nacken, um meine Wirbel zu lockern.

Wenn ich eines in den letzten Jahren gelernt habe, dann zu kämpfen!

Zehn Minuten später steige ich wieder auf mein Bike und mache mich auf den Weg nach Millwood – in die beschissene Stadt, in der es meine wunderschöne Frau angeblich kaum erwarten kann, sich für ein paar Dollar für die ganze beschissene Welt auszuziehen.

Ich komme genau drei Meilen weit, als sich ein Streifenwagen an meinen Arsch heftet und mich dazu auffordert, rechts ranzufahren.

Fuck!

Fuucckkkk!

Das darf doch echt nicht wahr sein.

Der Officer steigt aus und fordert mich auf abzusteigen, mich auf die Straße zu legen und meine Hände über den Kopf zu legen.

Und obwohl ich kurz davor bin, eine beschissene Dummheit zu begehen, mich den Befehlen zu widersetzen und den Polizisten einfach zu erschießen, gelingt es mir, die Ruhe zu bewahren und seinen Anweisungen Folge zu leisten.

Was bleibt mir auch anderes übrig?

Ein toter Cop am Tag meiner Entlassung ist so ziemlich das Letzte, was ich gebrauchen kann ...

3. Kapitel – Zeitreise in die Vergangenheit

Zoey

Das Plakat hängt seit zwei Tagen, doch von Jacob fehlt jede Spur.

Ich sollte erleichtert sein, doch ich bin es nicht.

Anstatt froh darüber zu sein, mich mit keinem wütenden Biker auseinandersetzen zu müssen, zerbreche ich mir den Kopf darüber, was das Nichtauftauchen des wütenden Bikers zu bedeuten hat.

Ist es tatsächlich so?

Hat Jacob mich vergessen?

Oder erinnert er sich sehr wohl noch an mich, aber ich bedeute ihm inzwischen einfach so wenig, dass es ihm egal ist, wie ich mein Geld verdiene?

Scheiße!

Die beiden Optionen sollten mich glücklich stimmen, anstatt mich traurig zu machen.

Aber es ist, wie es ist ...

Dass er nicht gekommen ist, schmerzt.

Was beweist, wie blöd ich bin.

Ich sollte froh sein, dass dieses Kapitel meines Lebens endgültig hinter mir liegt, verrückterweise bin ich es nicht.

Stattdessen fühle ich mich, als hätten wir gerade eben erst richtig Schluss gemacht, als wäre unsere Beziehung jetzt von ihm beendet worden und nicht vor vier Jahren von mir.

Das ergibt keinen Sinn, oder?

Verdammt!

Aber was soll ich denn machen?

Was?

Ich kann nichts für meine Gefühle.

Ich kann sie weder kontrollieren noch beeinflussen, sie sind einfach da und tun unheimlich weh.

Frustriert und wütend auf mich selbst wische ich mir die Tränen ab und betrachte meinen schlafenden Sohn, wie er friedlich in seinem Bett liegt.

Der rote Dino in seinem Arm ist dank der vielen Abenteuer, zu denen er schon mit musste, ganz verblasst. Das ehemals weiche Plüsch ist längst rau geworden, doch Noah liebt seinen Saurus und kann nicht ohne ihn einschlafen.

Vor einem halben Jahr hatten wir ihn im Zoo verloren und es war die Hölle. Er hat die ganze Zeit geweint.

Am nächsten Tag waren wir sofort wieder im Tierpark und als ich erfuhr, dass ihn jemand gefunden und an der Kasse abgegeben hatte, bin ich vor Erleichterung beinahe in Tränen ausgebrochen.

Ich weiß genau, wie Noah sich damals gefühlt hat, genau wie ich mich jetzt ...

Etwas zu verlieren, was man liebt, ist einfach unglaublich schmerzhaft.

Leise beuge ich mich zu ihm herab, ziehe die Decke über seine schmalen Schultern und hauche ihm einen liebevollen Kuss auf die Stirn.

Vielleicht ist es besser, dass Jacob nicht gekommen ist.

Denn, ganz ehrlich, ich habe keine Ahnung, was ich ihm sagen sollte.

Oder wie ich ihm erklären könnte, warum ich ihm unseren Sohn vorenthalten habe.

Zu 99 Prozent weiß ich, das ich richtig gehandelt habe, aber es gibt eben hin und wieder Momente, in denen Zweifel hochkommen.

Und jetzt gerade ist so ein Moment.

Das Wissen, dass Noah seinen Vater niemals sehen und nie kennenlernen wird, schmerzt so unglaublich, dass es mir den Atem raubt. Ganz besonders, weil sich die beiden so unfassbar ähnlich sind.

Die blaue Bettwäsche mit den weißen Motorrädern, die er unbedingt haben wollte, ist der beste Beweis dafür. Sogar ohne Jacobs Einfluss kommt unser Sohn ganz nach ihm.

Auf Zehenspitzen schleiche ich aus dem Kinderzimmer, lehne die Türe an und setze mich im Wohnzimmer auf die Couch.

Vor mir steht eine Flasche Weißwein, doch ich rühre sie nicht an.

Der Fernseher ist aus, ich starre einfach nur auf den schwarzen Bildschirm und versuche, meine Gefühle in den Griff zu kriegen.

Natürlich besteht auch noch die Möglichkeit, dass mein Rocker – oder sollte ich besser sagen Exrocker – die Plakate noch gar nicht gesehen hat.

Ich meine, sie sind ja schließlich nur gefühlt hundert Meter groß.

Richtig?

Gottverdammt!

Wenn es einen Zaubertrank geben würde, der, wenn man ihn trinkt, dafür sorgt, dass man sich nie wieder in einen Mann verlieben kann und dass sich die Liebe, die man bereits empfindet, in Luft auflöst. Ich würde nicht zögern und ihn bis auf den letzten Tropfen austrinken.

Mein Herz hat bis zur Geburt meines Sohnes immer nur einem Mann gehört: Jacob! Und jetzt? Jetzt gehört es Jacob und einer kleinen Miniversion von ihm, von der er absolut nichts weiß und hoffentlich auch niemals erfahren wird.

Um kurz vor Mitternacht fallen mir die Augen zu.

Ich mache mir nicht die Mühe, ins Bett zu gehen, sondern bleibe einfach auf der Couch und mache es mir bequem.

Und kaum dass ich eingeschlafen bin, katapultiert mich ein Mix aus Erinnerungen, Sehnsüchten und einer großen Portion Fantasie in die Vergangenheit.

Ich liege in Jacobs starken Armen, wir küssen uns und lachen und sind einfach nur glücklich.

Und soll ich euch was sagen?

Das ist der beste Traum, den ich jemals hatte, und verdammt, es mag armselig sein, aber am liebsten würde ich nie mehr aufwachen.

Es ist Montag, der Laden ist voll.

Zions Marketingstrategie scheint aufgegangen zu sein.

Heilige Scheiße!

Die Dollarscheine fliegen nur so durch die Luft, während Tammy und ich unsere Schulmädchenshow abziehen und uns zum krönenden Abschluss einen Zungenkuss verpassen.

Die Männer grölen, einer steht sogar auf und schlägt mir auf den Arsch.

Wir haben zwar Securitys, russische Schläger, die auf uns aufpassen und dafür sorgen, dass uns keiner der Kunden zu nahe kommt, doch ich halte Sergei mit einem Blick davon ab, als er eingreifen will.

Himmel!

Ich bin eine Tänzerin und keine Nonne. Wenn ich jedes Mal, wenn mich einer anfasst oder mir ein paar Scheine in den Slip steckt, ausflippe, verdiene ich kein Geld.

Sergei schüttelt tadelnd den Kopf, ich ignoriere ihn, lasse die Hüften kreisen und drei weitere Scheine landen zwischen meinen Pobacken.

Sex sells, so war es schon immer ...

Tammy und ich machen weiter, ich ziehe ihr den Schuluniformrock nach unten, Jubelrufe werden laut. Mein BH fällt, eine Sekunde später lasse ich meinen String nach unten gleiten – jetzt trage ich keinen Fetzen Stoff mehr am Leib.

Pfiffe und Angebote hallen von den Wänden wieder. Zion, der im Schatten an der Wand lehnt und mich beobachtet, wirkt zufrieden.

Kein Wunder, die Kasse klingelt.

Unsere Nummer ist fertig, die Lichter werden gedimmt, der Song endet.

Ich bin völlig fertig und verschwitzt.

Jetzt noch das Geld aufsammeln und dann habe ich dreißig Minuten Pause, ehe ich mit meiner Solonummer dran bin.

Während ich die Dollars von der Bühne aufsammle, zähle ich leise mit, bei vierhundert kann ich nur verwundert den Kopf schütteln.

Scheiße!

Das ist unglaublich!

Gerade als ich mir den letzten Schein schnappen will, fällt mein Blick auf eine silberne Gürtelschnalle, die mir irgendwie bekannt vorkommt.

Irritiert wandern meine Augen noch ein Stückchen nach oben und mein Herz beginnt wie verrückt zu rasen.

Schwarzes Leder füllt mein Sichtfeld. Noch bevor ich bei den breiten Schultern des Kerls angekommen bin, weiß ich, dass ich am Arsch bin.

Die Hände, die locker am Revers der Weste hängen, sind mit Tinte überzogen, auf der linken Hand ist eine Art Stern, um dessen Spitzen sich eine rote Schlange windet, auf der rechten steht mein Name, darunter befindet sich ein schwarzes Herz, in dem ein mit rotem Blut überzogener Dolch steckt.

Mein Name stand da schon früher, doch das Herz und der Dolch sind neu, genau wie das Blut.

Scheiße!

Die Fingerknöchel sind aufgeplatzt und verkrustet, was auf eine Schlägerei hindeutet.

Jacob. Er ist da.

Lieber Gott, steh mir bei ...

Ich schlucke. Mir wird heiß und kalt, ein Schauer rieselt an meiner Wirbelsäule hinab und löst einen ausgeprägten Fluchtreflex aus.

Tief einatmend, kratze ich all meinen Mut zusammen. Meine Augen fallen auf das *Präsidenten-Patch,* das seine Kutte ziert.

Mein Mund klappt auf.

Wow! Wie geht das denn?

Ich meine, er ist gerade erst wenige Tage wieder auf freiem Fuß und wurde schon zum Boss befördert. Respekt!

Dunkle Bartstoppeln bedecken seinen markanten, drohend zuckenden Kiefer.

Als Nächstes betrachte ich seine fest zusammengepressten Lippen und es ist nicht besonders hilfreich, dass ich mich nur zu gut daran erinnere, wie sie sich auf den meinen angefühlt haben. Ich gebe mir einen Ruck und sehe ihm direkt in die glühenden Augen, in denen eine Art gefrorenes Feuer flackert.

So sehr ich mich auch anstrenge, ich kann keinen Funken Wärme darin finden.

Gar keinen, sondern nichts als Wut und Zorn und die gleiche Sehnsucht, die sich auch in mir ausbreitet.

Meine Zunge schnellt vor, ich lecke mir nervös über die Unterlippe, während mir mein Unterbewusstsein in Erinnerung ruft, dass ich nackt auf einer Bühne knie und gerade dabei war, mein Geld einzusammeln.

Mist!

Ich kann mir nicht mal vorstellen, was für einen Anblick ich ihm gerade biete.

Ein Teil von mir hat immer geahnt, dass ich ihn irgendwann mal wiedersehen würde, nur hatte ich immer gehofft, dass unser Wiedersehen unter anderen Umständen stattfindet, dass ich Klamotten tragen würde und nicht nackt auf Knien bin.

„Jacob?“

Die Musik ist laut, dennoch kann ich sein „hey Baby“ hören.

An sich eine nette Begrüßung, wäre da nicht dieser tödliche, schneidende Unterton, der sich wie ein Dolch in meine Seele gräbt.

„Was zum Teufel machst du da?“

Das muss er fragen?

Echt jetzt?

„Als ob das nicht offensichtlich wäre.“

Eine Woge Scham bricht über mir zusammen.

„Was. Zum. Teufel. Machst. Du. Da?“

Er wiederholt seine Frage Wort für Wort, die Raumtemperatur scheint plötzlich um zwanzig Grad zu sinken.

Mir wird klar, dass er mit seiner Frage nicht auf die Situation an sich anspielt, sondern eher auf die Tatsache, dass ich mich für Geld vor fremden Männern ausziehe.

„Ich arbeite.“

Wie um es ihm zu verdeutlichen, halte ich ihm den zwanzig Dollarschein, den ich gerade aufgehoben habe, vor die Nase.

Grau und kalt bohren sich seine Augen in die meinen, keiner von uns sagt ein Wort.

Es fühlt sich so an, als würde die Zeit für wenige kostbare Augenblicke stillstehen. Es ist wie im Film, wenn auf einmal alles langsamer läuft, ehe etwas ganz, ganz Schlimmes passiert.

Wie zum Beispiel ein tödlicher Autounfall oder so was.

Nur dass ich nicht mit einem PKW kollidiere, sondern mit einem gut 120 Kilo schweren, nur aus Muskeln und Entschlossenheit bestehenden und vor Zorn bebenden Rocker-Präsidenten, der rein zufälligerweise mein Ex ist, und von dem ich ein Kind habe, von dem er nichts weiß.

Klasse! Echt klasse!

Meine Überlebenschancen stehen schlecht.

Sehr schlecht.

Und sie werden nicht besser, als Sergei sich in Bewegung setzt, um mir zu helfen.

Jacob war schon immer gut trainiert, doch die letzten Jahre scheint er nichts anderes gemacht zu haben, als Gewichte zu stemmen.

Er ist kein aufgeblasener Bodybuilder oder so, sondern ein Mann, der weiß, was er kann, und kein Problem damit hat, sich auf die brutalste aller Arten zu beweisen.

Jacob hat noch nie eine Konfrontation gescheut.

Seine blutigen, aufgeschrammten Fingerknöchel sind bester Beweis dafür, genau wie die vier Jahre Knast, die hinter ihm liegen und die ihn anscheinend nur noch härter gemacht haben.

„Brauchst du Hilfe, Zoey?“

Keine Ahnung. Ehrlich. Ich weiß nicht, was ich brauche.

Und selbst wenn ich jetzt ja sage, würde mir der knapp zwei Meter große Russe nicht helfen können. Es würde, so wie ich den vor Wut zitternden Rocker vor mir kenne, nur sein Todesurteil bedeuten.

„Ähm ... nein, danke.“

Es ist nicht sonderlich überraschend, dass er mir nicht glaubt.

Meine Stimme zittert und die Panik steht mir bestimmt ins Gesicht geschrieben.

„Sicher?“

Sergei mustert Jacob abschätzend, erst als er das Patch auf dessen Brust entdeckt, das ihn als Präsident des gefürchteten *Poison Death Motorcycle Clubs* ausweist, huscht etwas, das nach Furcht aussieht, über seine slawischen Gesichtszüge.

Nicht sicher, was er jetzt tun soll, steht der Russe einfach nur da und sieht zu, wie Jacob mich am Arm packt und grob von der Bühne zieht.

Das ist wohl der Moment, in dem Sergei sich fragt, ob er für das Gehalt, das er von Zion bezieht, sein Leben riskieren will?

Die Antwort scheint nein zu sein.

„Wirklich tolle Security habt ihr hier!“

Jacob ist aufgebracht. Ich denke, er wäre nicht so wütend, wenn Sergei zumindest versucht hätte, mich zu beschützen.

So aber wurde meinem Rocker gerade vor Augen geführt, dass mein Schutz ein Witz ist.

Doch ich mache Sergei keinen Vorwurf. Niemand, der bei Verstand ist, ist dumm genug, sich mit Jacob anzulegen.

Niemand.

Ich falle beinahe von der Bühne, Jacob fängt mich auf und zerrt mich weiter hinter sich her.

Als er kapiert, dass ich mit den Absatzschuhen an meinen Füßen nicht mit ihm Schritt halten kann, bleibt er knurrend stehen, hebt mich hoch und wirft mich wie einen Sack Mehl über seine Schulter.

Mein erster Instinkt ist es, mich zu wehren. Er scheint es zu ahnen und brummt mir nur ein warnendes „Lass es! Meine Geduld ist am Ende“, zu.

Wunderbar!

Echt wunderbar!

Dann ist ja alles wie früher.

Ich hatte schon immer ein Talent dafür, Jacob in den Wahnsinn zu treiben.

Und meistens musste ich mich dafür nicht einmal sonderlich anstrengen.

Heilige Scheiße!

Er trägt mich an den Tischen vorbei Richtung Ausgang und plötzlich stellt sich uns mein Boss in den Weg.

„Was auch immer du mit dem Mädchen vorhast, daraus wird nichts werden.“

Dank meiner etwas ungünstigen Position kann ich leider nicht viel sehen, eigentlich nur den Boden, trotzdem höre ich den entschlossenen Unterton in Zions Stimme.

„Stell Sie ab!“

Auweia!

Das verspricht interessant zu werden, interessant oder blutig.

Ich hoffe auf Ersteres.

Ehrlich. Bitte kein Blut.

Für eine Sekunde baumle ich weiter nackt über der Schulter meines Ex-Freundes.

Dann lässt er mich langsam an sich herunter, stellt mich auf den Boden und schlingt seinen Arm um meine Taille.

Zion bemerkt die besitzergreifende Geste und wirft mir einen fragenden Blick zu. Dann gleiten seine Augen über Jacobs Kutte, ich erkenne den Moment, in dem er feststellt, dass er da nicht einfach irgendeinem Rocker gegenübersteht, sondern dem gottverdammten Präsidenten.

Anstatt Intelligenz zu beweisen und beiseitezutreten, bleibt mein Boss tapfer stehen und zieht plötzlich eine schwarze Handfeuerwaffe hinten aus seinem Hosenbund.

Das ist nicht gut.

Gar nicht gut.

Mein Ex beginnt wenig beeindruckt zu schmunzeln.

„Was soll das werden?“
„Zoey bleibt hier!“
Respekt!
So viel Mut hätte ich meinem Chef gar nicht zugetraut.
„Nein, das wird sie nicht. Sie kündigt.“
Was?
Waaaasssss?
Jetzt reicht es mir aber!
„Nein, das tue ich nicht!“
Jacobs Augen verengen sich zu Schlitzen und ich erkenne, dass er kurz davor ist, die Beherrschung zu verlieren.
Und obwohl ich jetzt liebend gerne eine Diskussion anfangen würde, weiß ich, dass das jetzt nicht der richtige Zeitpunkt ist.
Ich meine, Scheiße!
Ich bin nackt und mein Boss hat gerade eine Waffe auf den Vater meines Sohnes gerichtet.
„Pack die Knarre weg!“
Zion schüttelt entschieden den Kopf.
„Erst wenn du Zoey loslässt.“
Halleluja!
Das könnte echt eskalieren.
„Das wird nicht passieren!“
Ich kenne Jacob, ich weiß, dass er gerne kämpft und dass er keinen Kampf verliert. Und ich weiß auch, dass es mehr braucht als eine Schusswaffe, um ihn einzuschüchtern oder handlungsunfähig zu machen. Wenn mein Boss nicht aufpasst, ist er in wenigen Minuten ein toter Mann.
„Bitte Zion, steck die Waffe weg, ehe du dir eine Kugel einfängst.“
Mein Chef scheint die Gefahr, in der er gerade schwebt, nicht zu erkennen.
Denn anstatt auf mich zu hören, ist er fest entschlossen, den Helden zu spielen.
„Ich sorge dafür, dass dich der Biker in Ruhe lässt.“
Wie edelmütig.
„Ich werde *meine Frau* nie in Ruhe lassen.“
Das *meine Frau* betont er besonders, Zion wirkt wie vom Blitz getroffen.
Er ist so überrascht, dass er sich zu mir dreht und dabei gar nicht bemerkt, dass sich der Lauf seiner Pistole jetzt auf mich richtet.
Jacob hingegen ist das sehr wohl aufgefallen.

Er schiebt mich hinter sich, schirmt mich so vor der drohenden Gefahr mit seinem Körper ab und dann ... dann geht alles so verflucht schnell, dass ich es kaum beschreiben kann.
In der einen Sekunde steht mein Boss noch bewaffnet vor uns, in der nächsten liegt er entwaffnet und mit blutender Nase vor den schweren Bikerboots meines Ex.
„Solltest du es jemals wieder wagen, eine Waffe auf meine Frau zu richten, werde ich dir nicht nur die Nase, sondern auch das Genick brechen! Verstanden?"
Zions Mut scheint aufgebraucht zu sein, denn anstatt sich weiter für mich einzusetzen, nickt er einfach nur panisch.
Jacob scheint fürs Erste zufrieden zu sein, bebt jedoch immer noch vor Zorn.
Sein gezischtes „Nur Loser brauchen Waffen", geht ihn Zions Gejammer beinahe unter.
Jacob ist tödlich!
Immer.
Er braucht keine Knarre, um seine Gegner auszuschalten, er macht das mit den Händen.
Draußen angekommen, entdecke ich sein Motorrad, das direkt vor dem Eingang am Straßenrand steht.
Die eisige Nachtluft hüllt mich ein, eine Gänsehaut überzieht meine Arme.
Jacob bemerkt, was los ist, flucht laut und zieht sich die Weste aus.
Keine dreißig Sekunden später rutscht sein weicher, warmer Pullover über meinen Kopf. Er zieht seine Kutte wieder an, und das Bild, das er dabei abgibt, seufz ...
Leder, Tattoos und Muskeln sind eine gefährliche Kombination für ein einsames Frauenherz.
„Es gefällt mir nicht, dass du nackt bist."
Ach ja?
„Früher hat es dir gefallen."
„Früher hast du dich auch nur für mich ausgezogen."
Der Punkt geht an ihn.
„Soll ich dir sagen, was mir nicht gefällt?"
Er nickt.
„Nur zu."
„Dass du einfach so in meiner Arbeit auftauchst und dich mit meinem Boss anlegst. Es gefällt mir nicht, dass du dich benimmst, als würde ich immer noch dir gehören. Wir sind nicht mehr zusammen. Wir haben uns

vier verdammt lange Jahre nicht gesehen. Du kennst mich nicht mehr, Jacob."

Das war nichts als die Wahrheit, trotzdem ist es hart, es auszusprechen und es laut und deutlich zu hören.

Seine Kiefermuskeln zucken, seine Wangenpartie arbeitet und auf seiner Stirn tritt eine Ader hervor.

Er ist kurz davor durchzudrehen, aber darauf kann ich keine Rücksicht nehmen.

„Ich brauche diesen Job, Jacob."

Er schüttelt entschieden den Kopf.

„Nein, tust du nicht!"

Verflucht, was soll das?

„Doch, natürlich. Ich muss meine Miete bezahlen, Lebensmittel ... einfach alles."

Himmel!

Ich bin kurz davor, ihm von Noah zu erzählen.

So. Kurz. Davor.

Doch ich tue es nicht – jetzt ist nicht der richtige Zeitpunkt.

Jacob ist in seiner momentanen Verfassung absolut unberechenbar. Ich kann einfach nicht riskieren, dass er austickt und mir meinen Sohn wegnimmt.

„Du wirst nicht mehr tanzen und du wirst dich schon gar nicht für irgendwelche Wichser ausziehen."

Grrrr...

„Aber das ist mein Job."

Er reißt die Augen auf.

„Dir gefällt das?"

Nein.

Aber das kann ich ihm ja wohl kaum sagen.

„Natürlich."

Er wirkt entsetzt. Ich kann es ihm nicht verübeln.

„Gut."

Gut? Hat er das gerade echt gesagt? Ich beschließe, das zu testen.

„Es ist für dich okay, dass ich strippe?"

„Aye, ist es."

Wow!

Das ist unfassbar.

„Ich buche dich. Sagen wir für den Rest unseres Lebens. Du tanzt für mich und du ziehst dich für mich aus und ich bezahle dich dafür!"

Es musste ja so kommen.

Ich mache den Mund auf, um etwas zu sagen, doch er hält ihn mir grob zu.

„Nur! Für! Mich!“

Holy Shit!

Ich ziehe seine Hand von meinem Mund.

„Das ist nicht das, was ich will!“

„Das. Ist. Genau. Das. Was. Du. Willst.“

Öhm, nein!

Ich schüttle entschieden den Kopf.

„Ist es nicht. Ich habe, bevor du ins Gefängnis musstest, Schluss gemacht. Schon vergessen?“

Kaum dass ich die Frage ausgesprochen habe, bereue ich sie auch schon.

Jacobs Gesichtsausdruck verändert sich, genau wie seine Körperhaltung.

Es ist fast so, als würde ihm plötzlich sämtlich Luft entweichen. Als würde er höllische Qualen leiden.

„Du hast mir das Herz aus der Brust gerissen. Seitdem bin ich innerlich tot. Wie könnte ich das also vergessen?“

Wämmmmm!

Es fühlt sich so an, als hätte er mir gerade seine Faust mit voller Wucht in den Magen gerammt. Dabei hat er mich einfach nur angesehen und mir offenbart, wie er sich fühlt.

„Hättest du dir ein anständiges Leben aufgebaut, ein ruhiges, normales, langweiliges. Mit einem schicken Haus in einer netten Vorstadt, einem Gartenzaun, einem beschissen anständigen Mann, ein paar schönen Babys und einem Hund, hätte ich dich in Ruhe gelassen ... aber so?“

Jacob hat sich von mir abgewendet, sein Blick ist auf den Nachthimmel gerichtet, sodass er zum Glück nicht bemerkt, wie ich zusammenzucke, als er das mit den Babys sagt.

„So gehörst du noch immer mir. Ich bezahle dich, du tanzt für mich. Ganz einfach.“

Das bringt mich zum Lachen. Er dreht sich wieder zu mir um, wahrscheinlich um herauszufinden, was ich so witzig finde.

„Einfach? Zwischen uns war es vieles, aber niemals einfach.“

In seinen Augen blitzt es belustigt auf.

Er weiß, dass ich recht habe.

Gottverdammt!

Es fällt mir so unglaublich schwer, standhaft zu bleiben, nicht auf ihn zuzugehen und mich nicht in seine starken Arme zu werfen, dass es fast schon weh tut.

Ihn nicht zu berühren, nicht mit meinen Fingern an seiner Kinnlinie entlangzustreifen, meine Arme nicht um seinen Hals zu schlingen und ihn nicht zu küssen, ist die reinste Folter.

Ich liebe diesen Mann immer noch.

Ich habe es die ganze Zeit geahnt, doch jetzt, wo wir uns so nah sind, dass ich seinen herben, unverkennbaren Geruch von Mann, Leder und Motoröl einatme und seine Körperwärme in seinem Hoodie spüre, weiß ich zu 100 Prozent, dass er der Einzige für mich war, ist und sein wird.

Das Problem ist nur, dass er immer noch die Kutte trägt und nicht nur das, oh nein, jetzt ist er auch noch der verdammte Präsident des *Poison Death Motorcycle Clubs.*

Wie zur Hölle soll ein kleines dreijähriges Kind in diese Welt passen?

Und was ist, wenn Jacob von Noah erfährt, er mir verzeihen kann, dass ich ihm seinen Sohn verheimlicht habe, wir eine Familie werden und er erneut in den Knast muss?

Was dann?

Wie wird Noah das verkraften?

Wie soll ich damit umgehen?

Stopp!

Oh nein. So weit wird es nicht kommen, das kann und darf ich einfach nicht zulassen. Nicht heute und auch an keinem anderen Tag,

Ich habe zu hart für das Leben, das ich führe, gekämpft, als dass ich es einfach so, kaum dass Jacob wieder auf freiem Fuß ist, aufgeben kann.

Mit aller Kraft trete ich einen Schritt zurück, schaffe etwas Abstand zwischen uns, ziehe mir den Pulli über den Kopf und gebe ihn ihm zurück.

Die Kälte trifft auf meine Haut und betäubt den Schmerz in meiner Brust.

„Es tut mir leid. Aber ich kann das nicht."

Seine Augen werden schwarz wie die Nacht, mir entgeht nicht, dass sich seine Hände zu Fäusten ballen.

„Das war kein Angebot, Baby."

„Doch, war es und ich habe es gerade abgelehnt."

Mit diesen Worten lasse ich ihn stehen. Er folgt mir, holt mich ein und versperrt mir den Weg.

„Wenn du nicht mir gehören willst, ist das eine Sache, aber es ist eine ganz andere, dich erneut in diesen Drecksladen marschieren zu lassen. Das kann ich nicht, Zoey."

Sein Blick wandert über meine Brüste und meinen Bauch.

Auf seiner Stirn bilden sich Falten, er kommt auf mich zu, sieht mir in die Augen und dann wieder auf meinen Bauch. Einen Atemzug später spurt er mit seinem Zeigefinger die silbrigen Linien nach – Schwangerschaftsstreifen.
Sie sind nicht dick oder so, und wenn ich auf der Bühne stehe, sehen die Männer im Publikum sie gar nicht. Aber Jacob ist mir so nah und er kennt meinen Körper so gut, dass ihm die Veränderung sofort auffällt.
„Was ist das?"
Ich erkenne an seinem Blick, dass er die Antwort sehr wohl kennt, dass er sie aber nicht wahrhaben will.
Mein Puls schnellt in die Höhe. Ich muss weg hier. Sofort.
„Mach's gut, Jacob."
Ich versuche, an ihm vorbeizuhuschen, doch er hält mich mühelos davon ab, schlingt von hinten einen Arm um mich und zieht mich mit dem Rücken an seine Brust.
Mein Po streift über seine Schenkel, seine große warme Hand, ruht auf meinem Bauch.
Ich zittere wie Espenlaub.
Es könnte etwas Sinnliches haben, ihm nach so langer Zeit endlich wieder nah zu sein, zumindest wenn er nicht vor Wut beben würde.
Ich bleibe stumm, doch die heißen Tränen, die mir über die Wangen rinnen, scheinen ihm Antwort genug zu sein.
Jacob bringt seinen Kopf ganz dich an den meinen, sein Bart schabt in allzu vertrauter Weise über meine Wangen, während sein Mund mein Ohr streift.
„Bist du eine Mom?"
Zack!
Meine Knie geben nach.
Wenn er mich nicht so bestimmend festhalten würde, wäre ich der Länge nach auf den Boden geknallt.
Hilfe!
Hilffeeee!
Was soll ich denn jetzt sagen?
Macht es Sinn, unter diesen Umständen meine Lüge noch länger aufrecht zu erhalten?
Ich meine, nur weil ich ihm verrate, dass ich einen Sohn habe, weiß er ja noch lange nicht, dass er von ihm ist.
Richtig?
Das Problem ist nur, dass mein Herz da nicht mitmacht.
Es war so schon schwer genug, dieses dunkle Geheimnis zu hüten ...
„Bist du eine Mom, Zoey?"

Ich nicke, meine Sicht verschwimmt.
Verzweifelt wische ich mir die Tränen ab und ringe um meine Fassung.
Als er die Bestätigung erhalten hat, wird sein Körper, der sich von hinten an mich presst, hart wie Stein.
Ehrlich. Wenn ich es nicht besser wüsste, könnte ich glatt meinen, dass sich mein Rocker in eine Statue verwandelt hat. Nur die warmen Atemzüge, die über mein Ohr streifen, verraten mir, dass es sich dabei noch immer um einen Menschen handelt.
„Ein Kind ist ein Wunder, also warum weinst du?"
Ein Wunder?
Wow! Halleluja!
Ich habe mit Vielem, aber niemals mit so einer Aussage gerechnet.
Er packt mich grob an den Schultern und wirbelt mich zu sich herum.
Seine Mimik ist angespannt und unnachgiebig und seine Augen ...
Oh Gott!
Sie sehen aus wie zwei tödliche Asteroiden.
„Wie alt ist dein Kind?"
Ich schlucke, mein Blut stockt und mein Herz ist kurz davor, aus meiner Brust zu springen und davonzulaufen.
Das ist dann wohl der Moment, in dem Jacob erfährt, was ich getan habe.
Ich will etwas sagen, doch es kommt nur ein leises Krächzen hervor. Meine Lippen sind trocken und meine Kehle ist so zugeschnürt, als würde ich an einem Galgen baumeln.
„Noah ist dreieinhalb."
Meine Stimme ist nicht lauter als ein Flüstern.
Zitternd beobachte ich, wie der neue Präsident des *Poison Death Motorcycle Clubs* die Information verarbeitet.
„Dreieinhalb?"
Jacob knurrt das Alter seines Sohnes regelrecht.
„Ja."
Ich fühle mich, als würde ich auf dem Gleis eines Schnellzugs stehen, der mit Höchstgeschwindigkeit auf mich zugerast kommt.
„Was willst du mir damit sagen?"
Genau das, was du vermutest ...
Himmel!
Die Augen zusammenkneifend bete ich Gott um Beistand an, ehe ich nach all den Jahren endlich das Richtige tue, und dem Mann, den ich noch immer liebe, von unserem Sohn erzähle.
„Dass du der Vater bist."
Wämmmmm!

Der Schnellzug ist angekommen und er nietet mich ungebremst nieder. Ich sehe die Veränderung, die in Jacob vorgeht, erkenne den Schock in seinem Gesicht und den Schmerz in seinen Augen.
„Ich habe einen Sohn?"
„Ja, Noah."
In der einen Sekunde hält er mich noch grob fest, in der nächsten lässt er mich so schnell los, als ob er sich an mir verbrannt hätte.
„Du hast mir unser Baby verheimlicht?"
Das zu hören, schmerzt.
Meine Zweifel bewahrheiten sich, es war von Anfang an falsch, ihm nichts von der Schwangerschaft und dem Baby zu erzählen.
Wie konnte ich nur jemals so dumm sein und glauben, dass ich das Richtige tue?
„Ich habe einen Sohn, und weiß nichts davon? Ich habe ihn noch nie gesehen, weil du eine verdammte Lügnerin bist!"
Na ja nicht ganz ...
„Du hast unseren Sohn noch nie gesehen, weil du beschlossen hattest, für deinen Club in den Knast zu wandern!"
Und da ist er wieder, dieser altbekannte Schmerz, der mich innerlich aufzufressen droht.
„Wage es ja nicht, Zoey! Wenn ich damals gewusst hätte, dass du schwanger bist ..."
Dieses Mal bin ich diejenige, die ihm ins Wort fällt.
„Was dann? Hättest du dich geändert? Hättest du dann nicht die Schuld auf dich genommen und wärst nicht für Skyler ins Gefängnis gegangen?"
Jacobs Mund öffnet sich, dann macht er ihn wieder zu. Er schafft Abstand zwischen uns, rauft sich die Haare und lässt den Kopf in den Nacken fallen, um ein gebrülltes „Fuck!", in den Himmel zu rufen. Für eine Weile stehen wir einfach so da. Dann dreht er sich langsam zu mir um und verschränkt dabei seine muskelbepackten Arme in einer abweisenden Geste vor seinem mächtigen Brustkorb.
„Ich kann nicht fassen, dass du das getan hast, Zoey!"
„Tja! Ich konnte auch nicht fassen, dass du lieber für etwas, das du gar nicht getan hast, ins Gefängnis gehst, anstatt bei mir zu bleiben und mit mir zusammen zu sein!"
Seine Lippen bilden einen dünnen Strich.
„Das waren nur sechs Monate."
Nein.
„Falsch, es waren vier Jahre!"
Er zuckt getroffen zusammen.

„Das war nicht geplant, Baby und das weißt du.“

Tolle Entschuldigung.

„Die Schwangerschaft war auch nicht geplant.“

Sein Kiefer mahlt.

„Du hast mich verlassen, nicht andersrum.“

Nicht ganz ...

„Hättest du damals nicht ins Gefängnis gemusst ...“

Ich spreche nicht weiter, weil ich selbst nicht genau weiß, wie ich mich unter anderen Umständen damals verhalten hätte.

Aber wäre er nicht im Knast gewesen, hätte ich ihm garantiert von der Schwangerschaft erzählt.

Jacob stürmt auf mich zu.

„Ich war im Knast und nicht auf dem verfickten Mond. Es gibt Besuchszeiten!“

„Ich wollte nie eine von den Frauen sein, die ihren Geliebten im Besucherraum irgendeines Staatsgefängnisses sieht. Nie. Und das hätte ich Noah auch nie angetan.“

Wäre ich ein Mann, würde Jacob mich jetzt ins Koma schlagen.

So aber hält er seine Wut im Zaum.

„Stattdessen hast du unseren Sohn zu einem Leben ohne Vater verdammt!“

Habe ich, und es hat sich nie gut angefühlt.

Nie.

4. Kapitel – Der schlimmste Schmerz

Jacob

Ich kann nicht fassen, dass Zoey das getan hat ...

Ich kann nicht glauben, dass ich Vater bin ...

Es will mir einfach nicht in den Schädel gehen, dass es da einen kleinen Jungen gibt, der mir gehört.

Fuck!

Das Wissen, dass ich einen Sohn habe, und dass ich die ersten Jahre seines Lebens nicht für ihn da war, ist der schlimmste Schmerz, den ich je gespürt habe.

Er ist schlimmer als das Messer, das mir irgend so ein Wichser zwischen die Rippen gejagt hat und dank dem ich beinahe gestorben wäre.

Natürlich ist es leicht, Zoey die Schuld an all dem zu geben, aber das wäre nicht fair.

Trotzdem würde ich sie am liebsten erwürgen.

Bullshit!

Ich bin erst seit wenigen Tagen raus.

Am ersten Tag wurde ich zum Präsidenten gewählt und habe mein Mädchen halb nackt auf einem riesigen, verfickten Plakat gesehen und jetzt?

Jetzt stelle ich fest, dass ich Vater bin und dass ich die Mutter meines Kindes noch immer viel mehr liebe, als ich es mir eingestehen wollte.

Holy Shit! Ich wäre schon vor ein paar Tagen hergekommen, ich war schon auf dem verfluchten Weg ...

Doch dann war da dieser beschissene Officer, der mich nur wenige Stunden nach meiner Entlassung mit einer nicht zugelassenen Waffe erwischt hat. Mein Anwalt hatte alle Hände voll zu tun, mich auf freiem Fuß zu halten. Eine *Heckler & Koch* mit abgeschliffener Seriennummer ist für einen karrieregeilen Staatsanwalt normalerweise Grund genug, einen Typen wie mich sofort wieder im County Gefängnis verschwinden zu lassen. Zumindest wäre er das, wenn sich meine Männer nicht um den Wichser gekümmert hätten.

Sagen wir es mal so ... Dank Aiden ist der Staatsanwalt Geschichte und der Bulle, der mich aufgehalten hat, wird den Rest seines kläglichen Lebens durch einen Schlauch ernährt.

Nach dieser Aktion fiel mir die Entscheidung, welchen Mann ich am Tisch neben mir sitzen habe, leicht. Aiden ist mein neuer Vizepräsident und für den Club hat eine neue Ära begonnen.

Eine Ära, die ich einläuten werde, sobald ich den Schock, dass ich einen Sohn habe, verdauen konnte.

„Steig auf!“

Zoey steht nackt und frierend vor mir und trotz des Zorns, der wie Feuer durch meine Adern rauscht, kann ich nicht umhin, mich um sie zu kümmern.

So war es schon immer.

Diese Frau macht mich fertig ...

Wütend ziehe ich ihr mit dem Befehl, ihn jetzt gefälligst anzulassen, meinen Hoodie über den Kopf, schnappe mir dann ihre Hand und führe sie zu meiner Maschine.

„Steig auf!“

Anstatt zu folgen, schüttelt sie natürlich stur den Kopf.

Argh!

Ich habe ganz vergessen wie stur und kompliziert mein Mädchen ist.

„Meine Schicht ist noch nicht zu Ende, ich arbeite noch!“

„Nein, tust du nicht! Diese Scheiße hatten wir bereits geklärt! Schon vergessen?“

„Du befindest dich nicht mehr in der Position, mir zu sagen, was ich zu tun und zu lassen habe.“

Oh, und wie ich das tue! Und *Fuck!*

Ich kann es kaum erwarten, ihr das zu beweisen.

„Ich habe dir, schon bevor ich wusste, dass du die Mutter meines Kindes bist, verboten hier zu arbeiten. Und jetzt, wo ich es weiß, werde ich erst recht nicht zulassen, dass du dich für andere Kerle ausziehst.“

Sie versucht, sich von mir loszureißen, und scheitert.

Für Zoey gibt es kein Entkommen mehr.

„Fick dich, Arschloch!“

Ah... Madame ist wütend. Sehr gut! Das bin ich auch.

„Ich werde dich ficken! Schon bald! Aber vorher bringst du mich zu meinem Sohn!“

Sie stolpert und sieht mich überrascht an. So, als ob sie nicht davon ausgegangen ist, dass ich sie mir zurückhole. Witzig! Was hat sie sich denn gedacht?

Ich wollte sie, bevor ich von Noah wusste, und jetzt, wo ich weiß, dass wir einen Sohn haben, will ich sie erst recht!

Fuck!

Klar! Am liebsten würde ich sie umbringen, doch tief in meinem Inneren kann ich ihre Beweggründe verstehen, auch wenn ich sie nicht gutheiße!

„Unserem!“

Ich verstehe nicht, worauf sie hinauswill.

„Was?“

„Du hast gesagt deinem Sohn, aber er ist unserer. Streng genommen ist es sogar nur meiner!“

Mir brennen die Sicherungen durch.

Noch bevor ich weiß, was ich da eigentlich tue, legen sich meine Finger um ihren Hals und drücken zu.

„Wage es ja nicht! Wage. Es. Nicht. Dieses Kind ist genauso sehr meins wie deins! Und dass du es mir vorenthalten hast, ist einfach unfassbar! Es war falsch und wenn ich dich nicht so sehr lieben würde ... *Fuck!* Dann würde ich dich töten!“

Zoey japst nach Luft, ihre Augen sind panisch aufgerissen und ihre Lippen werden blau.

Verflucht!

Mit einem Brüllen zwinge ich mich, sie loszulassen und mich zu beruhigen.

Zu viel ist zu viel!

Das will mir einfach alles nicht in den Kopf.

Ich bin Vater!

Ich! Vater! Das ist einfach so unfassbar ...

„Bring mich zu ihm. Sofort.“

Sie hustet und sieht mich voller Furcht an.

Fuck!

Das Letzte, was ich wollte, ist, sie zu verletzen oder ihr Angst einzujagen. Aber sie muss endlich verstehen, was sie getan hat. Was es mir bedeutet, einen Sohn zu haben, und wie sehr es schmerzt, ihn nicht zu kennen.

Als sie noch immer keine Anstalten macht, zu meinem Bike zu gehen, schleife ich sie kurzerhand zur Maschine, steige auf und warte, dass sie hinter mir Platz nimmt.

Sie tut es. Und plötzlich sind die vergangenen vier Jahre vergessen, sie werden in der Sekunde, in der sich ihre Schenkel an die meinen drücken und sie ihre Arme um meinen Bauch legt, vollkommen bedeutungslos.

Zoey ist mein, sie hat schon immer mir gehört und daran kann nichts und niemand etwas ändern.

Sie ist die Schöne und ich bin das Biest und nur zusammen können wir glücklich werden ...

5. Kapitel – ungefilterte Liebe

Zoey

Der Fahrtwind ist eisig und spielt mit meinen Haaren, der Rocker vor mir groß, stark und warm und der Satz in meinem Schädel wie Gift.

„... wenn ich dich nicht so sehr lieben würde ... Fuck! Dann würde ich dich töten!“

Ehrlich gesagt habe ich keine Ahnung, was ich dazu sagen oder darüber denken soll.

Ich meine, das ist krank. Oder? Jemandem zu sagen, dass man ihn liebt, ist etwas Romantisches, ihm jedoch gleichzeitig zu eröffnen, dass man ihn umbringen will, eher weniger.

„... wenn ich dich nicht so sehr lieben würde ... Fuck! Dann würde ich dich töten!“

Zumindest weiß ich jetzt, dass Jacob mich noch immer liebt.

Das ist doch schon mal etwas, oder?

Es wäre so viel leichter, wenn er den Satz nicht zu Ende gesprochen, sondern sich alles, was nach dem „Fuck!“ kommt, nur gedacht hätte.

Scheiße!

Das ist nicht der richtige Moment, um mir wegen irgendwelcher Aussagen das Hirn zu zermartern.

Wir sind auf dem Weg zu meinem Sohn. Pardon! Unserem Sohn.

Und ich kann nur hoffen, dass er tief und fest schläft, und dass Jacob nichts Dummes tut, wie zum Beispiel ihn aufzuwecken und ihm ohne Vorbereitung zu sagen, dass er sein Vater ist. Noah hat nie nach seinem Dad gefragt, dafür ist er wahrscheinlich einfach noch zu klein.

Er hat mich, seine Mom. Er kennt es nicht anders und ist damit zufrieden.

Wenn wir jetzt vor ihm streiten oder wenn wir ihm diese neuen Informationen nicht schonend und kleinkindgerecht beibringen, werden wir ihn für alle Zeit verkorksen.

Und das kann ich nicht zulassen!

Dafür habe ich viel zu hart gekämpft, dass er ein glückliches, normales Kind ist: ohne den Club und ohne einen Dad, der im Knast sitzt.

Wobei? Wem mache ich da eigentlich etwas vor?

Eine alleinerziehende Mutter, die ihrem Sohn den Vater vorenthält und nachts strippen geht, ist nicht wirklich normal.

Verdammt!

Im Augenblick fühlt es sich so an, als hätte ich mich die letzten Jahre selbst belogen.

Um dem eisigen Fahrtwind auszuweichen, kauere ich mich zusammen und verstecke mich hinter Jacobs massivem Rücken.

So hinter ihm auf seiner Maschine zu sitzen, hat etwas Vertrautes an sich, und auch wenn ich es nicht zugeben will, fühlt es sich richtig an.

Ich bin so was von am Arsch!

Wir fahren an dem riesigen, beschissenen Plakat vorbei, dem ich es überhaupt erst verdanke, dass ich mich in dieser Lage befinde, und kommen viel zu schnell vor dem Gebäudekomplex, in dem ich mit Noah wohne, an.

Gott steh mir bei!

Jacob bleibt mitten im Halteverbot direkt vor der Haustüre stehen und sieht sich um.

„Das hier gefällt mir nicht."

Komisch.

„Tut mir echt leid, dass ich mir kein Haus in einer der schickeren Wohngegenden leisten konnte."

Er brummt etwas Unverständliches, schaltet den Motor ab, klappt den Ständer aus und streicht mir mit seinen rauen Händen über die Oberschenkel.

Ich erschaudere, aber nicht wegen des Temperaturunterschieds von seinen warmen Fingern auf meinem kalten Bein, sondern wegen der Berührung an sich.

Mit ihm Schluss zu machen, war das Schwerste, das ich je getan habe ...

Ich habe mir damals selbst das Herz gebrochen und seitdem lebe ich mit einem beinahe unerträglichen Schmerz in der Brust.

Um mich selbst von einer fürchterlichen Dummheit abzuhalten, lasse ich den Biker vor mir so schnell es geht los und springe regelrecht von seiner Harley, was ihm ein freudloses Lachen entlockt.

Scheiße!

Jacob weiß es, er weiß, welche fatale Wirkung er auf mich hat, und er wird dieses Wissen schamlos ausnutzen, um mich zurückzubekommen.

Wäre das denn wirklich so schlimm?

Ich ignoriere die Stimme in meinem Kopf, gehe zur Haustüre und fluche leise, als mir klar wird, dass ich meine Sachen in der Arbeit gelassen habe.

Es ging alles so schnell und davon abgesehen war es ja nicht so, dass Jacob mir die Möglichkeit gegeben hat, meine Tasche zu holen.
Mit einem Fluch drehe ich mich zu Jacob um.
„Ich habe keinen Schlüssel."
Auf seiner Stirn bilden sich zwei tiefe Falten.
„Soll das ein Witz sein?"
„Nein."
Leise zischend fasst er in die Innentasche seiner Kutte und holt einen kleinen schwarzen Beutel hervor.
Der Inhalt raschelt leise und als er sich eine Minute später mit dem Dietrich-Set in der Hand vor dem Schloss auf den Boden kniet, bleibt mir nichts anderes übrig als fassungslos den Kopf zu schütteln.
Mein geflüstertes „Heilige Scheiße!" entlockt ihm nur ein Brummen.
„Als ob du nicht wüsstest, dass ich jedes Schloss knacken kann."
An seinen Mundwinkeln zupft ein Lächeln.
„Es hat sich nichts geändert. Richtig?"
Mit dem *nichts* spiele ich nicht nur auf seine kriminelle Energie an, sondern auch auf uns beide und an der Art, wie er mich ansieht, erkenne ich, dass er das weiß.
„Nein, Baby, das hat es nicht!"
Sechzig Sekunden später ist die Haustüre offen und wir gehen schweigend Seite an Seite nach oben. Je näher wir unserer Wohnung und somit auch der unserer Nachbarin kommen, umso schneller wird mein Herzschlag.
Mir wird heiß und kalt und unglaublich schlecht.
Bevor ich an ihre Türe klopfe, drehe ich mich zu Jacob um.
„Bitte halt dich zurück. Hier geht es nicht um dich oder mich oder darum, wie wütend du auf mich bist, sondern nur um Noah."
Er nickt, der Zug um seinen Mund wird ernst.
„Mag sein, dass ich erst seit heute weiß, dass ich Vater bin, aber mir ist sehr wohl bewusst, dass unser Sohn wichtiger ist als alles andere. Ich werde mich zurücknehmen."
Das beruhigt mich, also klopfe ich an.
Ava macht mir lächelnd auf, sie sieht verschlafen aus. Doch das ändert sich in dem Moment, in dem sie den großen, muskulösen Biker hinter mir sieht.
„Teufel! Er hat dich gefunden?"
Ich nicke.
„Hat er."
„Und jetzt?"
Ich zucke mit den Schultern.

„Keine Ahnung. Lass uns einfach Noah holen und dann sehen wir weiter."

Sie lässt uns rein, Jacob sagt kein Wort.

Noah schläft in einem Berg aus Kissen mit seinem heißgeliebten Saurus auf der Couch. Ich gehe zu ihm, hauche ihm sanft und ohne ihn zu wecken einen Kuss auf die Stirn und beobachte dann Jacobs Reaktion auf seinen Sohn.

Ehrfurcht, Bewunderung, Liebe und etwas, das nach Angst aussieht, zeichnet sich auf seinen Gesichtszügen ab.

„Er ist unglaublich!"

Jacobs Stimme ist heiser, er schluckt hart und als er die Motorradbettwäsche bemerkt, rucken seine Augen sofort zu mir.

„Er ist dir ähnlicher, als du denkst."

Das scheint ihn glücklich zu machen.

Für eine Weile stehen wir einfach so da und betrachten unser Kind, Ava hält sich diskret im Hintergrund, wofür ich ihr echt dankbar bin.

Mit zitternden Fingern streichelt Jacob über Noahs weiche Wange.

Meine Augen werden feucht und mein Herz zieht sich schmerzhaft zusammen.

Eine Million unterschiedlicher Gefühle erwachen in meiner Brust zum Leben und ich habe absolut keine Ahnung, was ich in diesem bedeutenden Moment empfinden soll.

„Er ist perfekt!"

Oh ja, das sehe ich auch so.

„Lass ihn uns ins Bett bringen."

Mein Ex nickt. Nur um sicher zu gehen, dass ich es nicht vergesse, rufe ich mir noch schnell tausend Mal ins Gedächtnis, dass dieser Rocker mein Ex ist.

Dann erlaube ich mir tief einzuatmen und seinen herben Duft von Mann, Leder und Motoröl zu inhalieren.

Hilfe!

Bin ich etwa gerade dabei schwach zu werden?

„Ava hast du den Ersatzschlüssel? Ich habe meinen in der Arbeit vergessen?"

Sie geht los, um ihn zu holen. Ich lasse zu, dass Jacob Noah vorsichtig von der Couch hebt, und dann gehen wir rüber in meine Wohnung, wo der Vater seinen Sohn ins Bett bringt.

Zu meiner großen Erleichterung wacht Noah nicht auf. Und das ist auch gut so, denn ich hätte keine Ahnung, wie ich ihm den großen, tätowierten Rocker erklären sollte, in dessen starken Arme er liegt und der ihn so voller Liebe ansieht.

Jacob deckt ihn zu und scheint sich dabei kaum an ihm sattsehen zu können.

Ich beschließe, ihm einen Moment zu geben, und ziehe mich leise zurück.

Was für eine Nacht!

Kaum dass ich mich erschöpft auf das Sofa sinken lasse, werde ich von einer Welle ungefilterter Liebe überrollt.

Halleluja!

Erst jetzt, wo Jacob wieder in mein Leben geplatzt ist, wird mir so richtig bewusst, dass ich nie, nie aufgehört habe, ihn über alles zu lieben.

6. Kapitel – Sich nehmen, was einem gehört

Jacob

Keine Ahnung, wie lange ich so dastehe, in dem Kinderzimmer meines Sohnes, und seine feinen Gesichtszüge betrachte!

Ich kann mich einfach nicht an ihm sattsehen!

Das Wissen, dass ich so viel verpasst habe, die Schwangerschaft, die Geburt, und Noahs erste Jahre, macht mich wütend.

Es bringt mich beinahe zum Verzweifeln.

Aber es bringt nichts, in der Vergangenheit zu verweilen, wenn die Zukunft so nah ist.

Die Augen fest auf meinen Sohn gerichtet, schwöre ich mir selbst, ab jetzt immer für mein Kind da zu sein und nichts, absolut nichts mehr zu verpassen!

Dann zwinge ich mich selbst, das Kinderzimmer zu verlassen und zu meiner Frau zu gehen.

Das mit Noah wird leicht, so leicht es eben werden kann, wenn man einen drei Jahre alten Sohn hat, der nichts von einem weiß.

Die Sache mir Zoey hingegen verspricht komplizierter zu werden.

Mein Mädchen hatte schon immer einen eigenen Kopf.

Wenn ich zu ihr gesagt habe, dass sie etwas nicht tun soll, hat sie es erst recht getan.

Die Mutter meines Kindes ist stur und wild und mutig und wunderschön und selbstständig und tapfer und stark und sie gehört einfach zu mir.

Mir ist das zu 100 Prozent klar, die Frage ist nur, ob ihr das ebenfalls bewusst ist.

Fuck!

Fuucckkkk!

Bis heute, genauer gesagt bis zu dem Moment, in dem ich erfuhr, dass ich ein Kind habe, habe ich nie viel von dieser klassischen Mutter-Vater-Kind-Konstellation gehalten.

Doch das hat sich jetzt auf einen Schlag geändert.

Aber das bewirken Kinder, sie stellen das eigene Leben und alles, woran man jemals geglaubt hat, auf den Kopf.

Ich finde meine Frau im Wohnzimmer. Sie sitzt auf der Couch und hebt den Kopf, als sie mich kommen hört.

„Er schläft tief und fest."

Das scheint sie zu erleichtern.

„Wir müssen reden, Jacob."

„Oh, und wie wir das müssen!“
Ich setze mich zu ihr und lasse dabei einen gewissen Abstand zwischen uns.
Ich kann nicht klar denken, wenn ich sie berühre, nicht nachdem ich mich so lange nach ihrer Nähe verzehrt habe.
„Ich weiß nicht, was in den letzten Jahren alles passiert ist und wie es dir ergangen ist. Was ich aber weiß, ist, was ich empfinde, und dass wir einen Sohn haben, und dass ich dich zurückwill. Für mich warst du immer die Meine und daran wird sich auch nie etwas ändern, Zoey!“
Unsere Blicke begegnen sich und ich erkenne die Sehnsucht in ihren Augen.
„Du hast viel verpasst!“
Das Blut in meinen Adern gefriert.
„Aye, ich weiß, und darum bin ich auch so fest entschlossen, nicht noch mehr zu versäumen! Bullshit! Im Zimmer nebenan liegt ein kleines Kind – mein Sohn, der nichts von mir weiß und der mich nicht kennt.“
Zoey zuckt getroffen zusammen, es war nicht meine Absicht, ihr weh zu tun.
Tränen laufen ihr über die Wangen.
Fuck!
Mit meiner weinenden Frau konnte ich noch nie gut umgehen, ich weiß dann verdammt noch mal nicht, was ich machen soll. Schickt mich in den Krieg, gebt mir eine Waffe und einen Auftrag und ich tue, was getan werden muss.
Aber wenn Zoey weint ...
Doppel Fuck!
Das ist zu viel für mich.
„Ich wollte immer nur das Beste für Noah.“
Da bin ich mir sicher.
So wie ich meine Frau einschätze, ist sie eine Löwenmutter.
„Das Beste für ihn sind seine Mutter und sein Vater.“
Meine Selbstbeherrschung bekommt erste Risse.
Ich ertrage den Abstand zwischen uns nicht länger, ziehe Zoey besitzergreifend auf meinen Schoß, hauche ihr einen sanften Kuss auf die Stirn und gebe mein Bestes, um sie zu trösten.
Mein Körper hat andere Pläne.
Sie nach all den Jahren endlich wieder bei mir zu haben, löst ein Verlangen aus, das ich unmöglich ignorieren kann.
Und warum sollte ich auch?
Zur Hölle!
Sie. Ist. Meine. Frau.

Verdammt!

Nicht fähig, mich auch nur einen Atemzug länger zurückzuhalten, umfasse ich bestimmend ihr Kinn, drehe ihren Kopf in meine Richtung und lecke die salzigen Tropfen von ihren Wangen, ehe ich ihren Mund nach mehr als vier Jahren endlich wieder für mich beanspruche.

7. Kapitel – Ein neues Kapitel für eine alte Geschichte

Zoey

Ich sollte nicht auf Jacobs Schoß sitzen – doch ich tue es.

Ich sollte seinen hungrigen Mund nicht willkommen heißen – doch ich tue es.

Ich sollte seinen Kuss nicht mit derselben Leidenschaft erwidern – doch ich tue es.

Aber vor allem sollte ich nicht meine Arme um seinen Hals legen, mich rittlings auf ihn setzen und meine pochende Mitte an der harten Beule in seiner Hose reiben – doch ich tue es.

Ich tue all das und besiegle damit meinen Untergang.

Wobei? Warum so pessimistisch?

Es gab eine Zeit, in der wir verdammt glücklich miteinander waren.

Eine Zeit, in der ich mir nicht vorstellen konnte, ohne ihn zu leben.

Und wer weiß? Vielleicht haben wir das Glück, ein neues Kapitel für unsere Geschichte aufzuschlagen. Eines, das mit einem Happy End gekrönt wird?

Ja klar! Und morgen verwandelt sich der vorbestrafte Rockerpräsident in einen Prinzen, er schenkt dir ein Pferd und du wirst zu einer Prinzessin.

Diese fiese Stimme meines Unterbewusstseins ausblendend, beiße ich mich an seiner Unterlippe fest und lasse zu, dass sich seine warmen Hände unter seinen Hoodie schieben und meine Brüste umfassen.

Ich bin verloren.

All die Jahre wollte ich nichts anderes als unabhängig sein und diesen Biker vergessen und jetzt?

Jetzt sitze ich auf seinem Schoß und kann es kaum erwarten, wieder ihm zu gehören.

Himmel!

Ich bin so dumm. Dumm. Dumm.

Das letzte bisschen Vernunft, das mir noch geblieben ist, zusammenkratzend, beende ich unser dekadentes Zungenspiel und löse mich schwer atmend von ihm.

„Stopp! Bevor wir das tun, müssen wir einige Dinge regeln."

Das Grau seiner Augen ist beinahe schwarz und in seinen Pupillen scheint eine Art Flamme zu tanzen.

Die Zeit im Gefängnis hat ihn härter gemacht, härter und zu meinem Pech oder Glück (je nachdem, wie man es sehen will) auch attraktiver.

„Was willst du regeln?"

Er klingt geplagt, was wohl daran liegt, dass ich zwar unseren Kuss unterbrochen habe, aber nicht genug Selbstkontrolle aufbringen kann, mich nicht mehr an seiner Erektion zu reiben.

„Alles. Was mit uns ist? Wie geht es mit Noah weiter? Wo werden wir wohnen und was hat das hier“, ich deute auf ihn und dann auf mich, „zu bedeuten.“

Er flucht und stöhnt, packt mich an der Hüfte und presst mich fester auf seinen Schwanz.

„Du gehörst mir! Wir werden uns mit Noah Zeit lassen. Er wird erfahren, wer ich bin, und ich werde ihm ein guter Vater sein. Wir suchen uns ein Haus oder eine Wohnung in Spokane. Und was das hier ist, das weißt du verdammt noch mal ganz genau!“

Wow!

Wooowww!

„Meinst du das alles auch wirklich ernst?“

Er nickt und presst sein Glied durch seine Jeans hindurch an meine nackte Pussy.

Oh, es hat auch seine Vorteile, kaum bekleidet zu sein.

Er versucht seinen Mund erneut auf den meinen zu pressen, doch ich weiche ihm in letzter Sekunde aus.

„Und was ist mit meinem Job? Ich brauche das Geld.“

„Vergiss es, Baby! Ich werde niemals zulassen, dass meine Frau, meine Old Lady, die Mutter meines Sohnes, sich für Geld auszieht.“

Seine Worte haben auf mich denselben Effekt wie ein Eimer kaltes Wasser.

Trotz der Lust, die in mir kocht, versuche ich, von seinem Schoß zu klettern, was er natürlich nicht zulässt.

„Ich verstehe, dass du arbeiten willst. Du warst schon immer unabhängig. Aber nicht das. Okay. Nicht so. Noah wird älter, er wird immer mehr verstehen und ich will nicht, dass er jemals erfährt, dass seine Mutter, um für ihn zu sorgen, dazu gezwungen war, vor fremden Wichsern mit dem nackten Arsch zu wackeln. Das lasse ich nicht zu! Wir finden einen anderen Job für dich. Versprochen! Etwas, wo du deine Sachen anbehältst und ich nicht den Drang verspüre, einen Massenmord zu begehen!“

Wenn er es so formuliert, kann ich ihm wohl kaum widersprechen.

„Abgemacht. Aber ich schwöre dir, wenn du jemals wieder in den Knast musst, bringe ich dich eigenhändig um.“

Und in dem Moment, in dem ich es ausspreche, weiß ich, dass es die Wahrheit ist.

Er lacht, vergräbt seine Faust in meinen Locken und zieht mich wieder dichter an sich heran. Dieses Mal versuche ich nicht, ihm auszuweichen, und dieses Mal hätte er es wohl kaum zugelassen ...

Unsere Lippen verschmelzen, sein Atem wird zu meinem und meine Sinne spielen verrückt.

Je länger seine Zunge mit der meinen tanzt, umso unbedeutender werden die vergangenen vier Jahre und umso sicherer bin ich mir, dass wir eine echte Chance auf einen Neuanfang haben.

„Holy Shit! Du fühlst dich genauso gut an, wie ich es in Erinnerung hatte."

Während er spricht, zieht er mir seinen Hoodie über den Kopf.

Kaum dass er verstummt, saugt er sich an meinem Hals fest und verpasst mir einen Knutschfleck. Genau wie früher ...

Jacob hat es schon immer geliebt, seine Spuren auf meinem Körper zu hinterlassen.

In der einen Sekunde sitze ich noch auf ihm, in der nächsten liege ich mit dem Rücken auf der Couch und mein Biker ist groß und stark über mir.

Die Hitze, die in mir aufsteigt, lässt mich feucht werden.

Mein Herz trommelt in einem viel zu schnellen Takt, während ich es kaum erwarten kann, ihn endlich in mir zu spüren.

„Du bist alles, was ich je wollte ..." Kuss. „Ich habe versucht, dich zu vergessen, aber es ging einfach nicht." Kuss. „Ich werde nicht zulassen, dass du mich jemals wieder verlässt." Kuss.

Er steht auf, streift sich die Kutte ab und macht sich dann an seinem Gürtel zu schaffen, während er sich die Stiefel von den Füßen kickt.

Einen Atemzug später rutscht seine Jeans nach unten und seine Boxershorts verschwindet aus meinem Sichtfeld.

Jetzt steht er groß und stark und nackt vor mir. Sein dicker Schwanz reckt sich in meine Richtung, mir läuft das Wasser im Mund zusammen.

Süchtig nach seinem Geschmack rutsche ich von dem Sofa, sinke vor ihm auf die Knie und umfasse seine Erektion mit der rechten Hand, während ich gierig anfange an der Spitze zu saugen.

„Fuck Zoey! Fuck! Fuck! Fuck!"

Mehr sagt er nicht, sondern schiebt sich stattdessen immer tiefer in meinen Hals.

Ich würge kurz, finde dann die perfekte Position und beginne mit dem Kopf vor und zurück zu wippen. Mein Rocker flucht und zischt, seine Finger legen sich auf meinen Hinterkopf. Er hält mich fest und kommt meinen saugenden Lippen immer schneller entgegen.

„Du bist das Paradies. Du bist die Schöne und ich bin das Biest und nur mit dir an meiner Seite kann ich existieren."

Mit der Zunge über die Unterseite leckend, verwöhne ich die komplette Basis, stoße vor und ziehe mich zurück. Einen Kuss auf seine Eichel hauchend, koste ich die ersten cremigen Tropfen und fange dann so richtig an, ihm einen zu blasen.

Die Muskeln in seinen Beinen spannen sich an, werden zu Granit.

Genau wie die unterste Reihe seines beeindruckenden Sixpacks. Andere Männer werden im Knast fett und unförmig, aber Jacob hat sich fit gehalten und noch ordentlich an Muskelmasse zugelegt.

„Du bringst mich um, Baby."

Er stößt zu, vergräbt sich bis zum letzten Millimeter in meinem Rachen und verweilt dort für einen Moment, ehe er sich mit einem Ruck zurückzieht, aus meinem Mund gleitet, mich nach oben zieht und bäuchlings über die Lehne des Sofas schubst.

Jetzt liege ich schutzlos vor ihm, mein Hintern ist in die Höhe gestreckt, während meine Lust aus mir heraustropft.

Halleluja!

„Fick mich. Ich brauche dich!"

Seine Nasenflügel blähen sich, und obwohl ich ihm ansehen kann, dass er es tun will, dass er mich endlich ficken will, schüttelt er den Kopf.

„Erst werde ich dich kosten."

Damit kniet er sich hinter mir auf den Boden, reißt meine Pobacken auseinander und beginnt damit, sich durch den Spalt hinab bis zu meiner Muschi zu lecken.

Vor meinen Augen verschwimmt alles und in der Sekunde in der er mit zwei seiner Finger in mich stößt, bin ich kurz davor zu kommen. Er fingert und leckt mich, reibt mit seinem Daumen über meine Klit verwöhnt mit seiner Zungenspitze meine Rosette.

Der Orgasmus der über mir hereinbricht, ist so allumfassend, dass meine Knie nachgeben und ich auf sein Gesicht falle.

Er brummt zufrieden, drückt seine Finger noch etwas weiter in mich rein und wartet bis die Zuckungen nachlassen, ehe er sich hinter mir in Position bringt und sich mit einem gnadenlosen Stoß bis zum Anschlag in mir versenkt.

Ich schreie, bebe und drücke mich ihm willig entgegen.

Jacob faucht und flüstert meinen Namen, ehe er all seine Kraft aufbringt, mich über die Klippe zu schicken und zu den Sternen zu befördern.

So war es schon immer zwischen uns.

Ganz egal wie heftig wir gestritten hatten oder wie unsere Beziehung auch gelaufen ist, der Sex war immer fantastisch.

Es ist fast so, als wüsste er ganz genau, wann er mich wie und wo anfassen muss, um mir die größtmögliche Lust zu verschaffen.

Er spielt mit mir, schenkt mit einen Augenblick, um zurück auf die Erde zu fallen, nur um mich erneut zum Explodieren zu bringen.

Unfähig, etwas anderes zu tun, als mich von ihm nehmen zu lassen, werfe ich einen Blick über die Schulter zu ihm nach hinten und ertrinke in seinen dunklen Augen, während ich wieder und wieder komme ...

Erst nach einer göttlichen Ewigkeit beginnt sein Schwanz in mir zu zucken.

Eine unglaubliche Hitze flutet mein Inneres, während ich erschöpft die Augen schließe und in der Glückseligkeit unserer wiedergefundenen Liebe bade.

8. Kapitel – Meine Frau, mein Sohn, die Zukunft und ich

Jacob

Nach dem Sex habe ich meine Frau in ihr Bett getragen und sie in meine Arme gezogen.

Früher hatte ich tausend Wünsche und Pläne. In mir war immer eine gewisse Unzufriedenheit.

Dank den vier verlorenen Jahren habe ich gelernt, dass es die einfachen Dinge sind, die das Leben ausmachen.

Das Mädchen, das ich liebe, unser Sohn, die Zukunft.

Mehr brauche ich nicht.

Alles, was ich jemals wollte, gehört mir. Ich werde Skylers und Masons Tod rächen und den *Poison Death Motorcycle Club* in eine neue Ära führen. Ich werde meinem Sohn beim Aufwachsen zusehen und Zoey erneut einen dicken Bauch machen.

Nur dieses Mal werde ich alles hautnah miterleben.

Die Schwangerschaft, die Geburt, das erste Lachen und die ersten Schritte und eben alles, was ich bei Noah verpasst habe.

Ich werde meinem Sohn das Fahrradfahren beibringen und ihm nächste Weihnachten so viele Geschenke machen wie nur unter den Baum passen.

Ich werde für ihn da sein – immer.

Tief einatmend, fülle ich meine Lunge mit Zoeys Duft, schließe kurz die Augen und bedecke ihren Bauch mit meiner Hand.

Dann spure ich die silbrigen Linien nach und versuche mir vorzustellen, wie sie wohl als Schwangere ausgesehen haben mag?

„Ich weiß, sie sind nicht schön."

Ihre Stimme reißt mich aus meinen Gedanken.

„Was ist nicht schön?"

„Die Dehnungsstreifen."

Fuck, was?

Ich richte mich auf und sehe sie an.

„Sie sind der Beweis dafür, dass etwas von mir in dir war. Du hast neues Leben geschaffen. Noah ist ein Wunder. Du bist ein Wunder. Ich liebe diese Streifen. Jeden einzelnen davon!"

Meine Süße wirkt überrascht.

„Ehrlich?"

„Ehrlich!"

Um es ihr zu beweisen, lasse ich tausend Küsse auf ihren Bauch regnen.

Das leise Lachen, das sie dabei von sich gibt, ist wie Musik in meinen Ohren.

„Du bist die schönste Frau, die ich je gesehen habe, zweifle nie wieder an dir!“

Süchtig nach ihrem Geschmack pinne ich meinen Mund auf den ihren, tauche mit der Zunge tief in sie hinein und koste unser neu gefundenes Glück ...

9. Kapitel – Mein Sohn in meinem Club

Jacob

Der nächste Tag kommt schnell und so gern ich auch dabei gewesen wäre, wenn mein Sohn aufwacht, verstehe ich Zoeys Bitte, vorher zu verschwinden.

Sie will Noah nicht überfordern.

Fuck!

Das ist schwer, aber damit bin ich einverstanden.

In Spokane angekommen, tausche ich mein Bike gegen einen der Wagen des Clubs und treffe einige Vorbereitungen. Vier Stunden später breche ich wieder nach Millwood auf, um meine Familie abzuholen.

Wir werden Skylers Wohnung beziehen, die sich in einem der Nebengebäude auf dem Clubgelände befindet.

Es ist nicht perfekt. Aber bis ich ein geeignetes Haus gefunden habe, wird es für uns drei reichen.

Es ist mir egal, was Zoey Noah sagt, aber wir sind zu lange getrennt gewesen, als dass ich noch länger damit warten könnte, sie zu mir zu holen.

Von mir aus soll sie es ihm als Urlaub oder Abenteuer verkaufen, Hauptsache, ich habe schon heute Abend beide bei mir.

Die Sehnsucht und die Ungeduld, die von mir Besitz ergriffen haben, lassen einfach nicht zu, dass ich langsamer vorgehe.

Fuck!

Ich war einverstanden, dass wir Noah nicht sofort erzählen, wer ich bin, aber das bedeutet noch lange nicht, dass ich zulasse, dass er weiterhin von mir getrennt lebt.

Seine Mutter und er gehören zu mir.

Für immer.

Epilog – Was auch immer die Zukunft bringen mag

Zoey

Noah war schon immer ein aufgeschlossener Junge. Als ich ihm erzählt habe, dass wir für ein paar Tage verreisen, war er total begeistert. Mir hingegen dreht sich bei dem Gedanken, dass mein Sohn in einem MC leben wird, der Magen um.

Doch vielleicht ändern sich die Dinge, vielleicht wird jetzt, wo Jacob der Präsident des *Poison Death Motorcycle Clubs* ist, alles anders?

Ja, es ist naiv, das zu glauben, aber wie heißt es so schön? *Die Hoffnung stirbt zuletzt.*

Während der Fahrt hat Noah die ganze Zeit geredet. Er und Jacob sehen sich nicht nur unglaublich ähnlich, sie verstehen sich auch prächtig, was den Rocker neben mir unfassbar glücklich macht.

Die beiden reden über ihre Lieblingseissorte, Motorräder, Dinosaurier und wie man Spaghetti am besten in den Mund saugt.

Und auch wenn das vielleicht vorschnell sein mag, glaube ich wirklich, dass Jacob ein guter Vater sein wird.

Er mag viele Fehler haben, aber seine größte Stärke sind sein Pflichtbewusstsein und seine unerschütterliche Loyalität und diese beiden Eigenschaften bilden eine gute Grundlage für die Vaterschaft.

Alles andere lassen wir auf uns zukommen und *verdammt* ...

Ich werde einfach alles tun, damit diese Familie eine Chance hat zu bestehen.

Um ehrlich zu sein, habe ich keine Ahnung, ob es falsch oder richtig war, Noah geheimzuhalten, aber jetzt, wo das Schicksal oder vielmehr mein Exboss und seine Plakate dafür gesorgt haben, dass Jacob und ich wieder zusammengefunden haben, erkenne ich, dass mein Sohn seinen Vater braucht.

Und ich brauche Jacob. So war es schon immer ...

Das Mädchen und der Dämon

Save a Harley, Ride a Biker

Prolog – Alte Freundschaften

Dämon

Zehn Jahre Knast verändern einen Menschen.

Sie lassen ihn abstumpfen und machen ihn wütend.

Wir Menschen behaupten immer, dass wir uns von den Tieren unterscheiden, dass wir anders sind, zivilisierter.

Aber das ist alles Bullshit!

Steck einen Mann für ein Jahrzehnt in eine vier mal vier Meter große Zelle, erlaube ihm nur einmal am Tag in den beschissenen Hof zu gehen, gib ihm schlechtes Essen und *voilà, erkennst du das Tier, das in jedem von uns steckt.*

Fuck!

Ich sage nicht, dass ich es nicht verdient hatte, eingebuchtet zu werden.

Das wäre eine Lüge.

Aber der Typ, wegen dem ich im Gefängnis gelandet bin, hatte es mindestens so sehr verdient, wieder und wieder meine Faust zu spüren.

Der Staatsanwalt hat behauptet, dass ich vorsätzlich gehandelt habe, und das stimmt.

Ich verteidige mich nicht, ich rede mich nicht raus und ich behaupte auch nicht, dass ich zu den 99 Prozent gehöre, die angeblich zu Unrecht verurteilt wurden.

Alles, was ich sage, ist, dass ich diesen Typen tot sehen wollte.

Mausetot, und der Rest, den könnt ihr euch denken.

Es stört mich nur, dass ich es damals nicht zu Ende gebracht habe, und falls sich mir jemals die Möglichkeit bietet, den Fehler zu beheben, werde ich das tun.

Einen unsichtbaren Fussel von meinem Leder streichend, setze ich das Bier an meine Lippen und beobachte die wilde Party, die um mich herum stattfindet.

Für einen Außenstehenden mag es so wirken, als ob ich ein Teil dieser Feier wäre, doch das täuscht. Ich sitze nur rein zufällig zwischen all den tanzenden, saufenden und fickenden Arschlöchern und frage mich zum gefühlt hundertsten Mal, was mit mir nicht stimmt?

Ich bin frei, das ist genau das, was ich sein wollte.

Doch jetzt, wo ich zurück im *Poison Death Motorcycle Club* bin, fühlt es sich so an, als wäre ich am falschen Ort. Als wäre das hier nicht länger meine Familie und nicht mehr mein beschissenes Zuhause.

Während ich weg war, sind Freunde gestorben und neue Member hinzugekommen. Die Dinge haben sich geändert, während ich der Gleiche geblieben bin.

Allein diese Sache mit den Telefonen.

Warum müssen diese Teile immer komplizierter werden?

Nach meiner Entlassung vor knapp einem Jahr hat mir Bruce, der Präsident des Chapters hier in Oregon, eines dieser iPhones in die Hand gedrückt und Fuck!

Ich bin mir sicher, dass man damit, wenn man nicht aufpasst, aus Versehen eine Mondrakete starten kann.

Keine Ahnung, ob die NASA das beabsichtigt hat? Ich für meinen Teil komme mit der Technik nicht zurecht.

Erst letzte Woche war ich mir sicher, die Einstellungen gelöscht zu haben, doch zu meinem Glück hat sich herausgestellt, dass das überhaupt nicht geht.

Echt zum Kotzen.

Mein Bier ist leer, ich zünde mir eine Kippe an, inhaliere den warmen Qualm und fülle meine Lunge bis zum Anschlag mit dem Nikotin.

Das hier ist der richtige Ort, aber es fühlt sich so an, als wäre es die falsche Zeit.

Die Dynamik hat sich verändert, zu meinem Pech bin ich jedoch der Gleiche geblieben.

Also was jetzt?

Die Kutte abzulegen ist keine Option.

Der *Poison Death Motorcycle Club* ist alles, was ich habe.

Mit einem Fluch lasse ich den Blick über die anwesenden Bitches gleiten, betrachte ihre nackten Ärsche und spüre, wie sich mein Schwanz mit Blut vollsaugt.

Ich brauche einen harten Fick.

Dann wird es mir sicher besser gehen.

Lustig!

Das denke ich nun schon seit einem Jahr und gebessert hat sich nichts, ganz egal wie viele Nutten ich auch gebumst habe.

Das seltsame Gefühl in meiner Brust ist das gleiche geblieben.

Wie es wohl Jacob ergangen ist?

Jacob war ein Member desselben Clubs, nur aus einem anderen Chapter. Seine Heimat ist Spokane, drüben in Washington.

Wir haben uns im Knast kennengelernt. Seine ursprüngliche Haftzeit war lächerliche zwölf Monate. Aber genau wie ich hat er ein Problem mit Autoritäten. Hinzu kam, dass er hinter Gittern noch ein, zwei

Aufträge für den Club erledigt hat. Als ich entlassen wurde, hatte er sich insgesamt vier Jahre eingehandelt und eins davon war noch übrig.

Er müsste jetzt um den Dreh rauskommen.

Hoffentlich fühlt er sich nach seiner Haft besser als ich.

Genervt rauche ich die Zigarette fertig, schnappe mir die Bitch, die gerade an mir vorbeiläuft, und ziehe sie mit einem Ruck an mich.

Sie quietscht und stolpert direkt auf meinen Schoß.

Bis auf ihre roten Stöckelschühchen ist sie komplett nackt.

Ihr Arsch ist rund, ihre Titten sind voll und sie hat verdammt perfekte Lippen, die sich gut an meinem Glied machen würden.

Sie hat blonde Haare, das ist gut. Aus persönlichen Gründen ist es besser, wenn ich mich von brünetten Schönheiten, für die ich eine Schwäche habe, fernhalte.

Das letzte Mal, als ich zugelassen habe, dass mir so eine Frau zu nahe kam, hat das damit geendet, dass ich für ein Jahrzehnt hinter Gittern gelandet bin.

Jeder Mann hat eine Schwäche, und meine sind brünette Mädchen mit großen, grünen Augen.

Bei genauerer Betrachtung fällt mir auf, dass ich sie hier noch nie zuvor gesehen habe.

Das bedeutet dann wohl, dass sie Frischfleisch ist.

„Was soll das, Dämon?“

„Na was wohl?“

Ihre Pupillen sind stecknadelgroß.

Keine Ahnung was für ein Zeug sie genommen hat, aber ich hoffe, dass sie nicht einfach zusammenbricht, während ich meinen Schwanz in sie reinschiebe.

„Du willst mich?“

Täusche ich mich oder klingt sie irgendwie überrascht?

„Ich will einfach irgendeine heiße, enge, feuchte Pussy.“

Und verflucht!

Dabei bin ich absolut nicht wählerisch.

„Wirklich sehr romantisch.“

Echt jetzt?

„Wenn du nach Romantik suchst, bist du am falschen Ort, Mädchen.“

Sie nickt und legt ihre Hände auf meine Schultern.

„Ja, das ist mir auch schon aufgefallen.“

„Wie lange bist du schon im Club?“

„Heute ist meine dritte Nacht.“

Holy Shit!

„Bereit für einen ordentlichen Fick?“

Sie nickt zögerlich, fast so, als ob sie sich nicht sicher ist, ob sie mit mir umgehen kann.

Kein Wunder!

Ich werde nicht umsonst Dämon genannt.

„Kannst du zärtlich sein?"

Scheiße!

„Soll das ein Witz sein?"

Sie schüttelt verlegen den Kopf.

Und ich denke, in dem Moment wird uns beiden klar, dass das hier definitiv nicht der richtige Ort für sie ist,

„Keine Ahnung. Aber ich werde es versuchen."

Der Vorsatz, mich zusammenzureißen, hält genau bis zu der Sekunde, in der ich sie packe, gegen die nächstbeste Wand drücke, meine Hose öffne und die Feuchtigkeit ihrer Muschi an meinem Schwanz spüre.

Dann brennen mir die Sicherungen durch und ehe ich weiß, was ich da verdammt noch mal tue, stecke ich auch schon bis zu den Eiern in ihrem zitternden Körper.

Bloody Hell!

Ganz egal wie viele Nutten ich auch ficke, nach zehn langen Jahren ohne Frau fühlt es sich jedes Mal wieder so an, als würde ich das verdammte Paradies betreten.

Muschis haben eine beruhigende Wirkung auf mich.

Sobald ich in einer drinstecke, lässt die Unzufriedenheit nach und in meinem Schädel breitet sich ein angenehmer Frieden aus.

Ein Frieden, der zu meinem Pech nur so lange anhält, bis ich abgespritzt habe.

Dann ist da wieder dieser Lärm in meinem Kopf, und die Unzufriedenheit, die mich seit knapp zwölf Monaten fest im Griff hat, kehrt mit voller Wucht zurück.

Meine rechte Faust in ihren langen blonden Locken vergrabend, packe ich sie mit der linken an der Hüfte, ziehe ihren Arsch etwas mehr zu mir und drücke ihren Oberkörper nach unten.

In dieser Stellung ist sie dazu gezwungen, mir ihren Hintern entgegenzustrecken und sich an der Wand abzustützen.

Absolut perfekt.

Mit einem Fluch treibe ich mich weiter in sie hinein, nehme sie tiefer und koste jeden verdammten Moment aus, als wäre er der letzte in meinem beschissenen Leben.

Die Augen auf die Stelle gerichtet, an der mein Glied in ihr verschwindet, sehe ich mir selbst dabei zu, wie ich sie ficke, und knurre zufrieden, als sich endlich der Frieden, den ich so dringend brauche, bemerkbar macht.

What a Fuck!

Die Zähne so fest zusammenbeißend, dass es in meinem Kiefer unheilvoll zu knacken beginnt, ignoriere ich das Klingeln des in meiner Jeanstasche steckende Handys und konzentriere mich voll und ganz auf die Nutte vor mir.

Die Minuten vergehen, sie zuckt und bockt, stöhnt und scheint noch nicht so ganz zu wissen, ob sie meinen harten Stößen ausweichen oder sich ihnen entgegenstrecken soll.

Wie auch immer sie sich entscheidet, sie sollte sich beeilen, denn es wird nicht mehr lange dauern, bis ich zum Ende komme.

Meine Hoden ziehen sich zusammen, die Muskeln in meinen Oberschenkeln spannen sich an, während es in meinen Ohren zu rauschen beginnt.

Das ist es ...

Nach Luft schnappend ramme ich mich ein letztes Mal nach vorne, ehe ich mich mit einem Ruck zurückziehe und auf ihren runden Pobacken abspritze.

Mein Samen bildet kleine Perlen auf ihrem Arsch, ich gönne mir den Spaß, ihn mit meinem Saft einzureiben und ihm einen Klaps zu geben, ehe ich die Bitch loslasse und mich wieder anziehe.

„Du bist ein Schwein, Dämon."

Die Blondine dreht sich auf wackeligen Beinen zu mir um und wirft mir einen aufgebrachten Blick zu.

Ich beschließe, ihre schlechte Laune einfach zu ignorieren.

„Aye, mir hat es auch Spaß gemacht."

Damit lasse ich sie einfach stehen, organisiere mir ein neues Bier und zünde mir eine weitere Kippe an.

Erst nachdem ich den ersten Schluck genommen habe, checke ich mein Handy und sehe eine unbekannte Nummer auf dem Display.

Nach kurzem Zögern rufe ich zurück und als nach dem zweiten Läuten Jacobs Stimme aus dem Lautsprecher tönt, komme ich nicht gegen das breite Grinsen an, zu dem sich meine Lippen verziehen.

„Was geht, Bruder, ich habe heute schon an dich gedacht."

Das Telefonat ist kurz, es dauert nicht länger als der Fick mit der Bitch, und dennoch hat es ausgereicht, um mich den Entschluss fassen zu lassen, mich auf mein Bike zu setzen und 500 Meilen von hier nach Spokane zu reisen.

Keine Ahnung wie es der Bastard geschafft hat, wenige Tage nach seiner Entlassung zum Präsidenten gewählt zu werden, es spielt auch keine Rolle.

Er braucht mich, er hat mich um Hilfe gebeten – das ist alles, was zählt.

1. Kapitel – Der Schatten in der Dunkelheit

Bailee

Der Tag war lang, die meisten Menschen auf diesem Planeten sind Arschlöcher und mein Chef hat einen Gotteskomplex.

Verkäuferin zu sein, ist echt der härteste Job der Welt.

Ich glaube, dass sich niemand, der es noch nicht ausprobiert hat, vorstellen kann, wie anstrengend es ist, neun Stunden an der Kasse eines Supermarkts zu sitzen, ohne einen Mord zu begehen.

Ernsthaft!

Die Worte Danke und Bitte sind nicht verboten und ein klein wenig Freundlichkeit würde niemanden schaden.

Aber egal ... Jetzt habe ich Feierabend und nur darauf kommt es an.

Die Dunkelheit wirkt zähflüssig, fast so, als ob man einen Eimer Pech über Spokane ausgeschüttet hätte. Die seltsame Stille, die mich umgibt, zerrt an meinen Nerven!

Und um meinen supertollen Tag abzurunden, scheint die verfluchte Straßenbeleuchtung defekt zu sein.

Ich gehe am Bahnhof vorbei, die Unterführung vor mir liegt im Dunkeln.

Schon verrückt. Heute Vormittag, auf dem Weg zur Arbeit, habe ich mir nichts dabei gedacht, dort durchzugehen. Jetzt hingegen hat sich das geändert. Das ungute Gefühl, das sich wie ein Flächenbrand in mir ausbreitet, warnt mich, es flüstert mir zu, dass etwas nicht stimmt.

Das Gefühl, beobachtet zu werden, beschleicht mich.

Nervös sehe ich mich um, doch da ist niemand.

Zumindest kann ich nichts und niemanden in der Finsternis erkennen.

Scheiße! Das gefällt mir nicht.

Das Dumme ist nur, dass das der einzige Weg nach Hause ist.

Es gibt keine andere Möglichkeit, außer natürlich ich würde oberirdisch über die Gleise laufen, anstatt die Unterführung zu nehmen.

Aber das wäre ja der Wahnsinn.

Das Letzte, was ich will, ist, unter einen Zug zu geraten und zerquetscht zu werden.

Mir bleibt nichts anderes übrig, als meinen Mut zusammenzukratzen und einfach weiterzugehen.

Tapfer einen Fuß vor den anderen setzend, riskiere ich noch einen Blick über meine Schulter – niemand zu sehen.

Schritt für Schritt tauche ich weiter nach unten ab. Die grauen Betonwände der Unterführung sind mit Graffitis besprüht.

Die schwarzen Totenköpfe und die bunten Blumen ergeben ein skurriles Gesamtbild, das fast schon etwas Schönes an sich hat.

Das ungute Gefühl verstärkt sich, es warnt mich vor einer drohenden Gefahr, die ich einfach nicht ausmachen kann.

Normalerweise bin ich kein besonders schreckhafter Mensch, und da ich diesen Weg schon Hunderte Male zuvor hinter mich gebracht habe, verstehe ich absolut nicht, warum ich mich heute so anstelle.

Meine Füße kribbeln, meine Hände werden feucht und mein Herz rast wie verrückt.

Lauf!

Mein Überlebensinstinkt schreit mich an, ich blende ihn aus und versuche, logisch an die Sache ranzugehen.

Scheiße!

Das ist Spokane.

Die einzig wirkliche Gefahr, die es in dieser Stadt gibt, geht vom *Poison Death Motorcycle Club* aus, der hier seinen Hauptsitz hat.

Diese Rocker sind alles, aber bestimmt keine Engel. Trotzdem stehen sie nicht in dem Ruf, Frauen aufzulauern.

Diese Typen beschäftigen sich den Gerüchten nach lieber mit lukrativeren Zeitvertreiben. Wie zum Beispiel dem Verkaufen von Waffen und Drogen. Angeblich mischen sie dick im illegalen Glücksspiel-Geschäft mit. Außerdem soll ihnen eine Art Fight Club gehören, aber ob das stimmt, weiß ich nicht. Diese Biker lieben ihre Harleys, bleiben meistens unter sich und betreiben einige Bordelle im Umkreis. Allerdings scheinen sie nicht zu der Sorte von Zuhältern zu gehören, die Frauen in die Prostitution zwingen. Im Gegenteil, ich habe schon mal gehört, dass diese Rocker verdammt gut auf ihre Mädchen aufpassen und dass sie sogar schon mal einen Kunden, der eine der Nutten schlecht behandelt hat, verprügelt und bewusstlos mitten auf der Straße liegen gelassen haben.

So seltsam das jetzt auch klingen mag, aber na ja ... Meines Erachtens spricht es für die Biker, wenn sie auf die Frauen, die für sie arbeiten, aufpassen und nicht davor zurückschrecken, Gewalt anzuwenden, um für deren Sicherheit zu sorgen.

Vor den Kuttenträgern habe ich also keine Angst.

Na gut. Ich will das jetzt nicht ausprobieren. Um ehrlich zu sein, weiß ich nicht, wie ich reagieren würde, wenn ich jetzt und hier, mitten in der Nacht, plötzlich vor einem dieser Biker stehen würde.

Mein armes Herz würde wahrscheinlich einen Infarkt erleiden.

Aber die Wahrscheinlichkeit, dass sich einer dieser Member mitten in der Dunkelheit hier herumtreibt, ist wohl auch eher gering. Die haben sicher Besseres zu tun, als durch die Gegend zu laufen.

Ich gehe weiter, mein Puls erreicht eine ungesunde Frequenz, das Gefühl, dass etwas nicht stimmt, verstärkt sich.

Inzwischen bin ich bei der Hälfte der Unterführung angekommen.

Was soll ich denn jetzt tun?

Meinen Weg fortsetzen?

Herausfinden, was in der Finsternis vor mir wartet, oder umdrehen und hoffen, dass mich niemand verfolgt hat?

Ein Schauer erfasst mich, die feinen Härchen in meinem Nacken stellen sich warnend auf.

Lieber Gott steh mir bei!

Einem Impuls folgend, gehe ich weiter, meine Schritte werden immer größer, ehe ich instinktiv zum Rennen anfange. Meine Schritte hallen von der Betonröhre, durch die ich laufe, wider.

Plötzlich mischt sich ein unbekanntes Geräusch zu denen, die ich auslöse.

Es klingt fast wie ein Echo meiner Schritte, nur dass es lauter, dumpfer und schneller ist.

Oh Hilfe!

Ich werde tatsächlich verfolgt.

Eine verrückte Erleichterung mischt sich zu der Furcht, die in mir aufsteigt.

Ich hatte also doch recht – ich habe mir das alles also doch nicht einfach nur eingebildet.

Die Schritte hinter mir werden lauter, ich renne so schnell ich kann und dennoch kommt es mir so vor, als würde ich auf der Stelle treten.

Als würde ich nicht richtig vorankommen.

Entsetzt sehe ich nach hinten, dieses Mal erkenne ich eine schwarze Silhouette, die mit besorgniserregender Geschwindigkeit größer wird.

Mit wummerndem Herzen gebe ich wirklich alles, doch noch bevor das Ende der Unterführung in Sicht ist, ist mein Verfolger direkt hinter mir.

Natürlich besteht auch noch die winzige Chance, dass der Mann gar nicht hinter mir her ist, sondern dass er es einfach nur eilig hat, und er rein zufällig in die gleiche Richtung muss wie ich. Aber mein Gefühl verrät mir, dass es nicht so ist und dass er es auf mich abgesehen hat.

Scheiße! Scheiße! Scheiße!

Vor lauter Angst stolpere ich über meine eigenen Füße, ein fieses Seitenstechen breitet sich in meiner linken Seite aus.

Ich verfluche meine Unsportlichkeit.

Aber woher zum Teufel hätte ich denn auch wissen sollen, dass irgendwann mal der Tag gekommen ist, an dem ich um mein Leben laufen muss?

Am Klang meiner Schritte höre ich, dass ich beinahe am Ende der Röhre angekommen bin. Es beginnt bergauf zu gehen, meine Lunge brennt wie Feuer. Etwas berührt meinen Rücken, eine Hand legt sich auf meine Schulter, ein schriller Schrei löst sich aus meiner Kehle.

Ich werde nach hinten gerissen, falle und knalle unsanft auf den Boden.

„Du kannst mir nicht entkommen, Bailee!“

Mein mit der Situation völlig überforderter Verstand braucht einen Moment, um zu kapieren, dass mich die schwarze Gestalt gerade mit meinem Namen angesprochen hat.

Die Angst, die wie Melasse durch meine Adern pumpt, lähmt meine Zunge.

Es kostet mich unheimlich viel Kraft, die nächste Frage auszusprechen.

„Kennen wir uns?“

„Tu nicht so, als ob du nicht wüsstest, wer ich bin.“

So tun? Ich weiß wirklich nicht, wer er ist.

Ich habe keine Feinde. Zumindest nicht solche, die mich mitten in der Nacht angreifen würden.

„Ich ... Ich ... Ich äh, ich weiß wirklich nicht, wer du bist.“

Das scheint ihn nur noch wütender zu machen.

In der einen Sekunde steht er noch bedrohlich über mich gebeugt da, in der nächsten zückt er plötzlich ein Messer.

Das bisschen Mondlicht, das es bis zu uns in den Betontunnel schafft, bricht sich in der silbernen Klinge.

Aus der Furcht, die ich bis eben verspürt habe, wird Panik.

„Und wie du das weißt, Schlampe!“

Schlampe?

Unter anderen Umständen, unter normalen Umständen, würde ich jetzt aufstehen und ihm eine knallen, so aber zügle ich meinen Zorn und tue alles, um am Leben zu bleiben.

„Wenn ich dir irgendetwas getan habe, oder wenn ich dich irgendwann beleidigt habe, tut es mir leid.“

Sein lautes Lachen hallt durch die Unterführung. Es klingt freudlos und wie das eines waschechten Psychopaten.

Ich bin am Arsch!

Wenn nicht gleich ein Wunder passiert, bin ich so was von geliefert.

„Beleidigt? Du hast mich angemacht, du hast so getan, als würdest du mich wollen, als würdest du mir gehören, und dann? Dann hast du mich von einem Tag auf den anderen fallen gelassen!“

Was habe ich?
„Niemals!“
Ganz bestimmt nicht!
Scheiße!
Ich habe keine Ahnung, wann ich das letzte Mal ein Date hatte oder auch nur mit einem Mann geflirtet habe.
Das muss eine Ewigkeit her sein. Und das nicht, weil ich kein Interesse an Männern habe, sondern einfach, weil mir meine letzte Beziehung noch immer in den Knochen steckt.
Kennt ihr dieses Sprichwort ‚Einer liebt immer mehr‘?
Ja? Gut. Es geht einem so leicht über die Zunge. Aber wenn man selbst derjenige ist, der mehr liebt, dann hat dieser Umstand die Macht, einen zu zerstören.
Mich hat es beinahe zerstört und darum bin ich mit meinem Singledasein mehr als zufrieden.
Keine Liebe = kein Herzschmerz.
So einfach.
Der Kerl trägt eine Baseballcap und darüber eine Kapuze, es ist mir also unmöglich, sein Gesicht zu erkennen.
„Du streitest es ab?“
Oh Mist!
Was soll ich denn jetzt tun?
Mich in der Hoffnung, dass es mir das Leben rettet, für etwas entschuldigen, was nie stattgefunden hat, oder aber weiter darauf bestehen, dass ich nicht getan habe, was er mir vorwirft.
„Bailee, Bailee, Bailee ... So funktioniert das nicht. Lügner kommen in die Hölle.“
Ach was?
„Aber Wichser, die Frauen in der Dunkelheit auflauern und sie mit einem Messer bedrohen, nicht?“
Verflucht!
Habe ich das gerade echt laut ausgesprochen?
Das war kontraproduktiv.
Sein Arm zuckt vor, die Klinge trifft mich am Arm, schneidet sich mühelos durch meine Jacke und trifft auf meine Haut.
Der scharfe Schmerz entlockt mir einen entsetzten Schrei.
„Bitte. Es tut mir leid! Ehrlich. Was auch immer ich getan habe, es tut mir fürchterlich leid.“
Ich bemerke erst, dass ich zum Weinen angefangen habe, als eine Träne auf meine Lippe rinnt.
„Für Entschuldigungen ist es jetzt zu spät!“

Was soll das heißen? Zu spät?

Die Erkenntnis, dass ich sterben werde, wenn ich nicht meinen Arsch hochkriege und davonlaufe, schlägt ein wie eine Bombe. Und noch ehe ich weiß, was ich da tue, oder woher ich den Mut nehmen soll, trete ich dem Arschloch mit voller Wucht ins Schienbein, rapple mich auf und renne so schnell ich kann davon.

Wie durch ein Wunder schaffe ich es tatsächlich raus aus der Unterführung und rauf auf die Straße.

Hier oben ist es trotz der defekten Straßenbeleuchtung heller.

Zumindest ist es hell genug, um zu erkennen, dass niemand in der Nähe ist, der mir helfen kann.

Das. Ist. Nicht. Gut.

„Bleib sofort stehen oder ich schneide dir die Kehle auf."

Oh klasse!

Und wenn ich stehen bleibe, dann macht er das nicht?

Von wegen. Anstatt zu stoppen, gebe ich alles und zwinge mich noch etwas schneller zu werden. Doch es bringt nichts. Mein Verfolger ist größer, er hat längere Beine und kommt mir immer näher und näher.

Mein Blick fällt auf die Klinge in seiner Hand, vor lauter Angst kann ich kaum noch atmen. Meine Sicht verschwimmt und etwas, das sich nach Verzweiflung anfühlt breitet sich in mir aus.

„Hilfe! Hilfe!"

Obwohl ich schreie, so laut ich kann, scheint mich niemand zu hören.

Das irre Lachen meines Verfolgers ist die einzige Antwort, die ich kriege.

Ohne festes Ziel renne ich einfach weiter, doch es bringt nichts. Mitten auf der leeren Straße holt er mich ein und schupst mich von hinten zu Boden.

Ich schlage auf dem Asphalt auf, meine Stirn berührt die Straße, vor meinen Augen wird es kurz schwarz, ich spüre das warme Blut über mein Gesicht laufen.

Das wars ...

2. Kapitel – Ein Mädchen in Not

Dämon

Bis ich endlich in Spokane ankomme, ist es mitten in der Nacht.

Meine Arme sind schwer und mein Nacken schmerzt.

Früher hätte mir so ein langer Ritt nichts ausgemacht, heute hingegen ...

Fuck!

Die Jahre im Knast haben mich rosten lassen.

So ungern ich es mir eingestehe, aber ich bin eben keine fünfundzwanzig mehr, sondern fünfunddreißig.

Das Wissen, dass ich fast ein Drittel meines Lebens verschwendet habe, löst etwas Unangenehmes in mir aus. Nicht zum ersten Mal verspüre ich diesen Drang, alles, was ich verpasst habe, nachzuholen.

Doch die Zeit lässt sich nicht überlisten.

Ganz egal, was ich mache, ich kann die zehn verlorenen Jahre nicht einfach wettmachen.

Sie sind weg.

Am Bahnhof stoppe ich kurz, versuche mich zu orientieren und fische mein Handy aus der Tasche und fluche, als die verdammte Gesichtserkennung mal wieder nicht funktionieren will.

Früher hat man einfach nur einen Code eingetippt und fertig. Aber früher gab es auch noch Tasten und nicht einfach nur ein blödes Display.

Ich lese die Wegbeschreibung, die Jacob mir, kurz bevor ich losgefahren bin, geschickt hat.

Wenn ich das richtig verstehe, muss ich jetzt nur noch geradeaus und dann zwei oder drei Mal rechts abbiegen, ehe ich direkt vor dem Clubhaus ankommen sollte.

Das Telefon wieder einsteckend, rolle ich meine verspannten Schultern, lasse den Kopf in den Nacken fallen und atme tief durch, ehe ich Gas gebe und weiterfahre.

Die Stadt ist weder besonders groß noch besonders klein, sondern scheint genau die richtige Größe zu haben, um sie gut kontrollieren zu können.

Auch wenn ich keine Ahnung habe, was Jacob genau von mir erwartet, fühlt es sich gut an, hier zu sein.

Oregon war nicht mehr der richtige Ort für mich.

Das erste Mal rechts abbiegend, drehe ich am Gas.

Keine hundert Meter vor mir steht jemand mitten auf der Fahrbahn, jemand oder etwas scheint vor ihm auf der Straße zu liegen.

Dank der Dunkelheit sehe ich nicht viel.

Erst als ich näher komme und mein Scheinwerfer die Situation erfasst, erkenne ich, dass eine Frau auf der Straße liegt und der Kerl ein Messer in der Hand hält.

Fuck!

Was läuft hier?

Die Frau regt sich nicht.

Hat er sie etwa gerade erstochen?

Ich fahre weiter, der ganz in Schwarz gekleidete Mann hebt den Kopf, er sieht mich, bückt sich dann und packt sich das Mädchen.

Es wirkt fast so, als würde er es hochziehen wollen, was ihm allerdings nicht gelingt.

Er ändert seinen Plan, holt aus und will zustechen.

Ich beschleunige, rase auf den Wichser zu und bringe ihn so dazu, in letzter Sekunde zurückzuweichen.

Für einen kurzen Moment scheint er darüber nachzudenken, mich angreifen zu wollen.

Wenn er das für eine gute Idee hält? Von mir aus!

Bullshit!

Mein Plan war es zwar nicht, direkt nach meiner Ankunft sofort in einen Mord verwickelt zu werden, aber wenn es sein muss ...

Wenn der Wichser denkt, dass er mich mit seinem Spielzeugmesser in die Flucht schlagen kann, muss ich ihn enttäuschen.

Es braucht wesentlich mehr, um mich in Angst und Schrecken zu versetzen.

Ganz besonders wenn eine bewusstlose Frau involviert ist.

Fuck!

Ich kenne sie nicht, aber ich werde nicht zulassen, dass dieser Bastard sie tötet.

Die Ironie an der Sache entgeht mir nicht.

Wegen einer ähnlichen Situation habe ich zehn lange Jahre im Knast gesessen.

Was ein Witz.

Das Universum lacht sich bestimmt gerade tot.

Holy Shit!

Ich gehöre ehrlich nicht zu den Guten. Ich bin ein Outlaw, ein Waffenhändler und ein Mörder, aber wenn es um Frauen geht, verstehe ich keinen Spaß.

Frauen müssen beschützt werden.

Sie sind alles, worauf es ankommt ...

Es sind die Frauen, die uns auf die Welt bringen, die uns großziehen und denen wir unser Leben verdanken.

Sie sind die Schätze unserer Gesellschaft und niemand hat das Recht, eine von ihnen zu bedrohen, zu verletzen oder gar zu töten.

Anstatt mich anzugreifen, sieht er mir kurz in die Augen und beginnt dann wie verrückt den Kopf zu schütteln.

„Bailee gehört mir. Mir. Mir. Mir. Sie ist mein. Sie hat mich auserwählt. Nur der Allmächtige kann uns wieder trennen."

Noch bevor ich dazu komme, ihn zu fragen, was er mir mit diesem irren Scheiß sagen will, dreht er sich um und verschwindet in der Dunkelheit.

Shit! Was war das denn?

Ich will ihm intuitiv folgen, doch stattdessen schalte ich den Motor ab, klappe den Ständer aus und steige vom Bike.

In Rekordgeschwindigkeit reiße ich mir den Helm vom Kopf, eile zu dem reglosen Mädchen und lege ihn achtlos beiseite.

Die Frau ist schön. Und damit meine ich nicht einfach nur einigermaßen ansehnlich, sondern wirklich verflucht schön.

Sie gehört zu den Geschöpfen, die die Macht haben, uns Männer mit nur einem Blick in die Knie zu zwingen. Und daran kann auch das Blut, was ihr über das Gesicht gelaufen ist, nichts ändern. Genauso wenig wie die Schürfwunde an ihrer Stirn.

Fuck!

Fuuccckkkkk!

So vorsichtig wie möglich drücke ich zwei meiner Finger gegen ihren Hals und prüfe ihren Puls.

Kaum dass ich das gleichmäßige Klopfen spüre, lasse ich erleichtert den angehaltenen Atem entweichen.

Keine Ahnung wie schlimm sie verletzt ist, oder was der Wichser mit ihr angestellt hat, aber eines ist klar.

Ich kann unmöglich die Bullen rufen.

Wenn sie mich, einen verurteilten Straftäter, in der Nähe dieses Mädchens vorfinden, werden sie einen Blick auf mein Leder werfen und sofort die Handschellen zücken.

Sie werden mich verhaften und dabei wird es ihnen drecksegal sein, dass ich derjenige war, der sie alarmiert hat.

Ich gehe nie wieder in den Knast!

Nie wieder!

Eher jage ich mir eine Kugel ins Hirn, als das ich mich erneut in eine Zelle sperren lasse.

Was auch immer ich mit dem Mädchen mache, ich muss schnell eine Entscheidung treffen.

Und Fuck!

In der Sekunde, in der es die Augen öffnet und mich direkt ansieht, steht fest, wie es weitergeht.

Zuerst scheint sie mich gar nicht richtig wahrzunehmen, doch dann erkennt sie, wer ich bin, und zuckt verängstigt zusammen.

„*Schhh...* ruhig. Du bist in Sicherheit. Der Bastard, der dich angegriffen hat, ist weg."

Es braucht etwas, bis sie die Bedeutung meiner Worte versteht und sich wieder etwas entspannt.

„Wo ist er hin?"

„Keine Ahnung. Davongerannt."

Sie versucht sich aufzurichten, ihr Arm scheint verletzt zu sein. Das Blut auf ihrer Jacke fällt mir erst jetzt auf.

Verdammt!

Ich habe mich echt von ihrer Schönheit ablenken lassen.

Mit meiner Hilfe schafft sie es in eine sitzende Position.

„Lass mich nachsehen, wie schlimm es ist."

„Mein Kopf tut weh."

Kein Wunder.

„Du hast eine Platzwunde an der Stirn."

Sofort ruckt ihre Hand hoch, sie findet zielsicher die Wunde und wimmert leise.

Mir ist mehr als bewusst, dass wir uns noch immer mitten auf der Straße befinden und was für ein Bild wir abgeben müssen. Der große, gefährliche Biker und das kleine, schutzlose Mädchen.

Das ist nicht gut.

Gar nicht gut.

„Kannst du aufstehen?"

Sie sieht mich irritiert an.

„Warum sollte ich das nicht können?"

„Na, das werden wir gleich herausfinden."

Meine Hände um ihre zarten Schultern legend, helfe ich ihr hoch, kaum dass sie steht, geben ihre Knie auch schon nach.

Ich fange sie auf, ehe sie erneut auf den Asphalt knallen kann, und drücke sie beschützend an mich.

Ihr überraschtes „Huch! Um mich herum dreht sich alles", verrät mir, dass sie eine Gehirnerschütterung hat.

Zur Hölle!

Wenn ich den Wichser jemals wiedersehe, breche ich ihm mit Freuden das Genick!

Was um Himmels willen kann ihm diese Frau schon getan haben, dass er sie so zurichtet?

Jeder normale Mann muss nur einen Blick auf sie werfen, um sie beschützen zu wollen.

Fuck!

Die Welt geht vor die Hunde!

Die meisten Menschen sind einfach nur krank im Kopf.

Sie sieht mich an, mustert meine Kutte und wirkt verängstigt.

„Du kannst mich loslassen."

Ach ja, kann ich das? Was, wenn ich das gar nicht will?

„Kannst du stehen?"

Sie nickt.

Ich glaube ihr kein Wort.

„Sicher?"

Sie nickt erneut, dieses Mal entschiedener.

In einer abwehrenden Geste hebe ich die Hände und gebe ihr so zu verstehen, dass ich ihren freien Willen akzeptiere und sie zu nichts zwingen werde.

Das Letzte, was ich will, ist, dass sie mich als Gefahr einstuft.

Kaum dass ich sie loslasse, kippt sie gefährlich nach vorne, also fange ich sie wieder auf, nur dieses Mal so, dass sie längs in meinen Armen liegt und die Bodenhaftung verliert.

Keine Diskussionen mehr, diese Frau kommt mit mir.

Sicherheitshalber suche ich die Umgebung ab, von dem Wichser fehlt jede Spur.

Dabei würde ich darauf wetten, dass er sich in irgendeinem Schatten versteckt und uns beobachtet.

„Weißt du, wer der Angreifer war?"

„Nein. Aber er kannte meinen Namen und ..." Sie spricht nicht weiter, doch da scheint noch irgendetwas zu sein, was ihr Sorgen bereitet.

„Und was?"

Das in meinen Armen liegende Mädchen sieht unter einem dichten Kranz Wimpern zu mir nach oben, leckt sich nervös mit der Zungenspitze über die Unterlippe und entscheidet sich dann, mir nichts zu sagen.

„Es war nur sehr beängstigend. Ich sollte zur Polizei gehen und eine Anzeige erstatten."

„Nein, das solltest du nicht!"

Sie wirkt überrascht.

„Warum nicht?“

„Weil ich in dieser Geschichte vorkomme und ich kann keinen Ärger mit den Bullen gebrauchen.“

Ihr leises „Oh“ verrät mir, dass sie verstanden hat.

„Wirst du gesucht oder so was?“

Fuck, nein!

„Ich war zehn Jahre im Knast und ich bin ein Member des *Poison Death Motorcycle Clubs*, für die meisten Cops ist das Grund genug, mir eine Kugel zu verpassen.“

Dazu sagt sie erst mal nichts, und das ist auch gar nicht nötig, ich kann an ihrer Körpersprache ablesen, dass ihr die Sache mit dem Knast nicht gefällt.

Witzig! Damit sind wir schon mal zwei. Mir hat es auch nicht gefallen, zehn Jahre meines Lebens in den Müll zu werfen.

„Du brauchst einen Arzt.“

Ihre Augen werden groß.

„Ich bin nicht krankenversichert.“

Das überrascht mich wenig.

„Kein Thema. Der Club Doc wird dich anschauen. Das kostet dich keinen Penny.“

Ach, sind wir heute mal wieder großzügig ...

„Nein, das geht nicht.“

Sie schüttelt abwehrend den Kopf, was bei ihrer Gehirnerschütterung definitiv keine so gute Idee ist.

„Warum nicht?“

Ohne ihre Antwort abzuwarten, gehe ich zu meinem Bike.

Meine Instinkte schlagen Alarm. Sie verraten mir, dass Augen auf uns ruhen.

Fuck!

Wäre das Mädchen nicht bei mir, würde ich mich jetzt auf die Jagd nach dem Bastard machen und ihm mit Freuden das Genick brechen. So aber widerstehe ich dem Drang zu morden und setze die Frau auf meiner Harley ab.

„Dein MC ist gefährlich.“

Das ich nicht lache.

„Ach ja?“

Eine Augenbraue hochziehend, bedenke ich sie mit einem tadelnden Blick.

„Als Frau in Spokane durch die Nacht zu wandern, scheint mir viel gefährlicher zu sein, als einem Member des *Poison Death Motorcycle Clubs* zu begegnen.“

Sie hat zumindest genug Anstand, rot zu werden.
„Sorry. Ich wollte deinen Club nicht beleidigen."
„Hat aber fast danach geklungen."
„Das war keine Absicht. Ehrlich nicht."
Das lasse ich jetzt einfach mal so stehen.
Wir wissen beide, dass sie prinzipiell recht hat.
„Ich bin Bailee."
Sie hält mir ihre winzige Hand hin, ich ergreife sie und lasse sie unter der meinen verschwinden.
„Dämon."
Ihr Gesicht zeigt Verwirrung.
„Was?"
„Ich bin Dämon."
Bailees Mundwinkel ziehen sich nach oben.
„Veräppelst du mich?"
„Nein."
Erst als ich mir sicher bin, dass sie ihr Gleichgewicht so weit wiedergefunden hat, dass sie nicht vom Bike fällt, hole ich meinen Helm, setze ihn ihr auf den Kopf und lasse den Verschluss einrasten.
„Was machst du da?"
„Für deine Sicherheit sorgen!"
Sie schluckt.
„Und was ist mit deiner? Ich meine, das ist doch dein Helm. Jetzt hast du keinen mehr."
„Das macht nichts."
„Doch!"
Als sie Anstalten macht, den Verschluss wieder zu lösen und ihn mir zurückzugeben, wird mir klar, dass ich es mit dieser Frau hier nicht unbedingt mit einem unkomplizierten Exemplar der weiblichen Gattung zu tun habe.
Mit einem Fluch bedecke ich ihre Hände und halte sie davon ab, das zu tun, was sie gerade tun wollte.
Dabei sehe ich ihr streng in die Augen und lasse sie einen Blick auf den Dämon in mir werfen.
Es kann nicht schaden, wenn sie weiß, mit wem sie es zu tun hat.
Fuck!
Ich bin nicht der nette Kerl von nebenan, aber ich bin der Mann, der sie gerade davor bewahrt hat, abgestochen zu werden.
Also kann ich verdammt noch mal auf so was wie einen Vertrauensvorschuss hoffen.
„Dein Leben ist wertvoller als das meine. Glaube mir."

Jetzt, wo sie erkannt hat, wer oder was ich bin, beißt sie sich auf die Unterlippe und nickt ihr Einverständnis.

Braves Mädchen.

„Wunderbar, dann wäre das schon mal geklärt!"

Ich steige vor ihr auf, fasse nach hinten, schnappe mir ihre Hände und ziehe sie vor zu meinem Bauch.

„Halt dich an mir fest. Lass nicht los. Niemals. Wenn was ist, klopf und ich halte an. Kapiert?"

„Ich denke schon."

Kaum dass sich ihre Finger an meiner Mitte verknoten, breitet sich in meiner Brust ein warmes Gefühl aus.

Holy Shit!

Ich kann mich nicht daran erinnern, jemals einer Frau erlaubt zu haben, auf meine Maschine zu steigen.

Es mag lächerlich klingen, aber in der Welt, in der ich lebe, bedeutet das etwas. Was genau, darüber will ich jetzt lieber nicht nachdenken. Die Nacht ist auch so schon kompliziert genug.

Entschlossen klappe ich den Ständer ein und versuche dabei zu ignorieren, wie perfekt sich ihre Schenkel an den meinen anfühlen.

Bailee ist eine kleine, jedoch kurvige Frau. Sie hat einen süßen Arsch und eine anständige Oberweite, eine Oberweite, die sich jetzt an meinem Rücken presst und dafür sorgt, dass eine große Menge Blut von meinem Hirn in meinen Schwanz gepumpt wird.

Mit ihr auf dem Sozius fahre ich langsamer, als ich es alleine tun würde. Trotzdem ist sie völlig verkrampft. Fast so, als ob sie damit rechnen würde, dass ich sie auf direktem Weg in die Hölle bringe.

Nach dem, was ihr zugestoßen ist, kein Wunder.

Trotzdem wäre es mir bedeutend lieber, wenn sie sich in meiner Nähe sicherer fühlen würde.

Denn verflucht! Sie. Ist. Bei. Mir. Sicher.

Zum Clubhaus sind es noch zehn Minuten.

Das Tor ist verschlossen und wird von drei bewaffneten Wachen gesichert.

Jacob scheint mit Ärger zu rechnen.

Auf die Geschichte, wie er so kurz nach seiner Entlassung Präsident geworden ist, bin ich mehr als gespannt.

In Spokane scheint irgendeine Scheiße abzugehen, wenn es nicht so wäre, wäre ich garantiert nicht hier.

3. Kapitel – Auch Dämonen können Helden sein

Bailee

Wie um Himmels willen konnte es nur so weit kommen?

Ich war auf dem Heimweg, alles, was ich heute noch wollte, war duschen und in mein Bett. Und jetzt?

Jetzt sitze ich auf dem Motorrad eines Outlaws, der sich mir als Dämon vorgestellt hat, und der im Brustton der Überzeugung klargemacht hat, dass für ihn mein Leben wertvoller ist als das seine.

Das ist heftig.

Scheiße!

Ich meine, um ehrlich zu sein, habe ich keine Ahnung, was ich von alldem halten soll.

Das hier ist schließlich der *Poison Death Motorcycle Club* und kein harmloser Ponyhof.

Ich sollte nicht hier sein.

Das ist falsch und gefährlich.

Aber was wäre mir anderes übrig geblieben?

Nach dem Angriff hatte ich einfach viel zu große Angst, den Biker wegzuschicken.

Allein bei der Vorstellung, allein durch die Dunkelheit zu laufen, stellen sich mir sämtliche Haare auf.

Scheiße!

Der Rocker hat recht.

Ich wurde nicht von ihm oder von einem seiner Clubbrüder angegriffen, sondern von einem Verrückten, der aus irgendeinem Grund überzeugt ist, dass ich ihm gehöre, oder dass ich ihm irgendwelche Hoffnungen gemacht hätte.

Was totaler Schwachsinn ist!

Dieser Dämon hat mich gerettet, es wäre also nur fair, wenn ich ihm zumindest ein winziges bisschen vertrauen würde.

Und jetzt, wo wir hier sind, bleibt mir eh nichts anderes übrig, als genau das zu tun.

„... Du hast mich angemacht, du hast so getan, als würdest du mich wollen, als würdest du mir gehören, und dann? Dann hast du mich von einem Tag auf den anderen fallen gelassen!“

Das ist Wahnsinn!

Totaler Wahnsinn!

Und ganz egal wie sehr ich auch nachdenke, will mir einfach kein Mann einfallen, der mir so etwas vorwerfen könnte.

Und was ist, wenn er weiß, wo ich wohne?

Ganz so abwegig ist dieser Gedanke nicht, immerhin hat der Angreifer auch meinen Namen gewusst, und nicht nur das ...

Er wusste auch, wann ich Feierabend habe und wo ich langgehen würde.

Unsere Begegnung war kein Zufall, je öfter ich das Geschehene Revue passieren lasse, umso deutlicher wird mir klar, dass er mir gezielt aufgelauert hat.

Oh mein Gott!

Ich bin erledigt!

Wenn das wirklich stimmt, dann wird er mich erneut überfallen, und was dann?

Was, wenn es ihm das nächste Mal gelingt, mir wie angedroht die Kehle aufzuschneiden?

Ich muss zu den Cops.

Aber was dann?

Ich habe schon so einige echt gruselige Geschichten darüber gehört, wie die Polizei reagiert, wenn eine Frau verfolgt oder belästigt wird: Nämlich gar nicht oder erst, wenn sie der Typ, der ihnen auflauert, schwer verletzt oder vergewaltigt hat.

So weit darf es unter keinen Umständen kommen.

Wenn der Biker nicht gewesen wäre ... *Scheiße!*

Dann wäre ich jetzt tot. Dann hätte dieser Wahnsinnige sein Versprechen gehalten und mir die Kehle aufgeschnitten. Mir wird schlecht, mein Hals schnürt sich zusammen und mein Herz fühlt sich an wie eine ausgepresste Orange.

Nehmen wir mal an, ich würde tatsächlich zur Polizei gehen, was sollte ich den Beamten sagen?

Ich kann den Angreifer ja nicht mal beschreiben.

Sein Gesicht konnte ich kaum erkennen. Alles, was ich weiß, ist, dass er größer als ich, jedoch kleiner als der Biker ist, um dessen Taille meine Hände noch immer liegen, obwohl wir längst angehalten haben, und dessen Bauchmuskeln an meinen Fingern zucken.

Er hatte ein Messer und er war ein Mann.

Das alles ist nicht besonders hilfreich, selbst wenn die Cops beschließen würden, tätig zu werden.

Vielleicht handelt es sich bei dem Kerl ja auch einfach nur um ein geistig verwirrtes Arschloch, das längst in eine geschlossene Anstalt eingewiesen werden sollte?

Möglich.
Aber woher sollte irgendein Fremder meinen Namen wissen?
Oh nein. Mein Gefühl sagt mir, dass das keine zufällige Begegnung war.
Dieser Verrückte hat es auf mich abgesehen und ich habe keine Ahnung, wie ich mich nun verhalten soll.
Was macht eine Maus, wenn sie weiß, dass es eine Katze auf sie abgesehen hat?
Gott verdammt!
Es fühlt sich echt beschissen an, die blöde Maus zu sein!
Der Biker vor mir bewegt sich, sein massiver Körper spannt sich an, dann bedecken seine großen, warmen Hände die meinen.
„Alles okay bei dir, Mädchen?"
Blöde Frage.
„Keine Ahnung."
Er nickt, fast so, als ob er sich das schon gedacht hätte.
„Du musst absteigen."
Ich will aber nicht.
„Kennst du das Kinderspiel ‚Der Boden ist Lava''?"
Jetzt wirft er mir über seine breite Schulter hinweg einen amüsierten Blick zu.
„Nein, kenne ich nicht."
Warum überrascht mich das nicht.
„Bei dem Spiel ist der Boden heiße Lava und jeder, der ihn berührt, stirbt."
Seine Pupillen weiten sich, das baumstammbraun seiner Augen wirkt auf einen Schlag dunkel und tief.
Ich räuspere mich leise, ehe ich weiterrede. „So geht es mir gerade. Ich habe das Gefühl, dass du und dieses Motorrad mein Rettungsboot seid und dass ich, sobald ich auch nur einen Fuß auf den Boden setze, verbrenne und sterbe."
Shit!
Das sollte jetzt nicht so melodramatisch klingen, ich wollte ihm nur erklären, wie es gerade in mir aussieht.
„Lava also?"
Ich nicke. Zu meinem Glück macht er sich nicht im Geringsten über mich lustig.
„Na was ein Glück, dass einem Dämon etwas Lava nichts anhaben kann."

Noch bevor ich weiß, was er vorhat, löst er vorsichtig meine verknoteten Finger, steigt in einer fließenden Bewegung von der Harley, zieht mir den Helm vom Kopf und hängt ihn über den Lenker, dann streckt er die Arme nach mir aus, um mich von dem Motorrad zu heben.

Er tut es mühelos, fast so, als würde ich nicht mehr als ein Kind wiegen, und drückt mich beschützend an seine mächtige Brust.

Der Geruch von Mann, Leder, Rauch und noch etwas Zitronigem steigt mir in die Nase und beruhigt meine Nerven.

Verrückt!

Wie kann ein vorbestrafter Outlaw, der zehn verdammte Jahre im Gefängnis gesessen hat, und der sich nicht vor einem mit einem Messer bewaffneten Angreifer fürchtet, so eine Wirkung auf mich haben?

Er beginnt mich über den Hof, an den neugierig blickenden Menschen vorbei ins Innere des Clubhauses zu tragen.

„Siehst du? Jetzt kann dir die Lava nichts mehr anhaben."

Er zwinkert mir frech zu und was macht mein dummes Herz?

Es gerät aus dem Takt.

„Aye, es hat definitiv seine Vorteile, einen Dämonen zu kennen."

Sein volltönendes Lachen hallt in meinem Inneren nach. Und obwohl ich mich gerade am gefährlichsten Ort der Stadt – ach was – vielleicht sogar an einem der gefährlichsten Orte des Landes aufhalte, fühle ich mich absolut sicher.

Laute Musik dröhnt aus den Boxen, es riecht nach Rauch, Alkohol und billigem Parfüm.

Der große Raum, in dem sich nicht nur eine Bar, sondern auch Billardtische, Flipper-Automaten und jede Menge Sitzgelegenheiten befinden, ist nur schwach beleuchtet.

Kleine Spots setzen die unzähligen Spirituosen-Flaschen, die auf den verspiegelten Regalen hinter dem Tresen stehen, perfekt in Szene.

Große, grobschlächtige Kerle mit ledernen Westen, Tattoos und Bärten im Gesicht sitzen auf den Sofas und Sesseln, während jede Menge halb nackte Tussis arschwackelnd von links nach rechts laufen.

Sie erinnern mich irgendwie an aufgescheuchte Hühner, an Hühner ohne Federn, aber mit winzigen Röcken und Absatzschuhen, für die sie in meinen Augen fast schon einen Waffenschein brauchen sollten.

„Wie können die auf diesen Dingern laufen?"

Ich kapiere erst, dass ich die Frage laut ausgesprochen habe, als Dämon zum Lachen anfängt.

„Keine Ahnung. Sag du es mir. Das ist doch so ein Frauending."

„Ich gehöre zu der Sorte Frau, die sogar in Turnschuhen umknickt."

„Vielleicht ist der Boden für sie keine Lava?"

Er sagt das ruhig und ernst und schaut mir dabei direkt in die Augen.
„Schon möglich."
Mit rasendem Puls halte ich seinem eindringlichen Blick stand und bin mir dabei seiner Kraft und seiner Nähe nur allzu bewusst.
Noch nie zuvor habe ich mich so weiblich, verletzlich und zugleich begehrenswert gefühlt wie in diesem Moment.
Keine Ahnung wie lange wir so mitten im Club stehen, die Zeit scheint ihre Bedeutung verloren zu haben. Erst als von irgendwo her jemand laut „Dämon!" brüllt, wird der Bann gebrochen und ich zucke erschrocken zusammen.
„Wann bist du angekommen?"
Wir sehen beide in die Richtung des Mannes, der mit ausgebreiteten Armen auf uns zugeht.
Er ist groß, muskulös und trägt, wie sollte es auch anders sein, eine Kutte. Nur steht auf seinem Leder in geraden Lettern *Präsident* geschrieben, direkt darüber entdecke ich einen Spokane-Aufnäher.
Das *Präsident* erklärt sich von selbst, genau wie das Spokane.
Ich sehe auf Dämons Kutte, auf seiner Weste steht Oregon. Was bedeutet, dass er nicht von hier ist.
Interessant.
Der Präsident sieht mich an, mustert mich neugierig und wirkt auf einen Schlag ernst.
„Ist das deine Old Lady? Was ist passiert?"
Old Lady?
Was zum Kuckuck?
Ich bin keine alte Dame.
Gut. Mit meinen fünfundzwanzig bin ich keine siebzehn mehr, aber alt bin ich deswegen noch lange nicht.
„Sie wurde angegriffen. Irgendein Wichser hat sie mit einem Messer bedroht. Sie ist mit dem Kopf auf der Straße gelandet. Ich tippe auf eine Gehirnerschütterung. Habt ihr einen Doc?"
Des Präsidenten Augen gleiten von mir zu Dämon.
„Weißt du, wer das war?"
„Fuck nein!"
„Kein Thema. Wir finden es heraus und bringen den Hurensohn um. In meiner Stadt werden keine Frauen angegriffen!"
Er sagt das nicht locker oder mal so nebenbei. Sondern ernst. Es klingt wie ein Versprechen. Wie ein Versprechen, in dem es darum geht, einen Menschen zu töten.
Heilige Scheiße!
„Du kannst deine Kleine in mein Büro bringen. Ich ruf den Doc."

Dämon nickt und sieht sich zweifelsohne nach dem Büro um.

Der Präsident bemerkt es.

„An der Bar vorbei, dann rechts den Flur entlang. Die dritte Tür auf der linken Seite."

Mein völlig überfordertes Hirn hat nur Bahnhof verstanden, doch Dämon scheint zu wissen, wo es langgeht.

Er marschiert einfach los, ohne die vielen halb nackten Tussis und ihren bewaffneten Füßen auch nur eines Blickes zu würdigen.

Damit hat er sich auf jeden Fall meinen Respekt verdient, also das hätte er zumindest, wenn er ihn nicht schon seit der Sekunde hätte, in der er mich gerettet hat.

Mein Ex war da ganz anders, er hat jedem Rock hinterher gesehen. Wirklich jedem Rock. In seiner Nähe hatte ich immer das Gefühl, nicht genug zu sein, nicht gut zu sein, so wie ich bin. Wir waren nur knapp neun Monate zusammen, aber diese Zeit hat ausgereicht, um meinem Selbstwertgefühl einen ordentlichen Knacks zu verpassen.

Im Büro des Präsidenten angekommen, setzt Dämon mich auf der kanariengelben Ledercouch, die so gar nicht in einen Motorcycle Club wie diesen passen will, ab.

„Was sollte dieses Alte-Dame-Gerede?"

An seinen Augenwinkeln bilden sich kleine Fältchen.

„Das erkläre ich dir ein anderes Mal."

„Sehe ich etwa alt aus?"

Moment ... Hat er gerade echt *ein anderes Mal* gesagt? Wenn ja, würde das bedeuten, dass er vorhat, mich nach dieser Nacht wiederzusehen.

Huiiiii ...

In meinem Inneren steigt eine warme Blase auf.

„Du bist die schönste Frau, die ich je gesehen habe."

Er sagt das so, als würde er in den Krieg ziehen, als würde er mir den Untergang der Welt prophezeien und mir nicht gerade ein Kompliment machen.

Nicht sicher, wie ich reagieren soll, senke ich den Blick und bemerke so, dass er seine Hände zu Fäusten geballt hat.

Was ist los?

Ist er etwa wütend auf mich?

Wenn ja, warum?

Von dem Büro geht eine Türe ab, Dämon öffnet sie und dreht sich dabei wieder zu mir um.

„Das ist ein Badezimmer. Du kannst es nutzen, um dir das Blut abzuwaschen."

Blut? Ich sehe zu ihm, dann zu der Türe und dann auf den Boden.

„Du bist hier sicher. Ich schwöre es. Dir wird niemand etwas tun. Niemals. Nicht solange ich in deiner Nähe bin!“

Ich glaube ihm.

Auch wenn ich es nicht verstehe, weiß ich, dass das die Wahrheit ist.

Nervös stehe ich auf, gehe auf ihn zu und sehe ihn kurz an, bevor ich im Badezimmer verschwinde. Ich will gerade die Türe zumachen, stoppe dann aber noch mal und öffne sie einen Spalt.

„Warum tust du das?“

Auf seiner Stirn bilden sich zwei tiefe Falten.

„Warum tue ich was?“

„Mir helfen, dich um mich kümmern? Wir kennen uns nicht. Du hättest auch einfach an mir vorbeifahren können.“

Seine Mimik verhärtet sich, an seiner Wange beginnt ein Muskel zu zucken.

„Nein Baby, nein das hätte ich nicht.“

Und damit lässt er mich einfach stehen. Im Weggehen zündet er sich eine Kippe an und lässt sich dann mit einem Zischen auf die Couch fallen.

Ich mache die Badezimmertüre zu.

Das Bad besteht aus einer Dusche, einem Klo und einem Waschbecken. Es ist nichts Besonderes, aber dafür überraschend sauber. Mit einem Seufzen riskiere ich einen Blick in den Spiegel und zucke entsetzt zusammen.

Ich sehe scheiße aus!

Fast so, als wäre ich durch die Nacht gejagt und überfallen worden.

Spaß beiseite.

An meiner Stirn thront eine dicke Platzwunde, getrocknetes Blut klebt auf meiner Nase, meiner Stirn und einfach überall.

„Du bist die schönste Frau, die ich je gesehen habe.“

Ja, von wegen!

Mag sein, dass ich ganz hübsch bin, aber bestimmt nicht in diesem Zustand.

Zitternd drehe ich das Wasser an, reinige mein Gesicht und verfluche das unangenehme Pochen, das sich hinter meinen Schläfen ausbreitet.

Kopfschmerzen sind echt das Letzte, was ich heute Nacht noch gebrauchen kann.

Fünf Minuten später bin ich fertig, doch anstatt sofort zu Dämon zurückzugehen, setze ich mich kurz auf den Toilettendeckel, schließe die Augen und atme mehrmals tief durch.

Kennt ihr den Film „Die Chroniken von Narnia“?

Da gehen die Kinder glaube ich durch einen Schrank und landen in einer völlig anderen Welt.

Mir geht es genauso, nur war es bei mir kein Schrank, sondern eine Unterführung ...

Erst als sich mein Puls wieder einigermaßen beruhigt hat, stehe ich wieder auf, wanke dabei leicht und öffne leise die Türe.

Der Präsident scheint da zu sein, er und Dämon reden.

Und obwohl ich weiß, dass ich nicht lauschen sollte, würde ich schon ganz gern wissen, wo zum Teufel ich da eigentlich reingeraten bin.

„... Ich kann dir nicht sagen, was gerade abgeht, nur dass ich dich hier in Spokane brauche. Dieses Chapter ist eine verdammte Schlangengrube und ich habe echt keine Ahnung, wem ich vertrauen kann und wem nicht. Du musst mir den Rücken decken, Dämon. Zumindest so lange, bis ich weiß, was hier abgeht.“

Jacob ist angespannt.

„Hast du das Ding im Automaten gezogen oder wie ist es so schnell dazu gekommen?“

Durch den Türspalt beobachte ich, wie Dämon auf das *Präsidenten-Patch* deutet.

„An dem Tag, an dem ich raus bin, wurde es mir regelrecht vor die Nase geworfen. Fast so, als ob der verdammte Aufnäher verflucht wäre.“

Dämon gibt ein seltsames Geräusch von sich, irgendwie eine Mischung aus Grunzen und Lachen.

„Verflucht?“

Der Präsident nickt, streckt die Beine aus und trinkt aus der Jack-Daniels-Flasche, die bis gerade unbeachtet in seiner Hand gebaumelt ist.

„Nenn mir einen logischen Grund, aus dem Sam oder William das Amt nicht für sich beanspruchen sollten? Nur einen?“

Dazu scheint meinem Retter nichts einzufallen.

„Was sagtest du noch mal, ist mit deinem Vorgänger und dessen VP passiert?“

„Skyler und Mason wurden ermordet. Beide. Am selben Tag. Ich schwöre dir, Alter. Da ist irgendetwas im Busch und solange ich nicht herausgefunden habe, was da läuft, brauche ich dich.“

Dämon nimmt dem Präsident den dargebotenen Whisky ab und kippt sich eine gehörige Menge in die Kehle.

Halleluja!

Wenn ich so viel so schnell trinken würde, würde ich wenige Minuten später bewusstlos unter dem Tisch liegen.

„Ich bin hier, Bruder. Sag mir, was du brauchst, und ich werde dafür sorgen, dass du es bekommst."

Die Männer schweigen kurz, dann ergreift der Präsident erneut das Wort.

„Aber jetzt zu einem viel interessanteren Thema. Wer ist die Puppe, die du dabeihast."

Mir ist klar, dass sie jetzt über mich reden, ich halte gespannt die Luft an.

Dämons Mimik bleibt reglos.

„Ich hab sie einfach gefunden."

Jacob wirkt ungläubig.

„Gefunden? In Spokane?"

„Jep, nur wenige Minuten von eurem Clubhaus entfernt. Irgendwo nach dem Bahnhof lag sie reglos auf der Straße, während irgendein Bastard sie abstechen wollte."

Das Interesse des Präsidenten ist geweckt.

„Abstechen? Wie Messer?"

Gibt es noch eine Alternative?

Wenn ja, ist sie mir nicht bekannt.

„So sieht's aus."

Dämons Stimme wird dunkel und bekommt etwas Bedrohliches.

„Fuck, das ist übel!"

Da kann ich dem Präsidenten nur zustimmen.

„Was hast du jetzt mit der Kleinen vor?"

Dämon scheint nachzudenken.

„Ich habe keine verfickte Ahnung! Du weißt, warum ich zehn Jahre gesessen bin. Frauen sind meine Schwäche. Besonders welche in Not. Wenn ich schlau wäre, würde ich ihr ein pinkes Pflaster auf die Stirn kleben und sie so schnell es geht wieder loswerden. Frauen, die so schön sind, bringen nur Ärger.

Jacob brummt zustimmend. Dämon spricht weiter.

„Aber ich bin nicht schlau, ich scheine nicht zu den Menschen zu gehören, die aus ihren Fehlern lernen. Also werde ich Bailee fürs Erste behalten und mich morgen auf die Suche nach dem Wichser machen, der es auf sie abgesehen hat."

Wow ...

Woooowwwww ...

Keine Ahnung, was ich unglaublicher finde, dass mich der große böse Rocker behalten will oder dass er mir bei dem Monster, das es aus welchen Gründen auch immer auf mich abgesehen hat, helfen wird.

Jacobs bellendes Lachen erfüllt das Büro.

„Holy Shit, Alter. Du hast recht. Du hast aus der Vergangenheit echt nichts gelernt."

Er nimmt Dämon den Jack Daniels ab und trinkt.

„Wie wäre es mit einem Deal? Du deckst mir den Rücken und ich helfe dir dabei, das Arschloch zu finden und zu eliminieren? Als Präsident dieser Stadt liegt es in meinem Interesse, das Schwein zu finden. Nicht auszudenken, was passiert, wenn er auf Zoey trifft."

Zoey? Wer ist das?

„Richtig Bro, lass uns über dich sprechen."

Jacob lacht. Dann beginnt er über eine Frau zu reden, mit der er zusammen war, bevor er ebenfalls in den Knast musste. Die beiden waren wohl lange zusammen, aber dann war Schluss und er hat sie vier lange Jahre nicht gesehen, und trotzdem nie damit aufgehört, an sie zu denken und sie zu lieben. Was ich persönlich ziemlich romantisch finde. Doch dann spricht er darüber, dass er sie am Tag seiner Entlassung auf einem Plakat für einen billigen Stripclub entdeckt hat und vor Wut fast geplatzt ist. Er hat getan, was er seiner Meinung nach musste, und sich auf die Suche nach ihr begeben und ist dann in Millwood, einer Stadt nicht weit von hier, fündig geworden. Sie hat tatsächlich in dem Laden gearbeitet und er hat sie für sich beansprucht und dann festgestellt, dass er einen Sohn hat, den sie vier lange Jahre vor ihm verheimlicht hat.

Heilige Scheiße!

Das ist heftig. Echt heftig.

„Das heißt, du hast eine Frau, einen Sohn und das *Präsidenten-Patch*?"

Dämon klingt ungläubig.

„So sieht es aus, Bruder."

„Respekt. Vor einer Woche bist du noch im Knast gesessen und hattest nichts. Und jetzt hast du einen Club und eine Familie. Das nenne ich mal einen fetten Jackpot!"

Die beiden unterhalten sich noch kurz, dann klopft es an der Tür und der Doc betritt das Büro.

Es wird Zeit, aus meinem Versteck vorzutreten.

Der Arzt ist Mitte fünfzig und verdammt attraktiv.

Er verkörpert die perfekte Mischung aus Autorität, Kompetenz und Bad Boy.

Unter anderen Umständen wäre es mir wahrscheinlich unangenehm gewesen, von ihm berührt zu werden, aber so ...

Diese Nacht ist so verrückt, dass es darauf nun auch nicht mehr ankommt.

Ganz besonders nicht, weil der sexy Doc keine Chance im direkten Vergleich zu dem Dämon hat, der mich aus schwarzen Augen beobachtet und dem es aus irgendwelchen Gründen ganz und gar nicht zu gefallen scheint, dass der Doktor seine Finger auf mir hat.

Für einen kurzen Moment versuche ich zu verstehen, was hier eigentlich los ist, gebe dann aber recht schnell wieder auf. Mir brummt der Schädel, das mit dem Denken funktioniert heute nicht mehr ... Und so lasse ich die Untersuchung einfach über mich ergehen.

„Du hast eine Gehirnerschütterung, die Platzwunde an deiner Stirn wird heilen, es kann sein, dass eine kleine Narbe zurückbleibt. Doch alles in allem hast du großes Glück gehabt."

Ja, das sehe ich auch so.

Wobei ...

„Ich hatte kein Glück, ich hatte einen Dämon."

Meine Augen gleiten zu dem Biker, der groß und mächtig, mit vor der Brust verschränkten Armen an der Wand lehnt und mich beobachtet.

Die Art, wie er mich ansieht, fast so, als würde er mich bei lebendigem Leib fressen wollen, löst ein sehnsüchtiges Ziehen zwischen meinen Schenkeln aus.

Nachdem der Arzt die Wunde desinfiziert und mit einem Pflaster versorgt hat, steht er mit einem „Fertig!" auf.

„Kein Stress. Keine schnellen Bewegungen. Dafür aber viel trinken und viel Ruhe und du wirst in ein paar Tagen wieder ganz die alte sein."

Sehr beruhigend.

„Danke."

„Kein Thema. Für den Club immer gern."

Während er das sagt, sieht er zu dem Präsidenten, dann ist er auch schon wieder weg und ich bin heilfroh, dass keine sauteure Krankenhausrechnung auf mich zukommt.

Notaufnahmen sind unfassbar teuer.

Dämon stemmt sich von der Wand ab, kommt wie ein Raubtier auf mich zu und streicht dann ganz sanft mit seinem Daumen über meine Schläfe.

„Komm. Du brauchst Ruhe und mir steckt noch die Fahrt in den Knochen."

Ruhe klingt göttlich ...

„Bringst du mich nach Hause?"

Der Outlaw schüttelt den Kopf.

„Nein. Ich behalte dich hier und im Auge. Du hast eine Gehirnerschütterung und du wurdest angegriffen. Du solltest jetzt nicht alleine sein."

Dem kann ich nicht widersprechen. Trotzdem ist da immer noch die Tatsache, dass wir uns überhaupt nicht kennen.

Seltsamerweise scheint diese jedoch für keinen von uns wirklich eine Rolle zu spielen.

Jacob zeigt uns noch Dämons Unterkunft, dann sind wir plötzlich in einem Zimmer, das nur mit einem Bett eingerichtet wurde, allein.

Mein Herzschlag findet einen neuen Rhythmus und mein Atem beschleunigt sich, während sich die Luft zwischen uns elektrisch auflädt und dafür sorgt, dass ich mich fühle, als hätte ich zu viel Prosecco getrunken.

Dämon kommt auf mich zu, er bewegt sich langsam, fast so, als ob er darauf achtgeben würde, mich nicht zu verschrecken, und bleibt dann so dicht vor mir stehen, dass meine Lippen den Kuss, den ich mir von ihm wünsche, fast schon schmecken können.

„Du weißt, dass du bei mir sicher bist?"

Sein herber Geruch steigt mir in die Nase und setzt meine kognitiven Fähigkeiten schachmatt, sodass ich einfach nur nicke.

„Ich schwöre dir, ich werde das Arschloch finden."

Verdammt!

Ich zweifle keine Sekunde daran, dass er diesen Schwur halten wird.

Dieser Dämon wirkt auf mich nicht wie ein Mann, der es nötig hat, mit leeren Worten um sich zu werfen. Überhaupt scheint er eher der stille Typ zu sein. Er redet nicht viel und wenn, dann nur, wenn er wirklich etwas zu sagen hat.

Das gefällt mir.

Auf dieser Welt gibt es viel zu viele Schaumschläger.

Seine raue Daumenkuppe landet auf meiner Unterlippe, er reibt über meinen Mund, fast so, als würde er die weiche Beschaffenheit genießen, und gerade als in mir die Hoffnung aufkeimt, dass er mich vielleicht hochhebt und küsst, lässt er seinen Arm so schnell sinken, als ob er sich an mir verbrannt hätte.

„Möchtest du etwas trinken?"

„Nein danke."

Hoffentlich fällt ihm nicht auf, wie heiser ich klinge.

Er schnappt sich die Fernbedienung, schaltet den überdimensionalen Flat Screen an, der an der ansonsten leeren weißen Wand hängt und tritt sich grob die Schuhe von den Füßen.

„Ich geh duschen. Ruh dich ein bisschen aus. Es ist spät. In wenigen Stunden geht die Sonne auf."

Damit marschiert er barfuß aus dem Zimmer, verschwindet irgendwo im Clubhaus und lässt mich allein und verwirrt zurück.

Wie konnte er nicht merken, dass ich von ihm geküsst werden wollte?

Ich meine, ich habe ihn mit den Augen doch regelrecht angefleht, seinen Mund auf den meinen zu drücken. Warum hat er es dann nicht getan?

Müde lasse ich mich auf das Bett sinken, es riecht nach Wald und wurde auf jeden Fall frisch bezogen. Der *Poison Death Motorcycle Club* hier in Spokane scheint sich auf die Anwesenheit des Dämons aus Oregon vorbereitet zu haben. In der Sekunde, in der meine Wange das weiche Kissen berührt, fallen mir ganz von allein die Augen zu.

Ich hatte ehrlich nicht vor einzuschlafen. Aber die Ereignisse der vergangenen Stunden, die Aufregung und die dunkle Stimme des Moderators der Naturdokumentation, die im Fernsehen läuft, tun ihr Übriges und ich falle in einen unruhigen, traumlosen Schlaf, in dem mich Dämons glühende Augen verfolgen ...

4. Kapitel – Der Tag nach der Nacht mit dem schönsten Mädchen der Welt im Bett

Dämon

Als ich mich vorsichtig zu Bailee ins Bett gelegt habe, war ich mir sicher, dass die verbleibende Nacht viel zu kurz ist. Damit lag ich falsch. Sie hat sich als verdammt lang herausgestellt.

Ihr zutiefst weiblicher Duft in meiner Nase und das Wissen, dass das schönste Mädchen auf diesem Planeten nur wenige Zentimeter von mir entfernt im selben Bett liegt, hat ausgereicht, um mich in den Wahnsinn zu treiben.

Fuck!

Fuucckkkk!

Mein seit Stunden harter Schwanz hat mich gelehrt, dass eine Dauererektion verdammt schmerzhaft sein kann.

Egal wie sehr ich auch versucht habe, nicht an ihre weichen Lippen und ihren kurvigen Körper zu denken, es hat nicht funktioniert und das, obwohl ich mir in weiser Voraussicht beim Duschen, mit den Gedanken an sie, einen gewichst habe.

Sehr witzig!

Als ich dabei zugesehen habe, wie mein Samen an die geflieste Wand gespritzt ist, war ich mir noch sicher, dass diese Präventivmaßnahme helfen würde.

Dass ich nicht lache!

Damit lag ich aber so was von falsch!

Jeder Zelle in meinem Körper war nur zu deutlich bewusst, dass diese Frau zum Greifen nah ist. Und ganz egal, was da auch zwischen uns sein mag, ich habe sie in Ruhe gelassen, ich habe Abstand gehalten und sie nicht angefasst.

Dabei will ich sie, seit mein Daumen auf ihrer Unterlippe lag und sie mit diesem Fick-mich-Blick zu mir nach oben gesehen hat, einfach nur packen und mich bis zu den Eiern in ihr vergraben. Ich will meinen Mund auf den ihren tackern, meine Zunge in ihren Hals schieben und ihre Lustschreie trinken.

Ich will mir ihre langen, dunklen Haare um die Faust wickeln, während ich sie von hinten nehme, sie in den Arsch ficke und ihren Kopf grob zu mir ziehe.

Ich will sie beschützen und berühren, unterwerfen und anbeten. Ich will sie zerstören und heilen, formen und an mein Leben anpassen und dann für alle Zeit behalten.

Doch ich werde nichts davon tun.
Zumindest nicht heute Nacht.
Kurz nach dem Sonnenaufgang stehe ich auf, bleibe vor dem Bett stehen und mustere die Frau, die einfach so mitten auf der Straße gelegen hat, fast so, als ob eine höhere Macht wollte, dass ich sie finde.
Im Hof werden die ersten Motoren gestartet. Neugierig, wer um diese Uhrzeit schon unterwegs ist, gehe ich zum Fenster und beobachte Jacob dabei, wie er mit seinem VP Aiden das Gelände verlässt.
Interessant.
Es ist kurz vor sechs Uhr morgens. Welche Clubangelegenheit bringt den Präsidenten so früh auf die Straße?
Bailee scheint von all dem nichts mitzukriegen. Ihre Atmung ist gleichmäßig und um das Pflaster auf ihrer Stirn hat sich ein blaues Hämatom gebildet.
Zorn flutet meine Venen.
Wer auch immer ihr das angetan hat, ich werde ihn finden ...
Aber bevor ich mich auf die Jagd mache, brauche ich Kaffee.
Eine große Tasse, schwarz und heiß.
Nach einem letzten Blick auf das Mädchen in meinem Bett, verlasse ich das Zimmer und mache mich auf die Suche nach einer Küche oder irgendeinem Ort, an dem sich eine Kaffeemaschine vermuten lässt.
Jetzt, wo ich das Spokane Chapter das erste Mal bei Tageslicht zu sehen bekomme, wird mir klar, dass Jacob hier noch einiges an Arbeit vor sich hat.
Das Haus ist mehr als nur ein wenig renovierungsbedürftig, ein Eimer Farbe wird da nicht reichen.
Auf den Sofas liegen nackte Nutten und betrunkene Brüder, die Bar ist das reinste Chaos. Überall stehen leere Flaschen, die Aschenbecher quellen über.
Die umgekippte Wodkaflasche scheint voll gewesen zu sein, der intensive Alkoholgeruch lässt meinen leeren Magen krampfen.
Zwei Typen kommen mir entgegen, sie mustern mich abschätzend, ich nicke ihnen grüßend zu, wobei mir bei dem einen das *Sergeant-at-Arms-Patch* auffällt.
Interessant.
Besagtem Sergeant scheint es scheißegal zu sein, dass ich ihr Gespräch höre. Er wettert lautstark über die Entscheidung des Präsidenten, Aiden zu seinem VP zu ernennen.
So eine Respektlosigkeit hätte in meiner Heimat eine Kugel gefordert.
Doch die Disziplinlosigkeit ist nur eines von vielen Problemen, die Jacob sich da so schnell nach seiner Entlassung aufgehalst hat.

Je mehr ich sehe, umso deutlicher wird mir klar, weswegen er mich um Hilfe gebeten hat.

Fuck!

Wenn der Club nicht zusammenhält, wird es ihm nie gelingen, den ehemaligen Präs und dessen Stellvertreter zu rächen. Zumindest nicht, ohne weitere Verluste einzufahren.

Ich finde die Küche und die Kaffeemaschine, deren Bedienung zu meinem Glück nicht sonderlich schwer ist.

Die Elektrogeräte heutzutage sind wie Ufos. Sie haben viel zu viele Knöpfe, unnötige Programmiermöglichkeiten und piepen bei jedem Scheiß vor sich hin.

Ich will aber keine Rakete starten und auch nicht zum Mond fliegen. Ich brauche einfach nur heißen, schwarzen Kaffee ohne irgendeinen Schnickschnack.

Ich schalte sie an, finde im Schrank darüber eine Tasse und drücke auf den Kaffeebutton. Eine Sekunde später erwacht das Ding auch schon zum Leben.

Ob Bailee inzwischen aufgewacht ist?

„Mama, wer ist der Mann?“

Die Stimme eines Kindes bringt mich dazu, mich Richtung Türe umzudrehen, in deren Rahmen eine junge Frau steht, vor der ein kleiner Junge herumhüpft.

„Ich weiß es nicht, Noah. Aber wie wäre es, wenn du ihn das einfach fragst.“

Noah?

Ahhhh ... In meinem Kopf macht es klick.

Das ist der Sohn, von dem Jacob bis vor Kurzem nichts wusste.

Heftig!

Keine Ahnung, wie ich reagieren würde, wenn nach vier Jahren aufkäme, dass ich Vater bin und mir die Mutter des Kindes nichts gesagt hätte?

Egal!

Was zwischen Zoey und Jacob abgelaufen ist, geht nur die beiden etwas an.

Die Frau wird sicherlich ihre Gründe für diese Entscheidung gehabt haben, auch wenn mir auf Anhieb absolut keiner einfallen mag, der so eine Aktion rechtfertigt.

„Guten Morgen, ich bin Noah und wer bist du?“

Ich gehe in die Hocke, um mich seiner Augenhöhe anzupassen, und betrachte sein rundliches Gesicht.

Kinder mochte ich schon immer, auch wenn ich mir nicht vorstellen kann, mal ein eigenes zu haben. Diese Verantwortung ist mir schlichtweg zu viel.

Diese Menschen im Miniformat brauchen so viele Dinge, zu denen ich nicht fähig bin.

Liebe, Stabilität und Geduld, um nur ein paar zu nennen.

„Hey Noah, ich bin Dämon. Ein Freund deines Vaters."

„Woher kommst du?"

Er sieht mich interessiert an.

„Aus Oregon."

„Ist es schön da? Hast du schon mal einen Dinosaurier gesehen? Hast du ein eigenes Motorrad? Was ist dein Lieblingsburger? Magst du Pommes?"

Fuck! Sage ich doch ... Geduld ist wichtig.

„Das sind aber ziemlich viele Fragen."

Er nickt und grinst.

Seine Mum kommt auf uns zu und legt ihm beschwichtigend eine Hand auf die Schulter.

„Gibt es jemanden, der keine Pommes mag?"

Der Kleine lacht.

„Ich glaube nicht. Pommes sind mein absolutes Lieblingsessen."

„Na gut zu wissen, vielleicht bringe ich dir mal welche mit."

Er sieht mich glücklich an.

Die Kindheit ist schon was Besonderes. Sie ist die einzige Zeit im Leben, in der einem die Aussicht auf eine Portion Pommes wunschlos glücklich machen kann.

Der Kleine stürmt davon, ich sehe ihm nach und schwöre mir insgeheim, an die Fritten zu denken.

„Danke."

Die Frau meines Freundes mustert mich eingehend. Ich komme mir vor, als müsste ich gerade einen Test bestehen, von dem ich eigentlich nichts wissen sollte.

Sie schaut mich nicht so an, wie eine Frau einen Mann ansieht, an dem sie interessiert ist. Sondern sie scheint eher abzuchecken, ob sie mir vertrauen kann.

Und das kann sie. Zu 100 Prozent.

Zoey gehört zu Jacob und ich bin hier, um meinen Freund zu unterstützen.

„Danke, dass du gekommen bist, um meinem Mann den Rücken zu sichern."

„Kein Thema. Ehrlich nicht."

Das scheint sie anders zu sehen.

„Oh doch. Echte Freunde sind eine Seltenheit."

Da kann ich ihr nur zustimmen.

„Der Knast schweißt zusammen."

Sie zuckt kaum merklich.

Hoppla!

Habe ich da etwa einen wunden Punkt getroffen?

„Weswegen bist du eingesessen?"

Als ob sie das nicht schon weiß.

„Hast du diese Frage nicht längst schon Jacob gestellt?"

„Doch, habe ich. Aber ich höre die Geschichten gern von den Menschen, die sie selber erlebt haben, und nicht aus zweiter Hand."

Der Punkt geht an sie.

Die Türe schwingt auf und Bailee kommt auf uns zu.

„Warum bist du nicht mehr im Bett?"

Fuck!

Das kam gröber raus, als ich es beabsichtigt hatte.

Aber der Gedanke, dass sie allein durch diesen Drecksladen läuft, gefällt mir nicht.

Ganz zu schweigen von ihrer Gehirnerschütterung und der Tatsache, dass sie besser liegenbleiben sollte.

„Ganz einfach. Weil es nicht mein Bett ist."

Täusche ich mich oder hat sie mich gerade angezickt?

„Und?"

„Was und, Rocker?"

Sie verschränkt in einer kämpferischen Geste die Arme vor der Brust, was dafür sorgt, dass die weichen Hügel nach oben gedrückt werden und meine gesamte Aufmerksamkeit auf sich ziehen.

Zoey, die kapiert, dass hier gleich die Fetzen fliegen werden, zieht sich mit einem „Viel Spaß euch beiden" zurück.

Sehr diplomatisch.

Sie wird eine gute First Lady abgeben ...

Aber zurück zu der Frau, die es mit ihrer bloßen Anwesenheit schafft, meine Welt auf den Kopf zu stellen.

„Du sollst dich ausruhen."

Anstatt mir einfach zuzustimmen, dreht sie die Hüfte leicht vor und ich weiß, dass ich im Arsch bin.

Das machen nun wirklich alle Frauen, wenn sie nicht vorhaben, nachzugeben.

Diese Körperhaltung verspricht puren Ärger.

Und das vor dem ersten Kaffee.

Bullshit!

Den Drang, sie berühren zu wollen, unterdrückend, nehme ich mir den Kaffee und gönne mir einen großen Schluck.

Ich brauche Koffein oder ich stehe das nicht durch.

„Hör zu, Dämon“, sie lässt die Arme sinken, was bedeutet, dass sie versucht, ruhig zu bleiben. Sehr gut. Keine Eskalation am Morgen. „Ich bin dir für das, was du für mich getan hast, wirklich sehr dankbar. Aber ich muss jetzt gehen.“

Was? Oh nein. Keine Chance!

Solange ich den Wichser, der sie angegriffen hat, nicht gefunden habe, wird sie schön in meiner Nähe bleiben.

Klar, schieb ruhig alles auf den Bastard, der sie verletzt hat, und gesteh dir ja nicht ein, dass dieses Mädchen nicht nur deine Beschützerinstinkte geweckt hat, sondern sie dich auch fasziniert wie keine Frau zuvor.

Ich blende die nervige Stimme in meinem Hirn aus und konzentriere mich auf Bailee.

„Wohin gehen?“

„Nach Hause und dann in die Arbeit.“

Arbeit?

„Du hast eine Gehirnerschütterung. Melde dich krank.“

„Kann ich nicht. Dann bin ich meinen Job los und ich brauche das Geld.“

Sie klingt erschöpft.

„Dein Boss wird dir wohl kaum kündigen, wenn er erfährt, was dir passiert ist.“

„Doch, wird er.“

Mein Blut erhitzt sich.

„Dann werde ich mit ihm reden. Glaube mir, danach wird er es verstehen.“

Er wird es verstehen oder ich schneide ihm ein oder zwei Finger ab. Verstümmelungen haben schon immer dabei geholfen, Arschlöcher dazu zu bringen, ihre Meinung zu ändern.

Meine Gedanken scheinen sich auf meinem Gesicht abzuzeichnen.

Das Mädchen vor mir schüttelt entsetzt den Kopf.

„Was auch immer du vorhast, lass es.“

Respekt!

Sie hat schnell kapiert, mit was für einem Mann sie es zu tun hat.

„Was, wenn der Bastard dich erneut überfällt?“

„Dann bin ich erledigt.“

Das werde ich nicht zulassen.

„Hör zu. Bleib noch eine Weile da. Wenn du darauf bestehst, zu arbeiten, bitte sehr. Ich kann es dir nicht verbieten.“ *Noch nicht zumindest!* „Aber ich werde dich hinbringen und wieder abholen. Dann bist du sicher.“

Für eine lange Minute sagt sie kein Wort, sondern sieht mich nur aus ihren katzenhaft grünen Augen an.

„Warum tust du das alles?“

Fuck!

Ich wusste, dass diese Frage jetzt kommt.

Mädchen wie sie brauchen auf alles immer irgendwelche Antworten.

„Du willst es wirklich wissen?“

Ihr Nicken ist mein Zeichen, um den Kaffee abzustellen und auf sie zuzugehen.

„Du willst wissen, warum ich dich beschützen will?“

Sie nickt wieder, ihre Zungenspitze schnellt vor und befeuchtet ihre Unterlippe.

Holy Shit!

Mein Schwanz wird hart.

Noch so eine Dauererektion wie letzte Nacht überlebe ich nicht.

Bei ihr angekommen, umfasse ich so sanft wie nur möglich mit meinen großen Händen ihr wunderschönes Gesicht, tauche mit meinen Augen in die ihren und nehme ihren Blick gefangen, während ich mich wie in Zeitlupe zu ihr nach unten beuge und mit meinen Lippen über die ihren streiche, ehe ich sie tief und hungrig küsse.

Zuerst erstarrt sie kurz, doch dann stupst ihre Zunge gegen die meine und sie erwidert den Kuss mit derselben Gier, die mich von innen heraus zu verbrennen droht.

Unsere Münder verschmelzen, sie beißt mich leicht, ich löse eine Hand und winde meinen Arm um ihre Mitte, um sie hochzuheben.

Mit einem Ruck ziehe ich sie an mich, ihre Füße baumeln in der Luft, sie stöhnt in den Kuss und meine Eier fühlen sich so an, als würden sie gleich platzen.

Ich bin so erregt, dass es schmerzt.

Aber das ist okay. Das ist gut. Denn daran, wie sie ihre Arme um meinen Hals legt, kann ich ablesen, dass sie eines Tages bereit sein wird, sich um meinen harten Schwanz zu kümmern. Und das ist alles, was ich im Augenblick wissen muss.

Ihre Zunge windet sich um die meine, sie zieht mich leicht an den Haaren und beginnt an meiner Unterlippe zu knabbern, während sich ihre prallen Titten gegen meinen Brustkorb drücken.

Bloody Hell!

Nur Götter oder Heilige haben einen Körper wie sie.

Ohne Scheiß!

Sie zu spüren, macht mich fertig, doch sie loszulassen, ist keine Option!

Absolut. Keine. Option.

Erst als sie leise nach Luft schnappt, gebe ich ihren Mund widerwillig frei.

Ihre Stirn lehnt sich an die meine, während ein Zittern ihre schlanken Gliedmaßen durchläuft.

„Jetzt weißt du, warum ich dich beschützen muss."

Sie haucht ein *Ja* und in meinem Brustkorb beginnt es angenehm zu kribbeln.

Zum ersten Mal seit mehr als einem Jahrzehnt fühle ich mich glücklich.

Und das hat nichts mit dem Club, Spokane oder damit, dass Jacob meine Hilfe braucht, zu tun. Das liegt nur an der Frau, deren süßer Geschmack mich in den Wahnsinn zu treiben droht.

Für einen Moment halte ich Bailee noch fest, dann gebe ich sie frei und mache ihr ebenfalls einen Kaffee. Sie will ihn mit Milch und Zucker und wirft mir dabei immer wieder einen verstohlenen Blick zu. Fast so, als könnte sie nicht fassen, dass ich sie gerade gepackt und für mich beansprucht habe.

Fuck Baby! Glaub es ruhig ...

Ich bin deine neue und im Moment verdammt harte Realität!

Die folgenden Tage versprechen mehr als interessant zu werden.

5. Kapitel – Ein Kunde, Klebeband und Kabelbinder

Bailee

Seit Dämon mich in die Arbeit gefahren hat, sind sechs Stunden vergangen, und auch wenn ich es nur ungern zugebe, der Rocker hatte recht. Ich hätte mich heute krankmelden sollen. Aber nicht wegen des dumpfen Pochens hinter meiner Stirn, das dank der Aspirin, die ich eingeworfen habe, längst besser geworden ist, sondern wegen der Furcht, die sich mit eisernen Klauen an mir festkrallt.

Ich sehe in jedem Kunden meinen Angreifer und frage mich ununterbrochen, was um alles in der Welt ich falsch gemacht habe, um diesen Typen verärgert zu haben.

Scheiße!

Ich flirte mit niemandem.

Aber dafür küsst du einen Biker ...

Mein Unterbewusstsein hat recht, ohne es zu wollen, muss ich lächeln.

Halleluja!

Ich habe tatsächlich einen Biker geküsst und es hat sich großartig angefühlt.

Wirklich großartig und richtig und einfach irgendwie perfekt!

Tief einatmend konzentriere ich mich auf den Kunden vor mir.

„Das macht 26,43 Dollar."

Er reagiert nicht, also hebe ich den Kopf, um ihn anzusehen, und plötzlich weiß ich es. Keine Ahnung woher oder wieso, aber ich weiß, dass der Mann, der vor mir steht, derselbe ist, der mich letzte Nacht verfolgt hat.

Meine Finger werden auf einen Schlag eiskalt, mir wird schlecht und mein Puls schnellt in die Höhe.

Der Kerl sagt nichts, er macht nichts, was ihn verraten könnte, und trotzdem bin ich mir zu 100 Prozent sicher. Er trägt eine schwarze Baseballcap und einen dunkelblauen Kapuzenpullover und sieht mich so merkwürdig an, dass ich am liebsten aufstehen und davonlaufen würde.

Aber da ich keine Beweise habe und mein Bauchgefühl kein aussagekräftiger Zeuge ist, reiße ich mich zusammen und wiederhole die Summe, die er mir für seinen Einkauf geben muss.

„Das macht 26,43 Dollar."

Meine Stimme bricht beinahe. Ich erinnere mich, welche Gegenstände ich gerade eingescannt habe und betrachte den Einkauf des Mannes.

Kabelbinder, eine Schnur, Klebeband, ein chlorhaltiges Putzmittel und Müllsäcke.

Mist verdammter!

Also wenn das nicht der Einkauf eines Psychopathen ist, dann soll mich doch der Teufel holen. Klar ist es auch möglich, dass er einfach nur sein Haus renoviert, oder dass er Handwerker ist, oder was auch immer. Aber die Kombination der Dinge, und die Tatsache, dass sich mein Bauch sicher ist, dass er der Typ mit dem Messer ist, lässt mich würgen.

Das ist nicht gut.

Gar nicht gut.

Es fehlt nur noch ein Spaten!

All meine Willenskraft aufbringend, dränge ich meine wachsende Angst zurück und sehe ihn herausfordernd an.

Ich kenne diesen Mann nicht. Gar nicht.

Ich habe absolut nichts getan, was ihn zu der Annahme gebracht haben könnte, dass ich an ihm interessiert bin.

Er ist ja nicht mal mein Typ.

Ich stehe auf andere Männer, Männer mit Bart und Muskeln und na ja ...

Seit letzter Nacht stehe ich auf einen Outlaw, der Dämon heißt, aber das ist jetzt nicht der richtige Zeitpunkt, um darauf genauer einzugehen.

„Das macht 26,43 Dollar."

So sehr ich mich auch bemühe, freundlich zu bleiben, kann ich nicht verhindern, dass ich mittlerweile genervt klinge. Hinter dem Tatverdächtigen hat sich inzwischen eine lange Schlange gebildet. Wenn ich die nicht schnell abkassiert habe, flippt mein Chef aus und das kann ich heute absolut nicht gebrauchen.

„Nicht so ungeduldig, Bailee."

Oh du heilige Scheiße!

Die Stimme! Er ist es zu 100 Prozent. Ganz besonders, weil er meinen Namen kennt.

Er hat mich mit Absicht so angesprochen, er will, dass ich weiß, dass er es ist.

Hilfe!

Hilffeeeeee!

Tapfer nehme ich das Geld entgegen, drehe mich zur nächsten Kundin um und mache einfach mit meiner Arbeit weiter.

Was sollte ich auch sonst tun?

Aufstehen und davonrennen wird mir auf Dauer bestimmt nicht weiterhelfen.

Und hier, an der Kasse, bin ich sicher. Hier wird er mir wohl kaum die Kehle aufschlitzen.

Oder?

Endlich packt er seine Sachen und geht.

Mein armes Herz ist kurz davor durchzudrehen. Es klopft so schnell, dass es beinahe schon schmerzhaft gegen meine Rippen knallt.

Kann das wichtigste Organ im menschlichen Körper blaue Flecken kriegen?

Wenn ja, dann ist meines damit überzogen.

Erst als der Mann aus dem Laden raus ist, schaffe ich es, wieder zu atmen.

„Ist alles in Ordnung meine Liebe? Sie sehen aus, als hätten Sie einen Geist gesehen."

Ich lächle einfach und frage mich, was ich jetzt tun soll.

„Ja, alles bestens."

Wobei ... Was wenn er mit dem Auto da ist? Er wird den ganzen Serien-Mörder-Scheiß wohl kaum tragen. Oder?

Mit einem gemurmelten „Entschuldigung" stehe ich auf, renne zur Türe und sehe gerade noch, wie das Arschloch in einem dunkelblauen Ford wegfährt.

Ich merke mir das Kennzeichen, eile zurück zur Kasse und notiere es mir auf ein Stück Papier.

Mag sein, dass ich keine Ahnung habe, wer das Arschloch ist oder wie es heißt, aber ich habe ein Kennzeichen und das ist fast so gut wie ein Fingerabdruck. Zwar nur fast, aber es ist besser als nichts.

Um elf Uhr nachts habe ich endlich Feierabend, und bis zu dem Moment, in dem ich Dämon groß und stark auf seinem Bike sitzen sehe, hatte ich Angst, dass er nicht Wort hält und dass ich doch allein durch die Finsternis nach Hause laufen muss.

Aber auf meinen Rocker ist Verlass!

Er ist da und hat geduldig auf mich gewartet.

Allein das Bild, das er abgibt, ist so heiß ... Sein breiter Rücken, der sich in der Dunkelheit abzeichnet, die Zigarette, die lässig in seinem Mundwinkel hängt, und die lederne Kutte, die ihn als einen der gefährlichen Member des *Poison Death Motorcycle Clubs* auszeichnet.

Save a Harley, Ride a Biker ...

Keine Ahnung, wo dieser Gedanke herkommt, aber er ist da und beißt sich in meinem Kopf fest, und plötzlich weiß ich, was ich tun muss, um mich endlich wieder sicher zu fühlen ...

Dämon sieht mich kommen, schnippt die Kippe auf die Straße und streckt seinen starken Arm nach mir aus.

Ich gehe zu ihm und all die Angst und der Schrecken fallen wie durch ein Wunder von mir ab.

Er braucht nur einen Blick auf mich zu werfen, um zu erkennen, dass etwas nicht stimmt.

Auch wenn ich es nicht beschreiben kann, kommt es mir so vor, als würden wir uns schon ewig kennen, als wären wir miteinander vertraut. Was natürlich nicht sein kann – wir kennen uns noch keine vierundzwanzig Stunden und dennoch ist es, wie es ist ...

„Was ist los?“

„Er war da!“

Dämon weiß sofort, von wem ich spreche.

„Sicher?“

„Ja. Er hat seltsames Zeug gekauft und mich so irre angesehen und mich mit meinem Namen angesprochen. Diese Stimme ...“ Ich erschaudere. „Die würde ich immer wieder erkennen.“

Dämons Kiefer verhärtet sich. Aus dem beschützenden Mann verwandelt er sich im Bruchteil einer Sekunde in einen knallharten Biker.

„Du weißt, wie er aussieht?“

„Noch besser. Ich habe mir sein Kennzeichen notiert. Wenn wir zur Polizei gehen, dann ...“

„Keine Bullen! Er lässt mich nicht aussprechen. „Ich kümmere mich darum!“

Vielleicht sollte ich nachfragen, aber na ja ... um ehrlich zu sein, will ich gar nicht wissen, was dieses *Kümmern* genau bedeutet.

„Aber das musst du nicht.“

Aus seiner Kehle löst sich ein animalisches Brummen.

„Ich will es aber, Baby.“

Und damit ist die Diskussion beendet.

Zugegeben, ich hätte mir mehr Mühe geben können, ihn dazu zu überreden, zur Polizei zu gehen. Aber erstens glaube ich nicht, dass die Cops viel getan hätten, Kabelbinder, Klebeband und Müllsäcke zu kaufen, ist nicht verboten, und zweitens, bin ich mir sicher, dass es mir nie gelungen wäre, Dämons Meinung zu ändern.

Ganz davon abgesehen fehlt mir für einen unnötigen Streit einfach die Energie.

Seine langen Finger winden sich um meinen Nacken und halten mich bestimmend fest, während sein Mund den meinen entert, erobert, und meine Zunge die weiße Flagge hissen lässt.

Ich ergebe mich, und Himmel, noch nie zuvor hat sich etwas so gut angefühlt ...

6. Kapitel – Ein Rocker + ein Stalker = ein Problem weniger

Dämon

„Bist du dir sicher, dass das die richtige Adresse ist?"

Jacob zieht seine Mundwinkel nach unten.

„Was heißt da sicher? Auf diese Adresse ist das Auto mit dem Kennzeichen gemeldet."

Das muss reichen!

„Hat dir dein Mädchen den Wichser beschrieben?"

„Einigermaßen."

Der Präsident lacht.

„Klasse! Ich habe keinen Bock, den Falschen umzubringen."

Da geht es ihm wie mir. Nur habe ich kein Problem damit, ein Dutzend Typen zu töten, wenn Bailee dadurch wieder in Sicherheit ist.

„Wie weit würdest du gehen, um für Zoeys Sicherheit zu sorgen?"

„Steig ab und halt die Fresse!"

Er hat verstanden.

Lachend schwinge ich mich vom Bike und checke routiniert das Magazin meiner Waffe. Ich weiß, dass es voll ist. Trotzdem. Sicher ist sicher.

Ein winzig kleiner Fehler kann einem zehn beschissene Jahre seines Lebens kosten.

Ich habe es am eigenen Leib zu spüren bekommen.

Und trotzdem scheint mich die Vergangenheit kein bisschen schlauer gemacht zu haben.

„Wie willst du vorgehen?"

Ganz einfach.

„Wir klingeln und fragen nett nach, ob er letzte Nacht rein zufällig mein Mädchen angegriffen und mit einem Messer bedroht hat."

Jacob sieht mich überrascht an.

„Bist du bescheuert, Alter?"

„Nein. Nur gut erzogen."

In seinen Augen funkelt es belustigt, doch der Rest seiner Körpersprache verrät volle Konzentration. Für ihn so wie für mich steht viel auf dem Spiel.

„Was, wenn er Nein sagt?"

„Dann bringen wir ihn um."

„Und wenn er Ja sagt?"

Ich tue so, als müsste ich kurz nachdenken.

„Ebenfalls!"

„Du bist so was von abgefuckt, Alter."
Dem kann ich nicht widersprechen.
„Aye, und darum liebst du mich."
Jacob brummt etwas Unverständliches, lässt seine Nackenwirbel knacken und richtet seinen Fokus dann auf die Türe.
Ich mache es ihm nach, lasse meine Faust auf die Klingel knallen und warte gespannt, was passiert.
Und wir warten lang, denn es geschieht nichts.
„Das Licht ist an."
Die Auffassungsgabe des Präsidenten ist bemerkenswert.
„Ich sehe es."
„Das kann jetzt genau drei Dinge bedeuten."
„Welche?"
Er zuckt mit den Schultern.
„Der Wichser ist weg und hat vergessen, das Licht auszumachen. Er pennt und hört die Klingel nicht, oder aber ..."
Ich bringe den Satz für ihn zu Ende.
„... oder aber er ist zu Hause und ahnt, dass ihm gleich die Scheiße um die Ohren fliegt."
Jacob lacht.
„Für gewöhnlich ist es kein gutes Zeichen, wenn zwei Biker vor deiner Türe stehen. Schon gar nicht um diese Uhrzeit."
Es ist zwei Uhr morgens.
„Wie willst du vorgehen?"
Gute Frage.
„Entschlossen!"
Um meine Aussage zu unterstreichen, knallt meine Faust drei weitere Male in kurzer Abfolge auf die verdammte Klingel.
Im Inneren des Hauses rührt sich nichts, aber das hat nicht unbedingt etwas zu bedeuten.
„Der Bastard ist da. Ich spüre es."
„Na, dann lass uns nachsehen."
„Gute Idee!"
Einen Schritt zurückweichend, hole ich aus, hebe mein Bein an und lasse meinen Stiefel direkt auf das Schloss krachen.
Die Türe quietscht, die Scharniere knarzen, doch das blöde Ding bleibt geschlossen.
„Was ist los? Hat dich der Knast etwa schwach gemacht, Bro?"
Jacob, das Arschloch, lacht sich tot.
„Halt's Maul!"
„Wenn du willst, übernehme ich das Türen-Eintreten."

Von wegen.
„Fick dich!“
Sein Lachen wird lauter, er lehnt sich mit der Waffe in der Hand an die Mauer und beobachtet mich dabei, wie ich erneut aushole.
Zwei Tritte später schwingt das Ding endlich auf.
„Endlich. Ich dachte schon, du brauchst die ganze Nacht und wir müssen hier schlafen.“
Ohne auf seine Sticheleien einzugehen, betrete ich das Haus, sehe mich um und kann nichts Unnormales entdecken.
Alles ist ordentlich, die Einrichtung ist alt und spießbürgerlich. Auf mich macht es den Eindruck, als würde der Wichser hier mit seiner Mutter leben, oder als wäre es das Haus seiner Mutter und er ist einfach nie ausgezogen.
Fuck!
Eine alte, wehrlose Dame umzubringen, stand nicht auf dem Plan.
„Das gefällt mir nicht, Dämon.“
„Mir auch nicht. Trotzdem ziehen wir das jetzt durch.“
Jacob nickt.
„Du suchst unten, ich oben.“
„Gut.“
Er verschwindet die Treppe rauf, ich sehe mich in der Küche und dem Wohnzimmer um.
Von dem Typen fehlt jede Spur.
Ich entdecke den Kellereingang, öffne ihn und steige nach unten.
Es riecht modrig und feucht und es brennt Licht. Bingo.
Unten angekommen kann ich meinen Augen nicht trauen.
An einer großen Wand hängen Dutzende von Fotos und auf jedem einzelnen ist Bailee zu sehen. Wie sie zur Arbeit geht, während der Arbeit, mit ihren Freunden oder beim Einkaufen. Manche der Bilder scheinen vom selben Tag zu sein, wurden jedoch aus Tausenden verschiedenen Winkeln aufgenommen.
Das große Porträt in der Mitte lockt mich zu sich. Bailees Gesicht in Großaufnahme, ihre Augen sind geschlossen. Es dauert einen Augenblick, bis ich erkenne, dass sie in ihrem Bett liegt.
Fuucckkk!
Der Wichser ist bei ihr eingestiegen und hat sie beim Schlafen beobachtet.
Das ist krank.
Völlig falsch!
Allein das Wissen, dass er ihr so nah gekommen ist, lässt mir das Blut in den Adern gefrieren.

Die Frage, was wäre wenn, drängt sich mir ungebeten auf.
Was wäre, wenn ich sie nicht gefunden hätte?
Wenn wir uns nie begegnet wären?
Dann hätte dieser Psycho sie entweder entführt oder getötet.
Er ist besessen von ihr.
Das kann ich sogar bis zu einem gewissen Grad nachvollziehen. Dieses Mädchen ist etwas Besonderes.
Und aus genau diesem Grund will ich sie besitzen und beschützen und ihr nicht wehtun.
Teufel!
Ich nehme mir noch eine Minute, die Collage der tausend Fotos anzusehen, dann durchsuche ich den Keller und sehe eine riesige Tiefkühltruhe, die mit einem Bolzenschloss gesichert ist.
Was soll das denn?
Neugierig sehe ich mich nach etwas um, mit dem ich das Ding knacken kann, und finde jede Menge Werkzeuge. Wenige Handgriffe später ist das Teil offen. Tief einatmend öffne ich den Deckel und lasse ihn beinahe vor Schreck wieder fallen.
In der Truhe liegen zwei eingefrorene Frauen. Die eine ist älter, geschätzt Ende siebzig, die andere ist jung, vielleicht Mitte zwanzig.
Mein Instinkt verrät mir, dass vor nicht allzu langer Zeit die Wand mit Fotos von ihr vollgepflastert war.
In mir breitet sich eine so gigantische Wut aus, dass ich sie kaum im Zaum halten kann.
Der Kerl hat seine Mutter und die Frau, die er vor Bailee verfolgt hat, ermordet und eingefroren. Das ist eine ganz neue Stufe der Abgefucktheit!
Ernsthaft!
Angewidert verlasse ich den Keller und helfe Jacob dabei, das Haus abzusuchen.
Er steht in einem leeren Schlafzimmer.
„Hast du ihn?“
„Nope. Von dem Arschloch fehlt jede Spur.“
„Das verstehe ich nicht.“
Ich kann seine Anwesenheit spüren.
Ich weiß, dass er da ist. Wahrscheinlich versteckt er sich in irgendeinem Schrank oder unter dem Bett.
Einem Impuls nachgebend, packe ich den Bettrahmen, hebe ihn hoch und bücke mich und tatarata ... Da haben wir den feigen Schwanzlutscher auch schon.
„Wie in einem schlechten Film!“

Jacob lacht.
„Wenn du wüsstest, was ich gerade im Keller gefunden habe."
„Was?"
Er sieht mich an, der Bastard unter dem Bett zückt sein Messer.
„Seine Mutter und ein junges Mädchen – beide tot in einer Gefriertruhe."
Jacob wirkt entsetzt.
„Echt jetzt?"
„Über so etwas mache ich keine Scherze."
„Das ist heftig!"
„Allerdings."
Angewidert packt er den Pisser, der sich jetzt, wo er sich mit zwei Bikern und nicht mit zwei wehrlosen Frauen auseinandersetzen muss, wie eine Ratte unter dem Bett verkrochen hat, und zieht ihn aus seinem Versteck!
„Komm her du kranker Hurensohn!"
Der Wichser wehrt sich und versucht, Jacob mit der Klinge zu treffen. Er verfehlt ihn um wenige Zentimeter. Der Präsident lässt es sich nicht nehmen und rammt ihm seine Faust mit voller Wucht ins Gesicht.
Es knackt, seine Nase bricht und jede Menge warmes Blut spritzt auf den Boden.
„Gott hat sich das gut angefühlt."
Mit einem geübten Handgriff entwendet er dem Arschloch das Messer und wirft es mir zu, ich fange es und betrachte die Klinge, die Klinge, mit der er Bailee bedroht hat.
Der Zorn, der von mir Besitz ergreift, ist nicht von dieser Welt.
Zur Hölle!
Ich war schon oft wütend, doch noch nie so sehr wie in diesem Moment.
„Was hast du jetzt mit dem Drecksack vor?"
Gute Frage.
Mir würden da so einige Dinge einfallen. Ihn lebendig einfrieren oder ihn in dünne Scheibchen zu schneiden, steht ganz oben auf der Liste.
Bullshit!
Ursprünglich wollte ich ihm sagen, was ich von Männern halte, die wehrlosen Mädchen auflauern. Doch jetzt, wo ich ihn sehe, und erkenne, was für ein erbärmlicher Wurm er ist, habe ich keinen Bock, auch nur ein Wort an ihn zu richten. Es wäre eh vergeudet – denn der Drecksack stirbt heute Nacht.
„Fessle ihn ans Bett!"
Jacob zieht irritiert die Augenbrauen in die Höhe.

„Was?"
„Fessle ihn ans Bett. Er hat keinen schnellen Tod verdient. Wir werden die Bude abfackeln und er wird lebendig verbrennen!"
Der Typ hört es und versucht panisch aufzustehen, ich strecke ihn mit einem Tritt in die Rippen nieder.
„Für dich gibt es kein Entkommen!"
Jacob mustert mich kurz, erkennt, dass es mein absoluter Ernst ist, und führt meinen Befehl aus.
Fünf Minuten später finde ich in der Garage zwei volle Benzinkanister.
Zehn Minuten später steht das Haus lichterloh in Flammen!
„Die Scheiße war krass."
Oh ja allerdings.
„Deine Stadt hat jetzt einen Psycho weniger. Freu dich!"
Wir gehen zu unseren Maschinen, die Luft ist schwer und voller Rauch. Nach einem letzten Blick zurück steige ich auf mein Bike und starte mit einem Kick den Motor.
„Erinnere mich bei passender Gelegenheit daran, dass es besser ist, dich nicht zum Feind zu haben, Dämon."
„Das werd' ich tun, Bruder! Das werd' ich tun!"
Wir fahren los, rasen die Straße entlang und schlagen den Weg zum Club ein.
Das Richtige zu tun, fühlt sich einfach immer wieder verdammt gut an ...

7. Kapitel – Geborgenheit, Sex und etwas, das zu Liebe werden könnte

Bailee

„Bist du dir sicher, dass alles gut ist? Die Männer sind jetzt schon seit einer Stunde weg."

Zoey, die mir gegenübersitzt und an einem Glas Weißwein nippt, sieht mich entspannt an.

„Mach dir keine Sorgen. Unsere Männer können sehr gut auf sich selbst aufpassen."

Unsere Männer?

„Dämon ist nicht mein Mann."

Sie grinst und lässt meine Aussage einfach so stehen, was mir verrät, dass sie die Sache anders einschätzt als ich, und was mich wiederum dazu bringt, es erklären zu wollen.

„Wir sind uns nur durch Zufall begegnet. Er hat mich gerettet. Das ist alles."

Ihr amüsiertes „Ja klar!" klingt wenig überzeugt.

„Wem machst du da eigentlich etwas vor, Bailee? Dir oder mir?"

Arggghhhh ...

„Bis vor einer Sekunde habe ich dich echt gemocht."

„Du magst mich immer noch."

Sie zwinkert mir zu. Es ist erstaunlich, wie schnell wir zu Freundinnen geworden sind.

Überhaupt scheint in den letzten vierundzwanzig Stunden alles schnell zu gehen.

Nachdem Dämon mich von der Arbeit abgeholt und ich ihm von dem Kennzeichen erzählt habe, war er nicht mehr zu stoppen.

Ein Rocker namens Jayden, der zugleich der Kassenwart des Clubs ist, hat das Kennzeichen in seinen Computer eingetippt und wenige Minuten später hatten die Männer eine Adresse.

Und was soll ich sagen? Nicht mal eine Naturkatastrophe hätte Dämon davon abhalten können, diese Angelegenheit heute noch zu klären.

„Scheiße!"

Dieser Rocker ist eine Naturgewalt und auch wenn er mir nicht gesagt hat, was er und Jacob mit dem Arschloch, das mich angegriffen hat, tun werden, kann ich es mir sehr wohl vorstellen.

„Hast du letzte Nacht in Dämons Bett geschlafen?"

Ich nicke. Zoey wirkt siegessicher.

„Bist du auf seinem Motorrad gesessen?"

Ich nicke erneut, sie reibt sich die Hände.

„Hat er dich unter seinen Schutz gestellt?"

Mir bleibt nichts anderes übrig als zum dritten Mal zu nicken.

„Hat er."

„Habt ihr euch geküsst?"

Und wie wir das haben ...

Allein die Erinnerung daran, wie perfekt sich seine Lippen auf den meinen anfühlten, reicht aus, um einen Schwarm Schmetterlinge in meinem Bauch zum Leben zu erwecken.

„Gratulation. Er ist dein Mann!"

So ein Quatsch.

„Das alles hat absolut nichts zu bedeuten."

Sie lacht.

„Ja genau und ich scheiße jeden Morgen Zebras. Hör auf, dich anzulügen. Wenn ein Member des *Poison Death Motorcycle Clubs* mitten in der Nacht losstürmt, um für dich einen Mord zu begehen, dann bedeutet das etwas."

Einen Mord? *Oh mein Gott!* Hilfe!

„Du tust ja gerade so, als wäre ein Kapitalverbrechen etwas Romantisches."

Zoey wird ernst.

„An einem Mord ist nichts Romantisches, aber an der Tatsache, dass es da einen Mann gibt, der, um für deine Sicherheit zu sorgen, vor nichts zurückschreckt, schon."

Mist! Sie hat recht.

„Du bist moralisch aber ganz schön flexibel."

Sie zuckt mit den Schultern und winkelt die Beine an.

„Das war ich nicht immer. Glaube mir. Am Anfang hatte ich echt meine Probleme mit diesem Club und was er so macht. Aber na ja ... Inzwischen habe ich einige Dinge verstanden."

Interessant.

„Ach, und was?"

„Das dieses Wir-gegen-den-Rest-der-Welt durchaus auch seine Vorteile hat. Jacob würde für mich und unseren Sohn ohne zu zögern durch die Hölle gehen. Barfuß. Hin und zurück wenn nötig. Und na ja ... Das lässt mich gut schlafen. Denn ich weiß, dass ich nicht allein bin und dass ich einen Mann habe, der immer zu 100 Prozent hinter mir steht. In guten Zeiten kann das jeder, aber auf die schlechten kommt es an."

Da kann ich ihr nicht widersprechen.

„Was würdest du mir also raten?"

Sie legt den Kopf leicht schief und sieht mich nachdenklich an.

„Löst Dämon ein Kribbeln in dir aus?“
„Von Kopf bis Fuß!“
„Fühlt es sich für dich gut an, in seiner Nähe zu sein?“
„Besser als bei jedem anderen Mann.“
„Dann behalt ihn, krall dich an ihm fest und schau, was das zwischen euch ist und was daraus werden kann. Die wahre Liebe zu finden ist nicht schwer, wir alle begegnen ihr einmal im Leben, die Kunst ist es, sie zu erkennen und sie zu behalten.“
Die wahre Liebe?
Wow!
„An die zu glauben, habe ich längst aufgegeben.“
Zoey trinkt ihr Glas leer und stellt es auf dem kleinen Wohnzimmertischchen ab.
„Dann fang wieder damit an.“
Schritte und dunkle Stimmen werden laut. Unsere Männer sind zurück.
Erleichterung breitet sich in mir aus.
Auch wenn Dämon die Sache anders sehen mag, dieses Arschloch, das mich angegriffen hat, ist gefährlich. Für ihn vielleicht nicht so sehr wie für mich. Aber trotzdem hatte ich die ganze Zeit Angst, dass ihm wegen mir etwas zustoßen könnte.
Jacob geht direkt zu seiner Old Lady, pickt sie von der Couch und wirft sie sich über die Schulter. Dämon bleibt hinter mir stehen und sieht aus dunklen Augen auf mich herab.
„Verschwindet, ich brauche jetzt meine Frau!“
Jep! Das nenne ich mal einen Rausschmiss.
Mit einem dümmlichen Grinsen im Gesicht stehe ich auf.
„Alles okay?“
„Die Angelegenheit ist erledigt.“
Was hat das zu bedeuten?
„Soll ich fragen?“
„Nur wenn du die Antwort verkraftest.“
Okay ...
Der Geruch von einem Lagerfeuer haftet an seinem Leder.
„Du riechst nach Rauch?“
„Bist du dir sicher, dass du diese Fragen stellen willst?“
Eigentlich nicht.
„Nein.“
„Dann lass es, Süße. Alles, was du wissen musst, ist, dass dir dieser Wichser nie wieder zu nahe kommen wird. Dir und auch keiner anderen Frau.“
Ich denke, mehr muss ich nicht wissen.

Details werden ja sowieso total überschätzt.
Findet ihr nicht?
Jacob trägt Zoey ins Schlafzimmer, Dämon und ich verlassen die Wohnung des Präsidenten, die sich in einem der Nebengebäude befindet, die auf dem großen Gebäude des MCs steht.
Mit klopfendem Herzen gehe ich die Treppe runter, unten im Hof angekommen fülle ich meine Lunge mit der eisigen Nachtluft.
Erst als sich mein Puls wieder etwas beruhigt hat, drehe ich mich zu dem Biker hinter mir um.
„Was ist das zwischen uns?“
Auf diese Frage brauche ich unbedingt eine Antwort.
Des Dämons Augen werden schmal, an seinem Kiefer zuckt es.
„Was immer du willst, Baby.“
Halleluja!
„Und wie geht es jetzt weiter?“
Seine Mundwinkel ziehen sich nach oben.
„Ich werde dich behalten.“
Aus den hundert Schmetterlingen werden im Bruchteil einer Sekunde tausend.
„Das gefällt mir.“
Über uns schimmert der klare Sternenhimmel.
„Sicher? Wenn ich dich erst einmal genommen habe, gibt es kein Zurück mehr!“
An dem strengen Ausdruck in seinen Iriden kann ich ablesen, wie ernst es ihm damit ist.
„Kein Zurück klingt perfekt.“
Mehr Ermutigung braucht mein Rocker nicht. In der einen Sekunde stehe ich noch auf meinen eigenen Beinen, in der nächsten baumeln meine Füße in der Luft und ich werde besitzergreifend an eine warme, massive Brust gedrückt.
Dämon küsst mich, ich schlinge meine Arme um seinen virilen Nacken und öffne mich für ihn.
So marschiert er über den Hof und trägt mich auf direktem Weg in sein Zimmer.
Dort angekommen, landen wir im Bett. Ich unter ihm, er auf mir und seine Hände sind plötzlich überall.
Unsere Zungen beginnen einen Tanz so alt wie die Zeit, leisten sich Versprechen und geben Schwüre, für die es keine Worte bedarf.
Schon nach wenigen Minuten bin ich nackt, seine rauen Hände streichen über meinen Rippenbogen und umfassen mich an der Taille,

während er seine Erektion durch den Stoff seiner Jeans gegen meine feuchte Mitte drückt.

„Noch kannst du Nein sagen, Baby."

Ein Nein war zwischen uns von Anfang an unmöglich, dafür hat es sich einfach seit der ersten Sekunde an viel zu richtig angefühlt, bei ihm zu sein.

„Ich sage ja!"

Mein Dämon knurrt, streift sich die Weste ab, zieht die Waffe, die bis jetzt hinten in seinem Hosenbund gesteckt hat, hervor und legt sie vorsichtig beiseite. Ehe er damit anfängt, sich auszuziehen. Ich beobachte ihn dabei, helfe mit und kann mich kaum an seinem starken Körper sattsehen.

Muskeln, Tattoos, Narben und dunkle Haare so weit das Auge reicht.

„Ich will dich, Rocker."

„Du wirst mich gleich bis zum Anschlag in dir haben."

Die Ankündigung sorgt dafür, dass sich mein Inneres sehnsüchtig zusammenzieht.

„Was bin ich für dich. Dämon?"

Er sucht meinen Blick, findet ihn und fesselt ihn an sich.

„Hoffnung!"

Wow!

Etwas Richtigeres hätte er gar nicht sagen können. Ehrlich nicht.

Hoffnung ist alles, was wir brauchen.

„Küss mich."

Seine Lippen versiegeln die meinen, gleiten dann an meinem Kiefer nach unten, saugen sich an meinem Hals fest und liebkosen wenig später mein Schlüsselbein.

Er teilt meine Knie, legt sich zwischen meine weit gespreizten Schenkel und dringt dann, ohne langes Vorspiel, in mich ein.

Es verschlägt mir den Atem, mein Herz schwillt an und meine Lunge streikt.

Dick und hart bohrt sich sein Schwanz tief in mich hinein. Das Gefühl der Dehnung ist mindestens so stark wie das der Zusammengehörigkeit.

Dieser Biker hat mich gerettet, ihm verdanke ich mein Leben und schenke ihm jetzt meine Zukunft.

Ich weiß nicht, was das zwischen uns ist, aber es ist gut, so gut, dass ich schreie und dass ich mir sicher bin, dass daraus schon bald Liebe wird.

Nach Halt suchend, kralle ich mich an seinen massiven Schultern fest, zerkratze ihm, als er noch etwas fester in mich stößt, den Rücken, und schließe die Augen, als ich spüre, wie kurz davor ich bin, zu kommen.

Der Sex geht schnell, genauso schnell wie alles andere, und das ist gut. Es ist okay, es ist sogar mehr als das, es ist perfekt.

Jetzt, in diesem Moment, fühle ich mich geborgen, beschützt, begehrt und unfassbar zerbrechlich. Dämon könnte mich mit einem Schlag schwer verletzen, er könnte mich töten und müsste sich dafür nicht mal anstrengen.

Doch stattdessen behandelt er mich, als wäre ich das Kostbarste, das er je besessen hat.

„Du gehörst mir!"

Ich höre sein Knurren, nicke und stöhne, als er den Winkel verändert und dabei auf diesen einen ganz besonders empfindlichen Punkt trifft, der meine Beine zucken lässt.

„Fuck Baby! Fuck! Ich will meinen Samen in dich spritzen."

Er brummt, beißt sich an meinem Ohr fest und richtet sich dann, bis zum Anschlag in mir steckend, zu seiner vollen Größe auf.

Wir sehen uns an, die Energie verändert sich. Sie scheint regelrecht zu pulsieren.

Und dann legt er so richtig los.

Meine Beine über seine Schultern hakend, fickt er mich, als würde sein Leben davon abhängen. Ich komme, wieder und wieder und wieder, und gerade als ich denke, dass ich keinen weiteren Orgasmus aushalten kann, lässt er sich gehen und spritzt sein Sperma tief in mich hinein.

Und was soll ich sagen?

Es ist perfekt!

Schwer keuchend bricht er auf mir zusammen, stützt sich im letzten Moment auf den Ellenbogen auf, um mich nicht mit seinem Gewicht zu zerquetschen, und tupft tausend zärtliche Küsse auf meine Stirn, meine Nase und meine Lippen.

„Meins."

Ich werde ihm bestimmt nicht widersprechen.

So bleiben wir liegen, aufeinander, ineinander, miteinander ...

Die Zukunft gehört uns.

Er und ich, ich kann es kaum erwarten ...

Epilog – Glück zum Anfassen und eine heiße Spur

Dämon

Die letzte Nacht war unglaublich.

Und wenn ich mir nicht längst sicher gewesen wäre, dass diese Frau die Richtige für mich ist, hätte ich es spätestens in dem Moment gewusst, in dem sie mir erlaubt hat, tief in ihren winzigen Körper einzudringen.

Bis jetzt konnte ich mit dem Begriff Glück nicht viel anfangen.

Was ist Glück?

Wie wird es definiert?

Und wo zur Hölle kann man es finden?

Hier in Spokane habe ich endlich Antworten auf meine Fragen erhalten.

Bailee ist mein Glück – Glück zum Anfassen – und ich werde es nie wieder loslassen.

Im Knast hatte ich genug Zeit, mir meine perfekte Frau zusammenzufantasieren. Und jetzt? Jetzt bin ich raus und habe sie wie durch ein Wunder gefunden.

Bloody Hell!

Ich habe für dieses Mädchen getötet und ich werde es wieder tun, sollte es nötig werden.

„Wir haben einen Zeugen."

Jacob rammt seine Schulter gegen meine und reißt mich so ziemlich unsanft aus meinen Gedanken.

„Einen Zeugen wofür."

„Einen Zeugen, der beobachtet hat, wer Skyler umgebracht hat."

Fuck!

„Ernsthaft?"

„Er nickt. Wir treffen ihn in zwanzig Minuten an der alten Tanke."

„Wo?"

Bevor er weiterspricht, zündet er sich eine Zigarette an.

„An der alten Tanke zehn Meilen außerhalb von Spokane."

„Wer kommt mit?"

„Aiden."

Das ist wenig.

„Sonst keiner?"

Jacob schüttelt den Kopf.

„Nope. Ich weiß nicht, wem ich trauen kann."

Was für eine beschissene Situation.

„Wer ist der Zeuge? Kannst du ihm trauen?“
Den Rauch durch die Nase entweichen lassend, sieht er mich an.
„Keine Ahnung. Er will eine halbe Mille, sonst redet er nicht.“
Das ist eine Menge Kohle für ein kurzes Gespräch.
„Wirst du ihm die Summe zahlen?“
Sein lautes Lachen verrät mir alles, was ich wissen muss.
„Ich hatte schon viele Probleme. Jemanden zum Reden zu bringen, hat jedoch noch nie dazu gehört.“
Das glaube ich sofort.
„Wann geht es los?“
„Sofort!“
„Alles klar.“
Noch bevor er die Kippe fertig geraucht hat, steigen wir auf, sein VP stößt dazu, und es geht los.
Die alte Tanke ist ein beschissener Ort für so ein Treffen.
Keine Deckung und jede Menge Versteckmöglichkeiten, die der Zeuge jedoch nicht benutzen will.
Anstatt vorsichtig zu sein, kommt er uns selbstsicher entgegen.
Die Hände in den Taschen und ein dummes Grinsen im Gesicht.
Er mustert mich, dann den Präsidenten und schlussendlich dessen Stellvertreter.
„Wo ist mein Geld? Ohne rede ich nicht.“
Was ein Idiot.
Ist ihm nicht klar, dass er gerade dabei ist, sein Todesurteil zu unterschreiben?
Jacob bleibt ruhig, zieht seine Knarre und knallt sie dem Idioten mit der großen Klappe gegen den Kopf.
„Sag mir, was du weißt, und ich lasse dich am Leben.“
Mister Großmaul macht sich fast in die Hose, was Aiden zum Lachen bringt.
„Die Menschheit verblödet zusehends.“
Da kann ich ihm nicht widersprechen.
„Wo ist mein Geld?“
Der Zeuge versucht es noch mal. Es knallt, er schreit und hat eine Kugel im Knie.
„Die nächste bohrt sich in dein Hirn! Also spuck schon aus, was du zu sagen hast.“
„Es ist der Sergeant.“
Fuuuccckkkk!
Meine schlimmsten Vermutungen werden gerade wahr.
Jacob wirkt nicht überrascht, sondern bleibt äußerlich völlig ruhig.

„Was?“
„Dein Sergeant hat den Ex-Präsidenten getötet. Ich habe es gesehen.“
Bist du dir sicher?
Schweiß bildet sich auf seiner Stirn, vor Schmerz wird sein Gesicht schneeweiß.
„Ja ... Ja ... Ja ...“
„Woher weißt du, dass es mein Sergeant war?“
„Es stand auf seiner Kutte.“
Dann ist es wohl zweifelsfrei bewiesen.
Jacob lässt den Zeugen los, der knallt auf den Boden, jammert, schluchzt und hält sich mit beiden Händen sein blutendes Knie.
Als ob das was helfen würde ...
Wie kann man nur so blöd sein und glauben, dass man Jacob erpressen kann?
Ernsthaft! Aiden hat recht. Die Menschheit verblödet.
„Was hast du jetzt vor, Bro?“
Er sieht mich an, steckt seine Waffe weg und rauft sich mit beiden Händen die Haare.
„Keine verfickte Ahnung. Aber das bleibt unter uns. Verstanden? Bevor ich nicht weiß, was das alles soll oder welcher Plan dahinter steckt passiert nichts!“
Ich nicke, Aiden brummt ein „Verstanden!“, ihm ist anzusehen, dass ihm die Sache genauso wenig gefällt wie mir.
Aber Jacob hat recht. Etwas stimmt nicht.
Da steckt ein Plan dahinter und wir müssen herausfinden, welcher.
Und bis es so weit ist, werde ich meinem Freund den Rücken decken und Bailee mit meinem Leben beschützen.
Dieses Mädchen gehört mir und ganz egal, was noch auf den Club und mich zukommen wird, daran kann nichts und niemand jemals wieder etwas ändern ...

Die Prinzessin und der Outlaw

Save a Harley, Ride a Biker

Prolog – Die nervige kleine Schwester

Aiden

„Du musst einfach nur da sein, sie ein paar Mal auf irgendwelche Promo-Veranstaltungen begleiten und dabei gefährlich ausschauen. Das kriegst du doch garantiert hin, oder?“

Nicht sicher, was ich zu diesem riesigen Haufen gequirlter Scheiße sagen soll, presse ich die Lippen zusammen und spiele mit dem Gedanken, einfach aufzustehen und zu gehen.

„Ganz genau. Perfekt! Wenn du diese Mimik aufsetzt, ist Claire garantiert sicher. Glaube mir, niemand wird so verrückt sein, sich dir in den Weg zu stellen.“

Niemand außer meiner nervigen Schwester.

„Vergiss es! Ich bin kein Babysitter für irgendeine Tussi, die gerne Prinzessin spielt!“

„Claire ist keine Tussi. Sie ist meine Freundin und sie braucht einen Bodyguard.“

Mein gebrummtes „Nicht mein Problem!“ hält meine kleine Schwester nicht davon ab, einfach weiterzureden.

Fuck!

Warum hat sie keinen Ausknopf?

„Kein Wunder, dass du ständig Single bist, du hast das Talent, alle Männer in den Wahnsinn zu treiben.“

Sie wirft mir einen zornigen Blick zu, den ich einfach ignoriere.

„Das ist nicht fair. Ehrlich. Die Typen von heute sind alle Muschis. Was kann ich dafür, dass alle noch verfügbaren Kerle entweder einen Mamakomplex oder ein Problem mit emanzipierten, selbstständigen Frauen haben?“

Allein bei der Vorstellung, mit meiner kleinen Schwester über ihre Beziehungsprobleme reden zu müssen, rollen sich mir die Zehennägel hoch.

Wenn es nach mir ginge, könnte sie von mir aus einfach für immer allein bleiben.

Sie ist meine Schwester! *Verflucht!* Natürlich will ich, dass sie glücklich ist, aber am besten ohne Mann!

Diese ganzen Wichser sind sowieso nicht gut genug für sie.

Keiner. Nicht einer!

Ihr letzter Freund ist zweigleisig gefahren.

Ich wusste es, Claire nicht.

Also habe ich die Sache in die Hand genommen und ich sage nur so viel, das Problem ist geklärt.

Claire ist weiß Gott nicht perfekt.

Sie ist anstrengend, redet viel zu viel und hat das angeborene Talent, mich in den Wahnsinn zu treiben. Aber sie ist eben auch der tollste Mensch, den ich kenne. Claire ist liebevoll, lustig, intelligent und treu. Sie hat ein großes Herz, und genau dieses Herz ist schuld daran, dass ich jetzt in ihrem nach Vanille duftenden Wohnzimmer sitze und mir überlege, ans andere Ende der Welt auszuwandern, nur damit ich nicht den Beschützer für eine ihrer Freundinnen spielen muss.

„Kannst du es nicht einfach tun? Mir zuliebe? Ich schwöre dir, Sarah ist eine ganz besondere Frau. Du wirst sie mögen.

„Ich mag alle Frauen, die sich gut ficken lassen!“

Bumm! Noch bevor ich weiß, was sie vorhat, landet auch schon eines ihrer mit Blümchen bedruckten Sofakissen in meinem Gesicht.

„Sei nicht so ein Arschloch, Aiden.“

„Es ist nicht besonders hilfreich, den Menschen, den man gerade um einen Gefallen bittet, zu beleidigen.“

Ihre Reaktion ist ein genervtes: „Hmpf!“

„Seit wann ist es verboten, die Wahrheit zu sagen?“

„Falls du es noch nicht herausgefunden hast, hier ein kleiner Tipp: Die Wahrheit ist nicht immer zielführend.“

Claire rümpft die Nase, verschränkt die Arme vor der Brust und wirft mir einen indignierten Blick zu. Dann streckt sie die Hand nach mir aus und schnippt gegen das *Vizepräsidenten-Patch*, das erst seit Kurzem mein Leder schmückt, ehe sie einen Blick auf das 1%-Abzeichen wirft, das sich auf Schulterhöhe befindet.

„Warum wundert es mich nicht, dass du das so siehst?“

„Leck mich, Süße.“

Sie grinst.

„Sorry, aber ich stehe nicht auf Inzucht!“

Himmel!

Es gibt keinen Menschen auf dieser Welt, der es schafft, mich so schnell auf die Palme zu bringen.

Wir liefern uns ein Blickduell, aus dem ich als Sieger hervorgehe.

„Du bist ein gottverdammter Outlaw. Du bist groß und böse und muskelbepackt, und Sarah braucht dich. Komm schon, Aiden. Ich bitte dich sonst nie um was.“

Das stimmt, Claire ist extrem unabhängig. So unabhängig, dass es mich manchmal ganz verrückt macht, dass sie sich von nichts und niemandem helfen lässt.

Shit!

Es passt zu ihr, dass es jetzt, wo sie mich um Hilfe bittet, nicht um sie, sondern um ihre Freundin geht.

Hätte meine Schwester ein Problem mit einem gewalttätigen Ex-Freund, würde ich wahrscheinlich nie davon erfahren. Sie würde das Problem alleine lösen wollen und dabei wahrscheinlich in der Notaufnahme irgendeiner Klinik landen.

Fuck!

Fuuuccckkkk!

„Es geht ja nur um drei oder vier Abende."

Sie hat mich beinahe so weit, und an dem Schimmern in ihren Augen erkenne ich, dass sie das ganz genau weiß.

Ich konnte meiner Schwester noch nie viel abschlagen.

Claire ist der einzige Mensch, den ich liebe.

So einfach.

„Hast du ein Foto?"

Sie nickt und wirkt plötzlich ganz aufgeregt.

Eine Sekunde später entsperrt sie ihr Handy und scrollt durch gefühlt eintausend Bilder.

Die meisten davon sind von ihrem fetten schwarzen Kater.

„Hier ..." Sie drückt mir ihr Samsung in die Hand und *wääämmm ...* Plötzlich starre ich auf das schönste Gesicht, das ich jemals gesehen habe.

Bloody holy fucking hell!

Lange, hellbraune, gelockte Haare, ein zartes Gesicht, rote Lippen, aber nicht angemalt oder so, sondern ganz natürliche rote Lippen in Kombination mit großen blauen Augen.

Auf dem Kopf des Mädchens sitzt ein goldenes Krönchen, fast wie bei einer verfluchten Prinzessin.

Doch das Interessanteste ist nicht ihre unübersehbare Schönheit, sondern eher das Grinsen, mit dem sie in die Kamera blickt.

Es hat etwas Amüsiertes, Ungläubiges, fast so, als ob die Frau es selbst nicht fassen konnte, dass sie es geschafft hat, Miss Washington zu werden.

Ich kann an ihr nichts Eingebildetes oder Arrogantes entdecken, sondern nur eine unfassbare Lebenslust und eine Freude, die fast schon ansteckend ist.

Wie sie wohl riecht?

Bestimmt nach Sonnenschein.

Über mich selbst verärgert, gebe ich Claire das Telefon zurück.

Sonnenschein? Echt jetzt?

Was zur Hölle ist nur los mit mir!
„Ich meinte von ihrem Ex?“
Claire, der, zu meinem Pech, meine Reaktion auf ihre Freundin nicht entgangen ist, verkneift sich ein Lächeln.
„Ja, natürlich.“
Sie durchsucht die Fotos erneut nach einem bestimmten Bild und gibt mir dann das Telefon zurück.
„Hier.“
Erneut landet mein Blick sofort auf dem Mädchen, das dieses Mal auf dem Schoß irgendeines unscheinbaren Typen sitzt.
Wenn ich wetten müsste, würde ich auf einen ehemaligen Quarterback oder so tippen.
Aufgepumpte Muskeln, kleines Hirn, winziger Penis, aber dafür ein großes Aggressionspotenzial. Er wirkt wie die Kerle, die auf der High School alles im Griff hatten, und danach völlig abgestürzt sind.
Alkohol, schlecht bezahlte Jobs – keine Zukunftsperspektive.
„Bevor du fragst, ja, er ist genauso blöd, wie er aussieht.“
„Aye, das dachte ich mir schon.“
Allein die Art, wie er seinen Arm um Sarahs Taille gelegt hat, als wäre sie eine verdammte Trophäe.
Die Gestik der beiden könnte unterschiedlicher nicht sein. Während der Typ zufrieden aussieht, ja fast schon selbstgerecht, schaut Claires Freundin eher eingeschüchtert und traurig aus. Was ein Witz ist!
Wenn es auf dieser Welt einen Ort gibt, an dem sich eine Frau zu 100 Prozent sicher und geborgen fühlen sollte, dann in den Armen ihres Mannes.
„Wie lange sind die beiden getrennt?“
„Sie hat, kurz bevor die Wahlen angefangen haben, Schluss gemacht.“
Ein interessanter Zeitpunkt.
„Warum?“
„Er war dagegen, er wollte nicht, dass sie da mitmacht. Aber für sie war das eine echte Chance. Eine Chance auf ein besseres Leben. Verdammt! Ich musste sie überreden, überhaupt mitzumachen ... Und jetzt hat sie gewonnen! Ist das zu fassen?“
Es wundert mich nicht im Geringsten, dass Claire die treibende Kraft war, die diese Sarah mehr oder weniger gegen ihren Willen zu diesem Contest gezwungen hat.
Wenn es um andere geht, weiß meine Schwester meistens, was das Beste ist, nur bei ihrer eigenen Lebensplanung scheint sie einfach kein Glück zu haben.
„Und warum genau braucht diese Frau meine Hilfe?“

Claire lässt sich zurück auf die Couch plumpsen und winkelt die Knie an.
„Weil Brandon ein echter Wichser ist."
Wow!
„So ein Wort aus deinem Mund?"
Das passt so gar nicht zu meiner Schwester.
Was auch immer dieser Typ getan hat, es muss heftig gewesen sein.
„Er hat ihr das Handgelenk gebrochen."
Bullshit!
„Absichtlich?"
Ich muss es wissen.
„Natürlich. Was denkst du denn? Er dachte, wenn sie verletzt ist, kann sie bei den Misswahlen nicht mitmachen."
Rückwirkend betrachtet war das wohl der Moment, in dem meine Entscheidung gefallen ist.
„Wo ist deine Freundin jetzt?"
„Sie richtet sich gerade ihre neue Wohnung ein."
„Und wo ist dieser Brandon?"
Claire steht auf, um für uns eine weitere Runde Bier zu holen.
„Hoffentlich weit weg von ihr."
Die Flaschen mit meinem Feuerzeug öffnend, trinke ich zwei große Schlucke.
„Weiß sie, was du von mir willst?"
Sie reißt die Augen auf und schüttelt den Kopf.
„Nein, natürlich nicht. Scheiße! Sarah würde ausflippen!"
Na, das wird ja immer besser.
„Und wie soll ich eine Frau beschützen, die gar nicht beschützt werden möchte?"
Darauf scheint mein nerviges Schwesterherz keine Antwort zu haben.
„Denk dir was aus. Von mir aus leg sie flach ..."
Fuck!
Ich kanns nicht glauben.
„Hast du mir gerade echt vorgeschlagen, deine Freundin zu bumsen?"
Sie besitzt zumindest den Anstand, verlegen zu wirken.
„Ja. Ich meine, nein. Keine Ahnung! Es ist mir egal, wie du vorgehst, sei einfach für sie da und sorg dafür, dass ihr dieser Wichser nicht noch mehr Knochen bricht."
Claire trinkt ihr Bier viel zu schnell aus. Sie setzt die Flasche nur einmal kurz ab, um Luft zu holen, und stößt dann einen undamenhaften Rülpser aus, ehe sie sich mit dem Handrücken über den Mund wischt.
„Wenn du so weitermachst, bist du in fünf Minuten betrunken."

„Das ist nicht dein Problem, Bruderherz.“

Oh, und wie es das ist.

So lange auch nur ein Funke Leben in mir steckt, werde ich Claire beschützen.

Ich werde immer über sie wachen. Immer.

Das ist mein verfickter Job. Und ich tue es gern.

„Trink weniger.“

„Leck mich, Rocker.“ Wenn sie mich Rocker nennt, ist sie wütend. „Nur weil du jetzt der bekloppte VP deines Clubs bist, hast du mir noch lange nix zu sagen.“

Ahhh!

Jetzt sind wir also wieder an diesem Punkt angekommen.

„Wenn du meine Hilfe willst, solltest du netter sein.“

„Nett ist der kleine Bruder von scheiße!“

Anstatt auf mich zu hören, nimmt sie mir mein Bier ab und leert es in einem Zug.

„Wenn du kotzt, denk an mich.“

„Du kannst echt so gemein sein.“

Zurück zum Thema.

„Also wie hast du dir das jetzt vorgestellt, Kleines?“

Ihr Blick rutscht zu mir.

„Das heißt, du hilfst meiner Freundin?“

Was bleibt mir anders übrig?

„Mal sehen.“

Mit einem Jauchzen springt sie auf, schmeißt sich mir in die Arme und drückt mir einen Kuss auf die Wange.

„Du bist der beste … Der aller-, aller-, allerbeste Bruder auf der ganzen Welt.“

Ich bin ein Idiot. Ein Idiot, der zugestimmt hat, eine Frau zu beschützen, die meinen Schutz überhaupt nicht will.

Mit einem Fluch schiebe ich sie von mir runter, stehe auf, gehe zur Türe und kriege dabei das verdammte Bild dieser Sarah nicht aus meinem Schädel.

Diese Augen, diese Locken und dieser Mund ...

Es wird schwer, diese kleine Prinzessin nicht zu packen, meine Faust nicht in ihren karamellfarbenen Haaren zu vergraben und sie nicht vor mir auf den Boden zu drücken, um ihr meinen Schwanz zwischen die Lippen zu rammen.

Fuck!

Claire hat keine Ahnung, was sie mir mit dieser Bitte angetan hat. Und die Tatsache, dass sie mir quasi von sich aus vorgeschlagen hat, ihre

Freundin einfach zu ficken, macht es mir nicht gerade leichter, der Versuchung zu widerstehen.

Fuck! Fuck! Fuck!

Als sie mir gesagt hat, dass sie mich sprechen muss, dachte ich mir schon, dass da eine Lawine aus Scheiße auf mich zugerollt kommt.

Nur mit diesem Ausmaß habe ich nicht gerechnet.

Claire hat sich für diese Schutzsache den denkbar ungünstigsten Zeitpunkt rausgesucht.

Im Club ist die Kacke am Dampfen.

Jacob, der Präsident des *Poison Death Motorcycle Clubs*, schwebt in Gefahr. Wir haben erst vor wenigen Tagen herausgefunden, dass in die Ermordung seines und meines Vorgängers höchstwahrscheinlich niemand Geringerer als William, unser Sergeant at Arms, verwickelt ist.

Wenn das stimmt, ist das einfach brutal.

Was hat es damit auf sich, wenn der drittranghöchste Member den Präsidenten und dessen Vize ermordet und dann höchstpersönlich dessen Nachfolger vorschlägt, anstatt den Posten des Anführers für sich zu beanspruchen?

Was ist sein Plan?

Was hat er vor?

Um das herauszufinden und um dahinterzukommen, ob noch weitere Member mit ihm zusammenarbeiten, haben wir nicht eingegriffen. Noch nicht. So schwer es uns auch fallen mag, dem Verräter keine Gliedmaßen abzuhacken, ist es zum derzeitigen Standpunkt das Beste, uns ruhig zu verhalten.

Mit den Zähnen knirschend, gehe ich zu meinem Bike, steige auf und sehe hoch zu Claires hell erleuchtetem Wohnzimmerfenster.

Sie beobachtet mich, ich winke ihr kurz zu, dann bin ich weg.

Zu meinem Pech schafft es nicht mal der Fahrtwind, das Bild dieser Sarah aus meinem Schädel zu blasen ...

Das könnte echt noch so richtig beschissen interessant werden.

1. Kapitel – *A Little Party Never Killed Nobody*

Sarah

„Wir treffen uns in einer Stunde im ‚Blackout'. Und zieh dir was Heißes an. Am besten den roten Rock, der deine Beine so gut betont, und deine schwarzen Lederstiefel, du weißt schon, die zum Schnüren."

Claire klingt aufgeregt, was natürlich daran liegen könnte, dass wir nach einer gefühlten Ewigkeit endlich mal wieder zum Tanzen gehen, oder daran, dass sie etwas ausheckt.

Ich schätze, es ist eine Mischung aus beidem.

Denn Claire heckt immer etwas aus. Immer.

Sie kann gar nicht anders.

Ihr hyperaktiver Verstand ist ständig damit beschäftigt, sich eine verrückte Idee nach der anderen auszudenken.

Bis sie den roten Rock und die Nuttenstiefel erwähnt hat, dachte ich wirklich, sie freut sich einfach nur, dass wir das erste Mal, seit ich Single bin, zusammen ausgehen. Doch jetzt?

Jetzt bin ich stutzig geworden.

„Warum willst du, dass ich mich so rausputze? Das ist nur eine Ladys-Night. Ich habe nicht vor, mir irgendeinen Typen zu angeln."

Und das meine ich todernst.

Meine letzte Beziehung war die Hölle.

Rückblickend betrachtet habe ich echt keine Ahnung, warum ich Brandon über eine so lange Zeit erlaubt habe, mich zu kontrollieren und zu schikanieren.

Wie konnte ich nur so dumm sein?

Aber wie heißt es so schön?

Im Nachhinein ist man immer schlauer. Und auch wenn es viele Sprichwörter gibt, die absoluter Blödsinn sind, ist an diesem definitiv etwas Wahres dran.

Als sie mir keine Antwort gibt, hake ich sicherheitshalber noch mal nach.

„Claire?"

„Ich will ja nur, dass du vorbereitet bist, wenn dir rein zufällig dein Traumprinz über den Weg läuft."

Traumprinz? Von wegen ...

„Die gibt es nur im Märchen."

Ihr Lachen klingt aufgesetzt.

„Was hast du getan?"

„Nichts."

„Claire verdammt! Hör auf, mich zu verarschen, und sag mir, was du getan hast."

Stille.

Sie räuspert sich leise.

„Ich habe vielleicht meinem Bruder gesagt, dass er auch vorbeischauen soll."

Gottverdammte Scheiße!

„Warum hast du das gemacht?"

Bis gerade eben habe ich mich noch echt auf unseren Abend gefreut, das hat sich jetzt geändert.

Claire weiß genau, dass ich Aiden schon immer attraktiv fand.

Er hat diese typische Bad-Boy-Aura, die jeder Frau ein feuchtes Höschen beschert.

Kein Wunder.

Ich meine, er ist der Vizepräsident des *Poison Death Motorcycle Clubs.*

Diese Kutte in Kombination mit seinen grünen Augen, den harten Muskeln und seiner Harley Davidson ... *Yummyyyy* ... Ehrlich!

Claires großer Bruder ist der Inbegriff eines Outlaws und auch wenn die nicht unbedingt zu den Guten gehören, weiß ich, dass Aiden da eine Ausnahme bildet.

Denn ganz egal, wie viele Verbrechen er für seinen Club auch begeht, oder wie brutal er zu seinen Feinden ist (und die Member des *Poison Death Motorcycle Clubs* können extrem gewalttätig sein), für seine Schwester ist er immer da.

Aiden liebt Claire. Er sorgt für sie und er hat immer ein wachsames Auge auf ihr.

Also ganz egal, wie gefährlich er auch sein mag, Aiden kann nicht durch und durch schlecht sein ...

Für mich ist er die Verkörperung des perfekten Mannes. Hart mit weichem Kern, fürsorglich, zuverlässig und loyal.

Aiden ist ein Mann, der nicht davor zurückschreckt, für die Menschen, die er liebt, gewisse Grenzen zu überschreiten. Und ganz genau diese Gewissenlosigkeit ist das, was ich so anziehend finde.

Was gibt es Heißeres als einen Kerl, der bereit ist, für dich durch die Hölle zu marschieren?

Nach Brandon habe ich mir geschworen, Single zu bleiben.

Ich werde nie wieder den Fehler begehen und einem Mann so viel Macht über mich und mein Leben geben.

Und Clair weiß das. *Verflucht!*

Sie weiß aber auch, dass ich insgeheim schon immer für ihren Bruder geschwärmt habe, und dass er der einzige Kerl auf dem Planeten ist, den ich niemals von der Bettkante schupsen würde.

„Du willst wissen, warum ich das gemacht habe?“

Sie klingt überrascht.

„Ja, will ich.“

„Du brauchst einen Beschützer. Du brauchst einen Mann an deiner Seite, der mächtig genug ist, für deine Sicherheit zu sorgen, und der kein Problem damit hat, deinem beschissenen Ex ein paar Knochen zu brechen. Am besten das Genick oder so, dann wäre zumindest ein für alle Mal Ruhe.“

Meine Mundwinkel biegen sich gegen meinen ausdrücklichen Willen nach oben.

„Du bist so doof.“

„Nein, ich bin deine beste Freundin. Und jetzt mach dich fertig, damit wir endlich unseren Spaß haben können!“

Spaß klingt gut.

„Abgemacht. Aber dass du deinem Bruder gesagt hast, dass er kommen soll, finde ich nicht gut. Ehrlich nicht.“

„Doch tust du! In Wirklichkeit liebst du mich dafür, und wenn ihr irgendwann in naher Zukunft ein paar süße Babys habt, wirst du mir vor Dankbarkeit die Füße küssen.‘

Babys? Mit Aiden? Uhhhhh . .

„Du spinnst doch!

„Nein, ich denke nur pragmatisch. Du brauchst einen neuen Mann, und meinem Bruder würde eine Frau wie du mehr als guttun. Diese ganzen dummen Clubnutten, mit denen er seit Jahren vögelt, können nicht gesund sein, und sie sind schon gar nichts für immer. Ich will, dass mein Bruder glücklich ist. Und ich will, dass du glücklich wirst, und so kann ich gleich zwei Fliegen mit einer Klatsche schlagen.“

Gegen das Glücklichsein hätte ich nichts einzuwenden.

„Wenn du willst, dass ich pünktlich bin, sollten wir jetzt Schluss machen.“

„Okay, dann bis gleich.“

„Bis gleich.“

Ich lege auf und starre noch für einen Moment das Display an, während ich noch immer nicht fassen kann, dass Claire das tatsächlich getan hat.

Dann mache ich mich fertig und steige genau eine Stunde später aus dem Taxi, das direkt vor dem ‚Blackout‘ gehalten hat.

Mit einem „Danke!“ drücke ich dem Fahrer zwanzig Dollar in die Hand und steige aus.

Claire ist schon da und als sie sieht, dass ich auf sie gehört und den roten Rock in Kombination mit den Stiefeln angezogen habe, reckt sie beide Daumen in die Höhe.

„Scheiße! Du siehst ja mal so was von geil aus. Die Typen werden Schlange stehen."

Na, hoffentlich nicht. Ich bin fest entschlossen, meinen Schwur einzuhalten, außer natürlich ein gewisser Vizepräsident meldet Interesse an ...

Für Aiden wäre ich bereit, eine kleine Ausnahme zu machen.

„Lass uns reingehen, ich brauche dringend Alkohol!"

Anstatt uns in der langen Schlange der Wartenden einzureihen, schnappt sich Claire meine Hand und zieht mich direkt zu den zwei prolligen Türstehern ganz vorne am Eingang.

„Hey Hank. Lässt du uns rein?"

Sie schenkt dem armen Hank einen Augenaufschlag, der Tote wieder lebendig werden lassen könnte, und oh Wunder, eine Sekunde später betreten wir den glamourösesten Nachtclub, den die Welt je gesehen hat, und der rein zufällig dem *Poison Death Motorcycle Club* gehört.

„Dieser Hank hat eine Schwäche für dich."

„Ich weiß, und ich habe eine Schwäche für ihn."

Warum überrascht mich das nicht?

Es ist kurz nach zehn, die Tanzfläche füllt sich langsam und aus den riesigen Boxen dröhnt *Fergie* mit *A Little Party Never Killed Nobody*, und auch wenn der Song schon zehn Jahre alt ist, reißt er mich jedes Mal mit sich.

Mein begeistertes Quietschen geht in den vertrauten Beats unter.

„Lass uns tanzen gehen."

Claire wirkt überrascht.

„Jetzt schon? Aber wir haben doch noch gar nichts getrunken."

Na und?

„Wir können auch danach noch was trinken."

„Ich dachte, du brauchst dringend Alkohol."

„Tue ich auch. Aber zuerst ..."

Entschlossen ziehe ich sie mitten auf die Tanzfläche und dann sind wir beide voll in unserem Element.

Brandon, Aiden, der Ärger der vergangenen Monate und die Aufregung der gewonnenen Miss-Wahl, das alles ist auf einen Schlag vergessen und das Einzige, was jetzt noch zählt, ist verdammt noch mal so viel Spaß wie nur irgendwie möglich zu haben ...

2. Kapitel – Rache, die einzig wahre Gerechtigkeit

Aiden

Fuck!

Es war nicht mein Plan, heute Nacht ins ‚Blackout' zu gehen, schon gar nicht, nachdem Claire mir gesagt hat, dass sie dort mit Sarah ist.

Der Prinzessin der Miss-Wahlen, oder wie auch immer ich die Frau von dem Foto nennen soll.

Ich liebe meine Schwester!

Aber es hat schon seinen Grund, dass ich mich bis jetzt von ihren Freundinnen ferngehalten habe.

Nur weil ich mich bereit erklärt habe, eventuell den Beschützer zu spielen, bedeutet das noch lange nicht, dass ich mich zur Marionette meiner Schwester machen lasse.

Wie ich bei dieser Schutzsache vorgehe, ist meine Sache.

Doch das Schicksal scheint auf Claires Seite zu sein.

In den vergangenen vierzehn Tagen haben wir so einiges herausgefunden. Es sind gewisse Dinge ans Licht gekommen. Dinge, die vielleicht erklären, warum der Sergeant den Präsidenten seines eigenen Chapters ermordet hat.

Wie es scheint, hat William sich ein kleines Nebengeschäft aufgebaut, in dem er sich an jeder Koks-Lieferung bedient und den Schnee dann selbst verkauft. Er scheint immer nur so viel für sich abzuzweigen, dass es niemandem auffällt. Mal hundert Gramm, mal zweihundert.

Dass er dieses falsche Spiel überhaupt so lange durchziehen konnte, spricht nicht grade für Jacobs und meinen Vorgänger.

Der ehemalige Präsident ist schlampig gewesen und sein Stellvertreter scheint ebenfalls nicht genauer hingesehen zu haben.

Tja! *Fuck!* Was ein Pech, dass Jacob bei den Umsätzen der vergangenen Monate, wo wir den Ein- und Ausgang der Waren miteinander verglichen haben, eine gewaltige Differenz festgestellt hat.

Am Anfang hat sich unser Sergeant noch mit geringen Mengen zufriedengegeben. Doch mit der Zeit ist er immer gieriger und gieriger geworden.

Ich schätze, dass Skyler ihm irgendwann doch auf die Schliche gekommen ist und er ihn deshalb umgebracht hat.

Genau wissen werden wir das allerdings erst, wenn wir William zur Rede stellen.

Aber das werden wir erst tun, wenn wir ihn auf frischer Tat dabei ertappen, wie er die Ware des Clubs privat verkauft.

Bullshit!

Dass er das ausgerechnet heute Nacht im ‚Blackout' zu tun scheint, gefällt mir nicht.

Es ist durchaus möglich, dass uns diese Scheiße mit einem lauten Knall um die Ohren fliegt, und da wäre es mir natürlich lieber, wenn meine Schwester nicht in der Nähe wäre.

Aber was soll ich tun?

Wenn ich ihr sage, dass sie sich heute Nacht vom ‚Blackout' fernhalten soll, wird sie mir Fragen stellen, Fragen, die ich ihr nicht beantworten kann.

Also wird sie da sein, genauso wie ihre Freundin, Jacob, Dämon, William und eben ich.

Verdammte Scheiße!

„Wenn wir ihn erwischen, wie willst du dann vorgehen?"

Jacob, der mit einer Kippe im Mundwinkel an der Wand lehnt, wirft Dämon, einem Member des Oregon Chapters, einen fragenden Blick zu.

Die beiden haben sich im Knast kennengelernt.

Nach Jacobs Entlassung und nachdem man ihm überraschenderweise das Präsidentenamt angeboten hat, wurde Jacob recht schnell klar, dass hier in Spokane etwas nicht stimmt. Also hat er sich an seinen Freund gewandt und ihn um Hilfe gebeten.

Der Dämon ist gekommen und er hat sich als nützliche Rückendeckung erwiesen.

Keine Ahnung wann sich unser Club in eine verfluchte Schlangengrube verwandelt hat, doch eine Sache ist klar.

Wenn wir nicht aufpassen, enden wir wie Skyler und dessen VP Mason. Und auch wenn ich nie davon ausgegangen bin, besonders alt zu werden, bin ich jetzt noch nicht bereit zu sterben.

Der Präsident stemmt sich von der Wand ab, füllt seine Lunge mit einem tiefen Atemzug und lässt den Rauch anschließend durch seine Nase entweichen.

„Wir schlagen zu, schnappen den Wichser und verhören ihn."

Dämon knurrt zustimmend, ehe er das Wort ergreift.

„Wir müssen herausfinden, ob er alleine gehandelt, oder ob er noch weitere Verbündete hat."

Aye, das sehe ich auch so.

„Und wie willst du das anstellen? So wie ich William kenne, wird er alles abstreiten."

Jacob nickt.

„Davon gehe ich aus. Aber wenn wir ihn auf frischer Tat ertappen, kann er es nicht leugnen."

Dämon bleckt die Zähne.
„Ein paar abgetrennte Finger haben noch jede Zunge gelockert."
Eine fiebrige Vorfreude blitzt in seinen Augen auf.
Es wirkt fast so, als ob er es kaum erwarten könnte, loszulegen.
Da geht es ihm wie mir.
Holy Fuck!
Es ist natürlich nicht so, dass ich es gutheiße, das Blut eines Bruders zu vergießen.
Aber was sein muss, muss sein.
Unser Chapter hat nur eine Zukunft, wenn wir die Ratten ausräuchern und die Ordnung wieder herstellen.
Die Welt, in der wir leben, ist gefährlich, fliegende Kugeln sind keine Seltenheit. Unsere Feinde lauern in den Schatten, sie warten darauf, eine Möglichkeit zu bekommen, den Club auszulöschen.
Doch das werde ich zu verhindern wissen. Wir finden die Verräter, beseitigen sie, stellen den MC neu auf und gehen aus der Scheiße gestärkt hervor.
Klingt einfach, wird es aber bestimmt nicht.
„Wann wollt ihr aufbrechen?"
Jacob sieht mich nachdenklich an und reibt sich über den Kiefer.
„Wir müssen darauf achten, dass William keinen Verdacht schöpft. Ansonsten werden wir ihn nie auf frischer Tat ertappen."
Ich stimme ihm uneingeschränkt zu.
„Wir sollten ihm einen gewissen Vorsprung einräumen. Eine Stunde oder so, damit er sich sicher fühlt."
Dämon nickt.
Wir haben einen Plan.
Um kurz vor Mitternacht brechen wir auf.
Am ‚Blackout' angekommen, stellen wir unsere Bikes auf den Hinterhof ab und teilen uns auf.
Selbst wenn William auf einen von uns trifft, wird er so weniger Verdacht schöpfen, als wenn er uns dreien zusammen begegnet.
Kaum dass ich den Nachtclub betreten habe, fällt mein Blick auf zwei Mädchen, die die Mitte der Tanzfläche für sich beanspruchen.
Sie lachen und reden, reichen sich die Hände und ziehen eine Show ab, die jedem Mann einen verdammten Harten beschert.
Es überrascht mich wenig, dass es sich dabei um Claire und Sarah handelt.
Mit einem Fluch steige ich die Treppe nach unten, Jacob läuft gerade an der Bar entlang, nur vom Sergeant fehlt noch immer jede Spur.
Was, wenn wir uns getäuscht haben?

Was, wenn er heute gar nicht hier ist?

Meines Erachtens ist es sowieso selten dämlich, im ‚Blackout' die Drogen zu verkaufen, die er dem Club gestohlen hat. Aber was will man schon von einem Typen erwarten, der dumm genug ist, die Gemeinschaft zu verarschen, die seine verdammte Familie ist?

Ich würde mir lieber beide Hände abhacken, als den *Poison Death Motorcycle Club* zu hintergehen.

Der Song endet und geht nahtlos in den nächsten über, Claire und Sarah denken nicht daran, die Tanzfläche zu verlassen.

Ich beobachte meine Schwester dabei, wie sie ihr Handy zückt und die beiden ein Selfie machen.

In Anbetracht der Tatsache, wie wenig die Frauen bekleidet sind, kann ich nur hoffen, dass dieses Bild nicht auf den sozialen Netzwerken landet.

Aber wem mache ich da eigentlich etwas vor?

Dämon geht an mir vorbei.

„William ist bei den Toiletten."

„Ich informiere Jacob."

So viel zum Löschen des beschissenen Selfies ...

Dämon dreht um, ich suche den Präsidenten.

Wir haben das perfekte Timing und erwischen den Sergeant gerade dabei, wie er ein Tütchen mit weißem Pulver gegen einen Hunderter eintauscht.

Und damit hat William sein Todesurteil unterschrieben.

Jacob reagiert als Erster, stürmt auf ihn zu, holt aus und rammt seine Faust ungebremst in Williams Gesicht. Blut spritzt, der Käufer steckt die Drogen ein und ergreift die Flucht.

Noch bevor William sich von dem ersten Punch erholen kann, schlägt Jacob erneut zu. Wieder und wieder und wieder, so lange, bis der Sergeant als solcher kaum noch zu erkennen ist.

„Falls du dem Wichser noch ein paar Antworten entlocken willst, solltest du jetzt besser aufhören, Bro."

Dämon klingt amüsiert.

Doch unser Präsident scheint seinen Einwand gar nicht richtig wahrzunehmen.

Er ist wie im Rausch.

Ich versuche dazwischenzugehen, das durch die Luft spritzende Blut trifft meine Kutte, ich wische es angewidert ab und ziehe Jacob ein Stück zurück.

„Reg dich ab, Alter. Wir haben ihn. Okay! Mach Pause. Atme tief ein und aus und komm runter."

Sein gezischtes: „Ich will aber nicht runterkommen!“ geht in Dämons Lachen unter.

„Das wäre uns gar nicht aufgefallen, Präs.“

William, der die Pause nutzt, um Luft zu holen, dreht sich auf die Seite und spuckt Blut.

Sein Gesicht ist so zugeschwollen, dass sein rechtes Auge zu ist, das linke kann er noch einen kleinen Spalt öffnen.

Jacob will erneut loslegen, ich halte ihn davon ab.

„Lass ihn uns ins Büro oder ins Lager bringen, wir brauchen nicht noch mehr Zeugen.“

Meine Worte sickern langsam zu seinen in Wut getränkten Verstand durch.

Mit einem Zischen sieht er sich um und kapiert, dass wir bereits im Mittelpunkt der Aufmerksamkeit stehen.

Fuck! Fuucckkkk!

Ein junger Kerl hat sein Handy gezückt und die ganze Scheiße gefilmt.

Um den Schaden einzugrenzen, reiße ich ihm das blöde Ding aus der Hand, werfe es auf den Boden und trete so lange darauf herum, bis das iPhone in seine Einzelteile zerspringt.

„Hey, was soll das?“

Der Idiot ist doch tatsächlich dumm genug, sich zu beschweren.

„Willst du enden wie er?“

Ich deute auf William, der Typ schüttelt entsetzt den Kopf.

„Nein.“

„Dann halt die Fresse und verpiss dich!“

Für einen Moment rechne ich fast damit, dass er mir widerspricht, doch dank Dämon, der seine Waffe zieht und fast schon gelangweilt einen Schalldämpfer auf den Lauf dreht, hält der Wichser ganz schnell die Klappe.

„Gut so, und jetzt raus. Wir sind keine verfickten Tanzbären und das hier ist kein Zirkus. Du und deine Kumpels haben ab sofort Hausverbot. Lasst ihr euch hier noch ein Mal blicken, schwöre ich dir, breche ich euch sämtliche Knochen.“

Er und seine Freunde ergreifen so schnell die Flucht, dass sie beinahe über ihre eigenen Füße stolpern. Was wiederum fast schon witzig ist.

„Was für Loser!“

Jacob pickt William vom Boden, zerrt ihn hoch und schleift ihn hinter sich her bis zu der Feuerschutztüre auf der linken Seite.

Dämon stößt diese auf und der Sergeant landet krachend an der Wand.

Wir befinden uns im Notausgang.

Hier sind zumindest keine nervigen Zeugen, die unter Umständen zum Schweigen gebracht werden müssen.
„Wie viele seid ihr? Mit wem arbeitest du zusammen?“
William versucht etwas zu sagen, bringt jedoch kaum ein verständliches Wort über die aufgeplatzten Lippen.
„Reiß dich zusammen oder du hast gleich ein Messer im Bauch.“
„Mit niemandem. Ich bin allein.“
Jacob wirft mir einen zweifelnden Blick zu. Er ist sich offensichtlich nicht sicher, ob er das glauben soll.
„Keine Lügen!“
William nickt, er ist kurz davor, das Bewusstsein zu verlieren.
„Warum?“
„Ich brauchte das Geld.“
„Was sonst!“
Fuck!
Fuuuccckkk!
Jacob kocht vor Wut, selbst mir fällt es schwer, mich zurückzuhalten. Dämon steht, den Zeigefinger auf dem Abzug, bereit.
Ein Zeichen und unser Sergeant wird seinen letzten Atemzug aushauchen.
„Wieso ich? Wieso hast du mir das *Präsidenten-Patch* zugeworfen, anstatt es dir selber auf die Kutte zu nähen?“
William hustet Blut, ein klares Anzeichen dafür, dass seine Rippen gebrochen sind. Eine davon scheint sich in seine Lunge gebohrt zu haben.
Er ist schon jetzt ein toter Mann.
Mein Mitleid hält sich in Grenzen.
Ratten wie er haben es verdient zu sterben.
„Warum verfluchte Scheiße hast du mich zum Präsidenten gemacht?“
Jacob tobt vor Wut, die hervortretende Ader auf seiner Stirn sieht so aus, als würde sie jeden Moment platzen.
„Du warst nur ein Prospect, bevor du im Knast warst. Ein kleiner, beschissener Anwärter. Dann bist du vier Jahre eingesessen ... Hinter Gittern ist das eine Ewigkeit.“
Dämons gebrummtes „Wem sagst du das!“ geht in Jacobs zornigem Fauchen beinahe unter, William hingegen spricht tapfer weiter.
„Ich hoffte, du wärst mir dankbar. Ich dachte, du wärst der Aufgabe nicht gewachsen und ich könnte unbemerkt weiter mein Ding durchziehen.“
Das Puzzle setzt sich zusammen, so langsam beginnt alles einen Sinn zu ergeben.

Holy Fuck!

Zumindest scheinen keine weiteren Brüder in diese Angelegenheit verwickelt zu sein.

Das ist die erste gute Nachricht seit einer gefühlten Ewigkeit.

William rutscht wie eine Marionette, von der die Fäden durchgeschnitten wurden, an der Wand nach unten.

Er ist sichtlich bemüht, bei Bewusstsein zu bleiben, während ihm ein dünnes Rinnsal Blut aus dem Mundwinkel läuft.

„Wenn ich euch sage, wo ich die restlichen Drogen und das Geld versteckt habe, lasst ihr mich dann am Leben?“

Seine Frage erstaunt mich.

Der Sergeant war lang genug dabei, um zu wissen, wie so eine Scheiße abläuft.

„Nope!“

Jacobs Antwort lässt ihn nicken, fast so, als ob er sich das schon gedacht hätte.

„Dann fickt euch!“

„Ein Arschloch bis zum Schluss!“

Der Präsident bückt sich, zieht dem Verräter das Leder aus und klemmt es sich unter den Arm.

„Du hast es nicht verdient, als einer von uns zu sterben!“

Kaum dass er fertig gesprochen hat, wirft er Dämon einen kurzen Blick zu, der hebt die Hand und drückt ohne irgendeine sichtbare Gefühlsregung ab.

Plopp!

Der Schalldämpfer schluckt den Knall, das Geschoss bohrt sich in Williams Brust.

Die Sache ist damit erledigt.

Mit einem Fluch reibt sich der Präsident die Stirn und lässt den Kopf sinken.

„Fuck! Kaum Präsident lasse ich auch schon meinen Sergeant hinrichten.“

Ich kann verstehen, dass ihm diese Scheiße nahegeht.

„Du hast getan, was getan werden musste! So einfach! Jetzt, wo das erledigt ist, können wir den Club neu aufbauen und unsere Zukunft formen.“

Jacob strafft sich und sieht mich an.

„Du hast recht.“ Sein Blick gleitet zu William, dann zu Dämon und schlussendlich zu dem Leder unter seinem Arm. Er zieht es raus, zückt sein Messer und trennt, ohne Zeit zu verlieren, das *Sergeant-at-Arms-Patch* von der Weste. „Es wird Zeit, an die Zukunft zu denken!“

Ich kapiere sofort, was ihm durch den Kopf geht, und als er mich fragend ansieht, gebe ich mit einem Nicken mein Einverständnis.

„Dämon?“

Er reicht seinem ehemaligen Knastbruder das abgetrennte Abzeichen, das mit dem Blut des Verräters besudelt ist, und bietet ihm so eine Position und eine Zukunft in Spokane an.

Fuck! Im Grunde genommen war es von vornherein klar, dass der Dämon bleiben wird. Immerhin hat er in der Nacht seiner Ankunft sein Mädchen gefunden. Zwischen ihm und Bailee läuft es gut. Die beiden sind glücklich. Meiner Einschätzung nach wird es nicht mehr lange dauern, bis er die süße Verkäuferin zu seiner Old Lady ernennen wird.

Und warum auch nicht?

Er hat sie nicht nur beschützt, er hat sogar für sie getötet.

Was in meinen Augen einer Liebeserklärung gleichkommt.

Falls ein Typ wie Dämon zu so etwas wie Liebe überhaupt fähig ist. Aber das zu beurteilen, ist nicht meine Aufgabe.

Ich bin der gottverdammte Vizepräsident des Spokane Chapters des *Poison Death Motorcycle Clubs* und kein kleiner fetter, fliegender Engel, der mit Liebespfeilen um sich schießt und Amor genannt wird.

„Bist du dir sicher, Bro?“

Dämons Mimik ist ausdruckslos, doch seine Stimme verrät ihn.

Er kann sein Glück kaum fassen.

„Zu 100 Prozent. Mit dir als Sergeant und Aiden als VP ist uns die Zukunft sicher.“

Dämon nimmt das Patch an und lässt es in seiner Faust verschwinden.

Dann wenden wir uns ab und lassen den Toten, der nicht als unser Bruder gestorben ist, einfach liegen. Sollen sich die Prospects um den Haufen Scheiße kümmern.

Wir sind mit ihm fertig!

Kaum dass wir erneut durch die Feuerschutztüre gehen, schlägt uns der laute Bass irgendeines schrecklichen Popsongs entgegen.

„Ich hasse diese Musik!“

Dämon lacht.

„Damit bist du nicht der Einzige, Bruder.“

Jacob zündet sich eine Kippe an und inhaliert den Zug.

„Lasst uns zurück zum Club fahren. Ich brauche meine Frau und meinen Sohn. Ich brauche etwas, das mir zeigt, dass diese Welt nicht einfach nur aus Scheiße besteht!“

Dämon brummt zustimmend.

„Bin dabei. Was ist mit dir, VP?“

So gern ich auch von hier verschwinden würde, muss ich erst nach meiner Schwester und der Schönheitsprinzessin sehen.
„Es gibt da noch eine Angelegenheit, um die ich mich kümmern muss."
„Lass mich raten, deine Schwester?"
Warum wundert es mich nicht, dass Jacob sie längst entdeckt hat?
Diesem Mann entgeht nichts Und ganz genau darum ist er auch so gut in dem, was er tut.
„Korrekt!
„Wenn du Unterstützung brauchst, sag's." Wir gehen zur Tanzfläche. Ich finde die zwei Frauen auf Anhieb. Irgendein Wichser zieht Claire mit einem Ruck an sich und besitzt auch noch die Dreistigkeit, seinen Unterkörper in einer unmissverständlichen Geste an ihrem Arsch zu reiben.
Und was macht meine kleine Schwester? Sie lacht und drückt sich fester gegen ihn.
Ich könnte kotzen und mein Puls schnellt in die Höhe.
„Für mich macht es übrigens keinen Unterschied, ob die Anwärter eine oder zwei Leichen verschwinden lassen."
Damit lässt Jacob mich stehen, der lachende Dämon folgt ihm.
Ich habe das Angebot als solches verstanden.
Mag sein, dass Williams aus reinem Eigennutz dafür gesorgt hat, dass Jacob der neue Präsident wird. Aber verdammt! So wie ich das sehe, hat er Jacob unterschätzt.
Dieser Mann hat das Zeug, der beste Präs seit Langem zu werden, und es ist mir eine Ehre, als seine rechte Hand zu fungieren.

3. Kapitel – Vergangenheit trifft auf Gegenwart

Sarah

Die Musik ist gut und meine Stimmung noch viel besser ...

Auch wenn ich es nur ungern zugebe, aber Claire hatte recht, diese Nacht war genau das, was ich nach dem Ärger der letzten Wochen gebraucht habe.

Einfach mal raus aus den vier Wänden und rein ins Nachtleben. Nicht denken, keine Sorgen – einfach nur tanzen, lachen und trinken.

Und Scheiße! Ich kann regelrecht spüren, wie der Ballast von meinen Schultern fällt.

Wir tanzen, gönnen uns einen farbenfrohen Cocktail und tanzen dann weiter.

Claire macht ein paar Fotos, die sie natürlich sofort ins Netz stellt und mich verlinkt.

Sie nennt es Publicity, um meine Karriere in Gang bringen, ich finde es einfach nur nervig. Aber gut. Vielleicht hat sie recht?

Wenn ich nach dieser gewonnenen Miss-Wahl als Model durchstarten will, brauche ich eine gewisse Sichtbarkeit und jede Menge Follower.

Also halte ich sie nicht davon ab, sondern posiere für die Kamera.

In der nächsten Stunde gehört die Tanzfläche uns, ich lasse mich gehen und schenke der Welt um mich herum keine Beachtung. Als ich es dann aber doch wieder tue, kann ich nicht umhin, die drei Biker zu bemerken, die sich groß, breitschultrig und mit finsteren Mienen durch die feiernde Menge schieben.

Einer von ihnen ist Aiden. Und obwohl Claire gesagt hat, dass ihr Bruder vielleicht noch vorbeikommt, sieht es für mich nicht so aus, als wäre er zum Spaß hier.

Er wirkt angespannt, fast so, als ob er auf einer Mission wäre.

Ich betrachte ihn interessiert. Der Vizepräsident des *Poison Death Motorcycle Clubs* ist groß, sicher 1,90 Meter. Sein Rücken ist massiv und seine Bizepse haben den Durchmesser meiner Oberschenkel.

Er bewegt sich langsam und kontrolliert und die Menschen machen ihm und seinen Clubbrüdern instinktiv Platz. Niemand ist so verrückt, sich einem der Outlaws in den Weg zu stellen.

Am Kragen seines Hemds sticht eine Tätowierung hervor. Ich weiß, dass es sich dabei um einen schwarzen Skorpion handelt, der seitlich an seinem Hals nach oben krabbelt.

Die lederne Kutte, die dunkle Jeans und die schweren Boots runden das Gesamtbild des gesetzlosen Rockers perfekt ab.

Das Messer, das in einer Scheide an seinem Oberschenkel baumelt, ist sicherlich nicht die einzige Waffe, die er bei sich trägt.

Wobei jeder, der Aiden kennt, weiß, dass er keine Pistole oder Ähnliches braucht, um seinen Willen durch- und sich für die Interessen des MCs einzusetzen.

Er ist tödlich – ganz egal ob mit oder ohne Waffe.

Seine langen braunen Haare hat er mit einem Band im Nacken zu einem Zopf zusammengebunden. Und auch wenn ich lange Haare an Männern eigentlich wenig sexy finde, sehen sie an ihm einfach nur heiß aus.

Überhaupt ist Claires Bruder das attraktivste Exemplar der männlichen Gattung, das mir jemals begegnet ist. Was vermutlich auch der Grund dafür ist, dass ich Claire trotz ihres Kuppelversuchs nicht wirklich böse bin.

Wie gesagt, nach Brandon will ich eigentlich keinen neuen Mann in meinem Leben.

Aber wenn es einen gibt, für den ich eventuell eine Ausnahme machen würde, dann wäre das garantiert Aiden.

Claire, die ihren Bruder gar nicht zu bemerken scheint, liegt in den Armen irgendeines Verehrers, der fest entschlossen wirkt, sie heute Nacht flachzulegen.

Die Rocker marschieren an uns vorbei und verschwinden im hinteren Bereich des ‚Blackouts'.

Was sie hier wohl machen?

Keine Ahnung.

Und es geht mich auch überhaupt nichts an.

Entschlossen, weiter Spaß zu haben, lasse ich mich vom nächsten Song wieder mitreißen ...

Zumindest tue ich das so lange, bis mich das Gefühl, beobachtet zu werden, beschleicht.

Eine unangenehme Gänsehaut überzieht meine Arme und bringt mein Herz zum Rasen.

Etwas stimmt nicht.

Etwas stimmt ganz und gar nicht.

Aber was?

Scheiße!

Nervös sehe ich mich um und entdecke einen angesäuerten Aiden am Rand der Tanzfläche stehen. Sein Blick ist auf Claire gerichtet, die sich noch immer mit demselben Typen vergnügt.

Es ist offensichtlich, dass es dem Biker nicht gefällt, dass irgendwelche Kerle seine kleine Schwester anfassen.

Was ich irgendwie witzig und zugleich süß finde.
Aidens Beschützerinstinkt mag einen Ticken zu stark ausgeprägt sein, aber das ist meiner Meinung nach nichts Schlimmes.
Die Welt ist verrückt und gefährlich. Die schlimmsten Psychopathen verstecken sich hinter attraktiven und ganz normalen Gesichtern.
Mein Ex ist der beste Beweis dafür.
Hätte ich einen großen, überbehütenden Bruder gehabt, wären mir so einige Tränen und ein Knochenbruch erspart geblieben. Wetten?
Aiden würde nie zulassen, dass Claire verletzt wird. Eher würde er Amok laufen und ein verdammtes Blutbad anrichten.
Für die meisten wäre seine Gewaltbereitschaft wohl ein Problem.
Ich hingegen erkenne die Vorteile.
Warum? Ganz einfach, weil ich weiß, dass er den Menschen, die er liebt, nie etwas tun würde. Er nutzt seine Kraft und seine Macht, um die, die ihm etwas bedeuten, zu beschützen, und nicht, um sie zu verletzen.
In meinen Augen macht ihn das zu einer Art Superheld, und das trotz der unumstößlichen Tatsache, dass er ein gesetzloser Outlaw ist.
Wobei er jetzt im Augenblick eher wie der Outlaw, der gleich einen Mord begeht, und nicht wie der Superheld aussieht, den wohl nur ich in ihm sehe.
Aber seine Anwesenheit kann wohl kaum für das ungute Gefühl verantwortlich sein, das immer mehr Besitz von mir ergreift.
Nicht sicher, warum ich mich gerade wie eine Maus fühle, die ahnt, dass irgendwo eine hungrige Katze lauert, zwinge ich mich, die Augen von ihm abzuwenden und mich genauer umzusehen. Und dann entdecke ich ihn. Brandon. Meinen Ex. Den Mann, der mir das Handgelenk gebrochen hat, nur um zu verhindern, dass ich meinen Traum wahr werden lasse ...
Mir wird auf einen Schlag heiß und kalt, wobei die Kälte schlussendlich bleibt.
Ich kann nicht mehr atmen, meine Beine drohen nachzugeben und mein Fluchtinstinkt schlägt hohe Wellen.
Wie konnte er mich finden?
Woher wusste er, wo ich bin.
Verfluchte Scheiße!
Claires Instagrampost.
Verdammtes Internet!
So toll die sozialen Medien auch sein mögen, mindestens so gefährlich sind sie auch. Sie helfen den Psychopathen dieser Welt dabei, ihre Opfer in Rekordgeschwindigkeit aufzuspüren.
Das. Ist. Nicht. Gut.

Brandon steht einfach nur da, ganz vorne am Rand der Tanzfläche. Seine Fäuste sind geballt und seine dunklen Augen auf mich gerichtet.

Sein Mund bewegt sich und auch wenn es, dank des Lärms um uns herum, unmöglich ist, ihn zu hören, lese ich das „Du Schlampe!“ von seinen Lippen ab.

Lieber Gott steh mir bei!

Vielleicht war es doch keine gute Idee, auszugehen und meinen Spaß zu haben?

Der Gedanke zuckt mir durch den Kopf und sofort erkenne ich, wie falsch er ist.

Himmel!

Ich bin dreiundzwanzig Jahre alt, ich bin eine erwachsene junge Frau und ich kann tun und lassen, was ich will. Und niemand, absolut niemand kann mir vorschreiben, was ich darf und was nicht. Schon gar nicht mein bekloppter Ex-Freund!

Dann setzt Brandon sich in Bewegung und die Welt scheint plötzlich stehen zu bleiben. Im Augenwinkel sehe ich, wie Aiden ebenfalls einen Schritt in meine Richtung macht.

Doch anstatt sich schützend vor mich zu stellen, stürmt der Rocker auf seine Schwester zu, packt den Typen, der sie anbaggert, und zerrt ihn weg von ihr.

Der Kerl will sich wehren, dann sieht er die Kutte, kapiert, mit wem er es zu tun hat, und sein Mut verlässt ihn in Sekundenschnelle.

Unter anderen Umständen würde ich mich deswegen totlachen, so aber habe ich viel zu viel Angst, als dass ich auch nur einen Laut rausbekomme.

Claire ist kurz davor auszuflippen, gerade als sie ihren Bruder lauthals anschreit, kommt Brandon bei mir an.

Seine Finger wickeln sich grob um meinen Hals und schnüren mir die Luft ab.

Mein Herz pumpt reines Adrenalin durch meine zugefrorenen Adern.

Meine Freundin sieht, was los ist, zögert nicht und stürmt auf mich zu.

Jetzt bemerkt auch ihr Bruder, dass etwas nicht stimmt, ich sehe noch, wie er sich in meine Richtung umdreht, dann füllt Brandon mein Sichtfeld aus und starrt zornig auf mich herab.

„Du weißt, dass ich es hasse, wenn du dich so anziehst.“

Oh, und wie ich das weiß. Er hat es mir in der Vergangenheit ja tausend Mal ins Gesicht geschrien.

„Wir sind nicht mehr zusammen. Es geht dich einen Dreck an, was ich mache und was ich anhabe!“

Wow!

Von meinem eigenen Mut überrascht, halte ich seinem zornigen Blick stand.

„Muss ich dir noch mehr Knochen brechen, bis du endlich kapierst, wer hier das Sagen hat?"

Ich zweifle keine Sekunde daran, dass er seine Drohung wahr macht.

Wie konnte ich mich nur jemals in so ein Arschloch verlieben?

Gerade als ich ihm ein todesmutiges „Fick dich!" entgegenschreien will, verschwindet mein Ex plötzlich aus meinem Sichtfeld.

Seine Hand löst sich von meiner Kehle. Wie in Trance sehe ich dabei zu, wie er von einem wütenden Rocker nach hinten gerissen und auf den Boden geschleudert wird.

Oh du heilige Scheiße!

Bis jetzt kam mir Brandon immer groß und unbesiegbar vor, doch neben dem Vizepräsidenten des *Poison Death Motorcycle Clubs* wirkt er plötzlich klein und unbedeutend.

„Wenn du diese Frau noch ein einziges Mal anrührst, schneide ich dir die Eier ab und stopfe sie dir so tief ins Maul, dass du an ihnen erstickst!"

G.O.T.T.

Hat er das gerade echt gesagt?

Brandons entsetztem Gesichtsausdruck nach hat er es.

Claires Verehrer nutzt seine Chance und macht sich so schnell er kann aus dem Staub.

Mein Ex, der dumm genug ist, sein Glück herauszufordern, steht auf und stellt sich dem Rocker entgegen.

„Die Frau gehört mir. Also geht es dich einen Dreck an, was ich mit ihr mache!"

Öhm ja ...

Für einen kurzen Moment wirkt besagter Rocker überrascht, dann grinst er breit, zuckt mit den Schultern und ballt die Fäuste.

„Du willst es also ausmachen?"

Brandon nickt.

„Und wie ich das will."

„Der Sieger bekommt das Mädchen."

Wie bitte? Ich bin die Siegestrophäe?

„Abgemacht!"

Claire eilt zu mir, alle anderen Menschen verlassen die Tanzfläche. Selbst der DJ scheint kapiert zu haben, was abgeht, und die Musik verstummt.

Innerhalb weniger Sekunden sind alle Augen auf uns gerichtet. Die Stimmung ist angespannt und die Disco beginnt sich in eine Art Fight Club zu verwandeln.

Die neugierigen Zuschauer bilden einen Kreis um uns. Claire zieht mich sicherheitshalber zwei Meter zurück und dann, dann scheint es loszugehen ...

„Das ist Wahnsinn!“

Meine Freundin hört mein Flüstern und tätschelt mir beruhigend den Arm.

„Keine Sorge, Aiden wird nichts passieren.“

Da bin ich mir sicher.

Trotzdem ist das einfach verrückt.

Ich meine, wir sind nicht mehr im Mittelalter, in dem sich zwei Männer einfach so um eine Frau prügeln können.

Wir leben im einundzwanzigsten Jahrhundert, mittlerweile entscheiden wir Frauen selber über unser Leben.

Trotzdem muss ich zugeben, dass es schon etwas Berauschendes hat, wenn sich zwei Männer wegen einem kampfbereit gegenüberstehen.

Doch um das laut zuzugeben, fehlt mir der Mut. Also halte ich die Klappe und sehe dabei zu, wie sich Aiden und Brandon zu umkreisen beginnen.

„Was meinst du, wie viele Runden hält Brandon durch?“

Claire kichert.

„Du meinst wohl Sekunden? So wie ich die Sache einschätze, können wir froh sein, wenn dein Ex nicht mit einem Zettel am Zeh von der Tanzfläche getragen wird.

„Was? Wie meinst du das?“

Und dann wird es mir klar.

Sie meint diese viereckigen kleinen Schildchen, die Toten immer an den großen Zeh geknotet werden, ehe sie in so ein längliches Kühlfach in der Leichenhalle geschoben werden.

Ach. Du. Heilige. Scheiße!

„Hältst du das echt für möglich?“

Sie nickt.

„Es ist nicht besonders ratsam, meinen Bruder wütend zu machen. Es gibt nur eine Sache, die noch dämlicher ist.“

„Und welche?“

„Ihn herauszufordern!“

Öhm ja, dann hat mein Ex mal voll ins Schwarze getroffen!

Für den Biker scheint das alles ein großer Spaß zu sein, er grinst über das ganze Gesicht, tänzelt überraschend leichtfüßig auf und ab und verhöhnt mit seinem Verhalten meinen verbissen dreinblickenden Ex regelrecht.

Aiden geht sogar so weit, dass er mir, als er in meine Richtung schaut, frech zuzwinkert.

Ich denke, es ist überflüssig zu erwähnen, welche Wirkung dieses Zwinkern auf mich hat.

Hitze, Schmetterlinge und ein verräterisches Kribbeln zwischen den Beinen.

„Scheiße! Er steht auf dich!"

Claires Kommentar reißt mich aus meinen Tagträumen.

„Wer steht auf wen?"

„Mein Bruder, auf dich."

Was?

Waaaaassss?

„Wie kommst du da drauf?"

Sie gibt ein genervtes Schnauben von sich.

„Na schau dir doch einfach mal an, was er da für eine Megashow abzieht. Er ist wie so ein bunter Paradiesvogel aus der BBC-Dokumentation, die ich erst neulich gesehen habe. Da haben sich die Männchen genauso aufgeplustert und gezeigt, wie groß und schön und stark sie sind."

Okay, interessant.

Wobei ich diesen Outlaw nicht unbedingt mit einem harmlosen, bunten Paradiesvogel vergleichen würde, sondern eher mit einem wilden, tödlichen Raubtier.

„Was meinst du mit Megashow? Die beiden kämpfen doch einfach nur."

Claire lacht und verdreht die Augen.

„Einfach nur? Himmel Süße, sei nicht so naiv. Einfach nur würde bedeuten, dass er die Faust ballt, ausholt und deinen beschissenen Ex mit einem einzigen Schlag ins Jenseits befördert, denn dazu ist mein Bruder definitiv in der Lage. Dieses nervige Gehüpfe und dass er sich so viel Zeit lässt, bis er ihm endlich die Zähne ausschlägt, ist alles nur Show. Wenn Aiden wollte, wäre dein Ex längst Geschichte."

Und was hat das jetzt zu bedeuten?

„Komm auf den Punkt."

Sie wirft mir einen vielsagenden Seitenblick zu.

„Du willst wissen, was er bezweckt?"

Unser kleines Gespräch hilft mir dabei, einen Teil der Anspannung wieder abzubauen.

Es war ein verdammter Schock, dass Brandon da war.

Was auch immer ich mal für ihn empfunden habe, hat sich längst in Hass verwandelt.

„Zuerst wird er seine Show noch ein bisschen in die Länge ziehen. Dann deinen Ex mühelos in Grund und Boden stampfen, und danach wird er ganz der Gentleman, der er eigentlich nicht ist, anbieten, dich nach Hause zu bringen, und das alles nur, um dich ins Bett zu kriegen."

Uhhhh ...

Allein bei der Vorstellung, mit Aiden zu vögeln, wird mir ganz anders.

„So viel Theater wegen ein bisschen Sex? Vielleicht sollte ich mich geschmeichelt fühlen?"

„Nicht nur vielleicht."

Was der arme Biker wohl sagen würde, wenn er wüsste, dass er sich besagte Show auch einfach hätte sparen können?

Ein Drink, ein Kuss und ich hätte ihn so oder so mit zu mir genommen. Zumindest wenn der Kuss gut gewesen wäre.

Aber okay.

So komme ich zumindest zu dem Vergnügen, ihn kämpfen zu sehen.

Aiden legt los, seine Faust landet mit voller Kraft in der Seite meines Ex-Freundes. Ich kenne mich mit der menschlichen Anatomie nicht so gut aus, aber ich würde tippen, dass sich da die Milz oder so etwas befindet.

Ganz egal, welches Organ es auch sein mag, es scheint höllisch wehzutun.

Etwas, das sich nach Schadenfreude anfühlt, breitet sich in mir aus.

Ha! Hahahahaha!

Das ist Karma.

Süßes, mit Schokoguss verziertes und bunten Zuckerstreuseln bestreutes Karma.

Brandon hat mich geschlagen, er hat mich verletzt und mir das Handgelenk gebrochen, und jetzt? Jetzt sieht es ganz so aus, als würde er endlich mal am eigenen Leib zu spüren bekommen, wie es ist, eben nicht der Stärkere zu sein.

Versteht mich bitte nicht falsch. Ich bin kein Fan von Gewalt. Aber in diesem speziellen Fall hoffe ich wirklich, dass es lange dauert und ganz fürchterlich wehtut.

Aiden sieht zu mir, dann platziert er den nächsten Hieb.

Mein Ex keucht und Claire lacht.

Ihr genuscheltes: „Das Balzverhalten der Paradiesvögel" geht in dem schnellen Takt der Schläge, die Brandon einstecken muss, beinahe unter.

Ich höre es trotzdem.

Ein Teil der Zuschauer jubelt, ein anderer wirkt dank der zur Schau gestellten Brutalität geschockt. Der Rocker schlägt ihm mitten ins Gesicht.

Grob gesagt, voll in die Fresse. Brandon spuckt Blut, mein Herz zieht sich gepeinigt zusammen.

Vielleicht bin ich doch nicht so tough wie gedacht.

Mein Ex reißt sich zusammen, er bündelt seine letzten Kraftreserven und holt zum Gegenangriff aus.

Er trifft den Biker im Rücken. Aiden wirbelt herum und befördert Brandon mit einem Tritt auf die Knie. Der Outlaw sieht mich direkt an, plötzlich kostet es mich unglaublich viel Konzentration, weiterzuatmen.

„Welches Handgelenk war es, Mädchen?“

„Das rechte.“

Inzwischen ist es zwar gut verheilt, trotzdem werde ich nie die unglaublichen Schmerzen vergessen.

Aiden nickt, packt sich Brandons rechten Arm und ich ahne, was gleich passieren wird.

Ich sollte wegsehen, ich sollte stopp rufen und das, was geschehen wird, verhindern. Doch stattdessen starre ich wie paralysiert auf Brandons Hand und dann – knack – dann zieht der Rocker seine Rache eiskalt durch und mir wird schlecht. Obwohl es eigentlich nicht möglich ist, bilde ich mir ein, den brechenden Knochen gehört zu haben.

Mein Magen stülpt sich auf links. Ein Raunen geht durch die Zuschauer.

Brandon brüllt, der Biker hingegen wirkt zufrieden.

„Ich glaube, ich muss mich übergeben.“

Claire sieht mich überrascht an. Dann bemerkt sie meine weiße Gesichtsfarbe, nickt mir zu und rennt mit mir auf die Toilette.

Dort angekommen stütze ich mich am Waschbecken ab und betrachte mein Spiegelbild.

Ich sehe gut aus, auch wenn ich um die Nase herum etwas blass bin.

Meine Locken fallen mir bis auf die Schultern und dank meines Make-ups wirken meine Augen groß und geheimnisvoll.

„Es wundert mich nicht, dass mein Bruder für die Schönheit im Spiegel so eine Show abzieht.“

Claire scheint das alles auf die leichte Schulter zu nehmen, ich hingegen weiß nicht mehr, was ich von all dem halten soll.

Held oder Monster?

Superman oder Outlaw?

Gott verdammt!

„Ich kann nicht fassen, dass er das tatsächlich getan hat.“

„Was hast du denn gedacht, was passiert? Dass sich die beiden ein Dance Battle liefern?“

Nein ...

„Keine Ahnung. Ich hatte irgendwie damit gerechnet, dass es mir mehr Freude bereitet, Brandon leiden zu sehen. Scheiße! Ich bin ein schlechter Mensch.“

Meine Freundin verdreht genervt die Augen, zieht ihren Lippenstift aus der Tasche und frischt das Kirschrot auf.

„Du musst dich nicht freuen, sondern einfach nur realisieren, dass dein Ex ab heute keine Gefahr mehr für dich darstellt. Du bist frei.“

Kaum dass sie fertig geredet hat, wird die Toilettentür aufgestoßen und ein ziemlich besorgt aussehender Rocker kommt hereingestürmt.

„Das ist das Mädchenklo, Bruderherz. Für Herren ist nebenan.“

„Pack deinen Kram, einer meiner Männer wird dich heimbringen.“

„Vergiss es! Die Nacht ist noch lange nicht vorbei.“

Der Blick, mit dem der Vizepräsident seine Schwester bedenkt, lässt meine Knie weich werden. Claire hingegen scheint völlig unbeeindruckt zu sein.

Respekt!

Keine Ahnung, ob ich genauso mutig wäre wie sie.

„Für. Euch. Ist. Die. Nacht. Vorbei.“

Der Biker spricht klar und deutlich und betont jedes Wort.

Aiden sieht zu mir, dann wieder zu Claire, und was macht meine Freundin, sie legt eine 100 Prozent Kehrtwende hin, grinst breit und macht plötzlich genau das, was ihr Bruder von ihr will.

Sie küsst ihn zum Abschied auf die Wange und zieht mich dann in eine kurze, liebevolle Umarmung, wobei sie es sich natürlich nicht nehmen lässt, mir ein „Paradiesvogel“ ins Ohr zu flüstern.

Dann ist sie weg und lässt mich mit dem Biker, der meinem Ex gerade für mich das Handgelenk gebrochen hat, allein.

Sein Fokus richtet sich auf mich.

Es fühlt sich seltsam an, seine geballte Aufmerksamkeit für mich zu haben. Seltsam gut, um genau zu sein.

„Alles okay bei dir, Prinzessin?“

Prinzessin?

„Warum nennst du mich so?“

Er wirkt überrascht.

„Bist du nicht die Schönheitsprinzessin von fucking Spokane?“

Nicht ganz.

„Ich bin Miss Washington.“

Seine Mundwinkel biegen sich kurz nach unten.

„Für mich macht das keinen Unterschied.“

„Und wenn, dann ist man eine Schönheitskönigin, aber keine Prinzessin.“

Schmunzelnd verschränkt er seine starken Arme vor seinem massiven Oberkörper und wartet, bis ich wieder still bin.
„Dir ist es also lieber, wenn ich dich meine Königin nenne?"
„Nein, eigentlich nicht. Sarah reicht völlig."
Er nickt.
„Gut, dann bleibe ich bei Prinzessin."
In seinen dunklen Augen blitzt es belustigt.
„Willst du mich ärgern?"
Der Schock wegen dem, was er mit meinem Ex gemacht hat, lässt langsam nach.
„Ich will sehen, wir es dir geht."
Seine Stimme klingt ernst, seine Mimik drückt pure Aufrichtigkeit aus.
Halleluja!
So fühlt es sich also an, wenn man einen mächtigen Beschützer hat?
Interessant! Ich glaube, das Gefühl gefällt mir.
„Es geht mir gut."
„Sicher?"
Er macht einen Schritt auf mich zu.
„Ja, ganz sicher. Es war nur heftig, dabei zuzusehen, wie du ..." Ich bringe den Satz nicht zu Ende, meine Zunge weigert sich, die fehlenden Worte zu formulieren.
„Wie ich dem Wichser das gleiche Geschenk gemacht habe wie er dir?"
„Ähm ja."
„Er hat mir versichert, dass er dich ab jetzt in Ruhe lassen wird, und ich habe ihm verdeutlicht, was mit ihm passieren wird, wenn er sich nicht daran hält."
Nicht fähig, seinem eindringlichen Blick auch nur einen Herzschlag länger standzuhalten, senke ich die Augen und bleibe ungewollt bei seinen erstaunlich sinnlichen Lippen hängen.
Wie es sich wohl anfühlt, einen Outlaw zu küssen?
Wie er wohl schmeckt?
Noch immer seinen Mund anstarrend, sauge ich meine Unterlippe zwischen die Zähne und beginne, unruhig auf ihr herumzukauen.
„Und was passiert, wenn er sich nicht daran hält?"
„Dann werde ich ihn töten!"
Oh Scheiße!
Wie von selbst ruckt mein Blick wieder nach oben. Das Moosgrün seiner Augen wirkt tief und undurchdringlich.
„Ist das dein Ernst?"
Himmel Herr Gott!

Ich muss das wissen.

„Was denkst du, Prinzessin? Ist es das?"

Er kommt noch einen Schritt auf mich zu, ich weiche instinktiv zurück. Jetzt stehe ich mit dem Rücken zur Wand.

Ich nicke.

„Ja, ist es."

Dazu sagt er nichts, seine Augen legen sich auf meinen Mund, und es wirkt auf mich so, als würde er sich gerade insgeheim dieselben Fragen stellen, wie ich mir vor wenigen Minuten.

Als würde er ebenfalls gerne herausfinden, wie ich schmecke.

„Du bist jetzt sicher."

„Wenn das so ist, warum fühlt es sich dann nicht so an?"

Keine Ahnung, weshalb ich flüstere.

Vielleicht, weil sich dieser Moment auf einmal unheimlich intim und privat anfühlt.

„Weil ich nie behauptet habe, dass du vor mir sicher wärst."

Inzwischen hat er ebenfalls die Stimme gesenkt.

„Und was hat das zu bedeuten?"

Anstatt zu antworten, streckt er langsam die Hand nach mir aus, umfasst mit seinen langen, tätowierten Fingern mein Gesicht und reibt mit seiner rauen Daumenkuppe über meine Lippen.

„Dass es niemanden gibt, der dich vor mir beschützen kann."

Bumm. Bum. Bumm.

Mein Herz macht einen Satz, es gerät aus dem Takt und spielt in meiner Brust Verstecken.

„Muss ich denn vor dir beschützt werden?"

Der Outlaw schüttelt den Kopf, und dann? Dann fängt er an, die Prinzessin zu küssen ...

4. Kapitel – Ungeziefer im Bauch

Aiden

Fuck!

Fuuccckkk!

Ja, ich weiß, mit einem *Fuck!* hat schon das zweite Kapitel begonnen, aber was soll ich denn tun? Diese Frau macht mich fertig.

Sie anzusehen, den Geruch ihres Körpers einzuatmen und dann dieser verdammte Rock in Kombination mit den Stiefeln.

Nach einem Kampf bin ich immer aufgeputscht. Wobei das, was ich mir mit ihrem Ex geliefert habe, kein richtiger Fight war, sondern bloß ein Witz.

Dieser Brandon gehört zu den Typen, die sich Frauen gegenüber unfassbar mächtig fühlen. Aber kaum haben sie es mit einem ebenbürtigen oder in diesem Fall sogar stärkeren Gegner zu tun, sind sie völlig am Arsch.

Zum Schluss, nachdem das Mädchen weggelaufen ist, hat er mich um Gnade angebettelt. Normalerweise gewähre ich keine Gnade. Niemals!

Wie das *Expect-no-mercy-Patch*, das mein Leder ziert, beweist.

In diesem Fall habe ich dank der unzähligen Zuschauer eine Ausnahme gemacht.

Ein Mord vor Publikum bringt einen schneller in den Knast, als man seinen eigenen Namen buchstabieren kann, und auf das Gefängnis kann ich gut verzichten.

Wenn ich einsitze, wer passt dann auf Claire auf?

Eben, keiner.

Und meine Schwester gehört zu der Sorte Mädchen, die Probleme wie magnetisch anziehen.

Sie braucht mich. Also bin ich für sie da.

So einfach!

Unter Aufbringung all meiner Selbstbeherrschung zwinge ich mich dazu, den Griff um Sarahs schmalem Kiefer locker zu lassen, und dringe mit meiner Zunge tiefer in sie ein.

Die Höhle ihres Mundes ist weich wie Samt und schmeckt wie das verdammte Paradies.

Ich bin seit der ersten Sekunde süchtig, seit dem Moment, in dem ich meinen Mund auf den ihren gepinnt habe und sie sich mir bereitwillig geöffnet hat.

Hier ging es um Schutz.

Um nicht mehr und nicht weniger, und was mache ich?

Ich ficke sie mit meiner Zunge, während ich sie mit meinem Körper fester gegen die Mauer in ihrem Rücken presse, schließlich wie von selbst ihre Knie umfasse und hochhebe. Sie quietscht in den Kuss, ich trinke ihre Überraschung und wickle mir ihre langen Beine um die Hüfte, ehe ich meinen harten Schwanz gegen ihre Mitte drücke und in Flammen aufgehe, als mir klar wird, dass ihr Slip nicht wirklich eine Barriere darstellt.

Wäre meine Jeans nicht im Weg, wäre es mir ein Leichtes, mich in ihrem winzigen Körper zu vergraben, ihre Pussy für mich zu beanspruchen und sie mitten in der beschissenen Toilette zum Schreien zu bringen.

Es bräuchte nur wenige Handgriffe und meine Hose wäre offen.

Doch ich tue es nicht. Stattdessen vergrabe ich meine Finger in ihrer Hüfte, halte sie bestimmend fest und gebe mich mit ihrem Mund zufrieden.

In meinen Adern wird es heiß, mein Puls hämmert und in meinem Bauch breitet sich jede Menge beschissenes Ungeziefer aus.

Die meisten würden die Tiere beim Namen nennen: Schmetterlinge.

Holy Shit!

Ich bin ein Outlaw, ich bin der Vizepräsident des *Poison Death Motorcycle Clubs*, ich habe keine farbenfrohen Flattermänner in meinem Bauch.

Nicht in diesem Leben!

Mit einem Fluch gebe ich ihren Mund frei, hole tief Luft und fülle meine Lungenflügel bis zum Anschlag mit ihrem Duft.

Die Prinzessin erschaudert, seufzt leise und legt ihre Hände auf meine Schultern.

Ihr leises „Jetzt verstehe ich, warum ich bei dir nicht sicher bin" entlockt mir ein Knurren.

„Du schuldest mir nichts. Nicht das Geringste! Nur weil ich mich um deinen Ex gekümmert habe, musst du das nicht tun."

Es ist mir wichtig, dass sie das weiß. Und es ist mir fast noch wichtiger, zu wissen, dass sie mich so nah an sich ranlässt, weil sie es will, und nicht wegen irgendwelchen unangebrachten Schuldgefühlen.

„Und was, wenn ich das hier tun will?"

„Dann sieht die Sache ganz anders aus."

Sie schenkt mir ein flüchtiges Lächeln, dann fasst sie in meinen Nacken und löst das Lederband, mit dem ich meine Haare zusammengebunden habe.

Jetzt fallen sie mir bis auf die Schultern.

„Was hast du vor, Mädchen?"

Täusche ich mich oder wirkt Sarah plötzlich nervös?
Sie leckt sich die Lippen und wird rot.
Süß.
Verdammt süß!
Wie purer Zucker!
„Ich will das hier, aber irgendwie nicht hier. Verstehst du?"
Zuerst verstehe ich nichts.
Frauen haben hin und wieder schon eine seltsame Art zu sagen, was sie wollen, oder eben nicht. Das bin ich schon von Claire gewohnt.
„Du willst, dass ich dich ficke, aber nicht auf der Toilette. Richtig?"
Sie nickt.
Warum sagt sie es dann nicht einfach so?
„Wie wäre es mit dem Büro?"
Ihr gewispertes „Klingt gut!" bringt meinen Schwanz beinahe zum Platzen.
Holy Shit!
Was hat diese Prinzessin nur an sich, dass ich mich in ihrer Nähe fühle wie eine Stange Dynamit?
Wenn ich nicht aufpasse, explodiere ich und reiße uns damit beide in den sicheren Tod.
Das Ungeziefer in meinem Bauch wird immer mehr.
Ich bin kaum noch in der Lage, einen logischen Gedanken zu fassen.
Und daran ist sie schuld. Die Schönheitsprinzessin von fucking Washington.
Um meinen wachsenden Hunger zu stillen, knalle ich meinen Mund erneut auf den ihren, fresse ihre Lippen, beiße mich an ihrer Zunge fest und sauge so viel wie nur möglich von ihrer Süße in mich ein. Erst als ich mir sicher bin, so weit gesättigt zu sein, dem Drang, sie hier und jetzt zu bumsen, widerstehen zu können, beende ich den Kuss, reibe mich ein letztes Mal an ihrem rosanen Höschen und stelle sie dann vorsichtig wieder ab.
„Ja oder nein?"
Selbst wenn mich ein Nein wahrscheinlich umbringen würde, bin ich nicht wie ihr Ex. Ich werde sie zu nichts zwingen. Niemals. Und ich werde sie nicht verletzen. Unter keinen Umständen. Und ich will, dass sie das verflucht noch mal weiß, bei mir wird sie immer die Wahl haben!
Immer!
„Ja ..."
Und damit hat die Prinzessin ihr Schicksal besiegelt.
Soll mich der Teufel holen. Aber ich kann nicht anders.

Mit einem Fluch werfe ich mir das Mädchen, das ich von jetzt an genauso beschützen werde wie meine Schwester, über die Schulter. Lasse meine Hand auf ihren Arsch knallen und halte so ihren Rock an Ort und Stelle, ehe ich mich daran mache, sie ins Büro zu tragen.

Sarah wehrt sich nicht, sie zappelt nicht, sie hält einfach nur still, während ich sie durch das halbe ‚Blackout' schleppe.

Die Menschen mustern uns neugierig. Der Großteil geht uns schnell aus dem Weg. Die Furcht steht ihnen ins Gesicht geschrieben.

Fast so, als ob sie davon ausgehen würden, dass ich mit ihren Handgelenken das Gleiche mache wie mit dem des Pissers von vorhin.

Aber damit liegen sie falsch. Ich mag ein Outlaw sein, aber ich bin kein Psychopath, der durch die Weltgeschichte stolziert und wahllos Leute verkrüppelt.

Tust du mir nichts, tust du den Menschen, die mir wichtig sind, nichts, und legst du dich nicht mit dem Club an – hast du nichts vor mir zu befürchten.

Meistens zumindest.

Es gibt ein paar Ausnahmen, aber jetzt ist nicht der richtige Zeitpunkt, um auf diese einzugehen.

Endlich im Büro angekommen, schmeiße ich Timo den Geschäftsführer, der gerade dabei ist, die Aufnahmen der Überwachungskameras zu löschen und zusammenzuschneiden, raus und setze das Mädchen auf dem Schreibtisch ab.

„Wir müssen die Dinge berichtigen, Aiden."

Timo wirkt nervös. Die Vorfälle der vergangenen Stunden scheinen ihn ins Schwitzen gebracht zu haben.

Das Drogendealen unseres ehemaligen Sergeants, seine Leiche hinter der Feuerschutztüre und die Prügelei auf der Tanzfläche ...

„Das kannst du auch später."

Er zögert. Noch ein Wort und er ist der Nächste, der meine Fäuste zu spüren bekommt.

„Bist du dir da sicher, VP? Was, wenn ..."

„Wir sagen nicht, was wenn! Und jetzt raus."

Timo kapiert, dass ich es ernst meine. Sein Blick huscht kurz zu Sarah, dann verschwindet er und lässt uns endlich allein.

Mit verwuschelten Haaren, hochgeschobenem Rock und von meinen Bissen geschwollenen Lippen, sieht das Mädchen mich aus großen Augen an.

„Gibt es Probleme?"

„Nope! Timo ist einfach nur ein paranoides Arschloch. Kein Wunder, dass er es nie zum Full Member geschafft hat."

Sarah sieht mich fragend an.
„Geschafft? Was meinst du damit? Und was ist ein Full Member?"
„Timo hat in den vergangenen Jahren ganze drei Mal versucht, dem *Poison Death Motorcycle Club* beizutreten. Er ist jedes Mal gescheitert."
Bei seinem letzten Versuch hat Skyler ihm das Leder schon nach vier Monaten wieder abgenommen.
„Aber wie kann man denn da scheitern? Ich meine, muss man nicht einfach eine Mitgliedschaft ausfüllen oder so?"
Sarahs Naivität bringt mich zum Lachen.
„Nein Süße. Du musst dich beweisen. Als Erstes brauchst du einen Sponsor. Also einen Member, der bereit ist, die Verantwortung für dich zu übernehmen und im Ernstfall den Kopf für dich hinzuhalten. Wenn du diesen Schritt geschafft hast, wirst du zum Prospect. Du bekommst dein Leder und musst ein Jahr lang jede Menge Scheiße erledigen. Was bedeutet, dass du dein Maul hältst und tust, was dir angeschafft wird. Immer. Zu jeder Zeit. Ganz egal was. Und nur wenn du es in dem einen Jahr schaffst, den Club zu überzeugen und deine Loyalität zu beweisen, bekommst du mit viel Glück dein *Back Patch* verliehen. Aber dafür müssen alle *First Nine* mit einem Ja stimmen. Ansonsten wird das nichts."
Sarah sieht mich überrascht an.
„Ich wusste nicht, dass es so kompliziert ist. Ich meine ... Na ja ... Ich dachte irgendwie, man füllt einfach irgendeinen Antrag aus und Zack ist man ein großer böser Rocker, der die Welt in Angst und Schrecken versetzt."
So leicht ist es dann doch nicht.
„Diese Kutte bedeutet etwas. Genau wie die Patches. Man muss sich jedes einzelne davon verdienen."
Ihre Finger streichen über das *Vizepräsidenten-Patch*, hinab zu dem *Unholy Ones.*
„Was hat das zu bedeuten?"
„Dieses Patch tragen die, die bereit sind, für den Club zu töten, oder die, die bereits getötet haben. Um es verliehen zu kriegen, muss man seine Loyalität mehr als einmal bewiesen haben."
Sarahs geflüstertes „Das ist heftig" bringt meine Mundwinkel zum Zucken.
„Das ist meine Welt, Prinzessin."
Sie sieht mich an, ihr Finger rutscht auf die rote Raute mit dem 1%-Zeichen.
„Und was ist damit?"

„Das verrät der Gesellschaft, dass ich ein Outlaw bin, ein *One Percenter*, der einen Dreck auf die Gesetze gibt und nach seinen ganz eigenen Regeln lebt.“

Ihre Zunge schnellt vor, sie leckt sich die Lippen und spreizt kaum merklich ihre Beine.

„Das ist dann wohl der Moment, an dem ich schreiend davonlaufen sollte. Richtig?“

Fuck!

„Richtig!“

Anstatt die Flucht zu ergreifen, lehnt sie sich zurück, stützt sich auf die Ellenbogen auf und öffnet ihre Knie immer weiter und weiter.

Ihr Rock rutscht hoch und entblößt die helle Haut ihrer Oberschenkel.

Dazu das pinke Höschen, das viel zu unschuldig wirkt, und diese teuflischen Stiefel ...

Die Kombination aus unschuldigem Mädchen und dreckiger Hure macht etwas mit mir.

Besonders weil ich weiß, dass diese Prinzessin viel mehr das unschuldige Mädchen ist, das sich für heute Nacht als dreckige Hure verkleidet hat.

„Aber was ist, wenn ich bleibe, anstatt wegzulaufen?“

Die Anspannung, die sich in mir ausbreitet, während ich meine Augen nicht von ihrem verdammten pinken Slip lösen kann, lässt mich mit den Zähnen knirschen.

In meinem Schädel dröhnt es, während ich spüre, wie das Blut aus meinem Hirn hinab in meinen Schwanz gepumpt wird.

Das Denken wird mir schon bald nicht mehr möglich sein.

„Wenn du bleibst, werde ich dich packen, festhalten und ficken. Ich werde dich küssen und zugleich meinen Schwanz so tief in dich reinstecken, dass du mich um Gnade und gleichzeitig um mehr anbetteln wirst, und ich werde dir beides geben!“

Sie leckt sich die Lippen, der Blick, den sie mir zuwirft, kann nur als Aufforderung verstanden werden.

„Wenn das so ist, warum fängst du dann nicht endlich an, Vizepräsident?“

Bloody Holy Shit!

Mädchen, nicht Hure. Mädchen, nicht Hure. Mädchen, nicht Hure.

Ich erinnere mich selbst immer wieder daran, was sie wirklich ist, damit ich vorsichtig mit ihr umgehe. Doch kaum dass meine Hände auf ihren Schenkeln gelandet sind, findet in meinem Kopf eine Art Kurzschluss statt und alles, was ich je wusste, gerät in Vergessenheit.

Wenn mir jetzt jemand eine Knarre an die Stirn halten und mich zwingen würde, meinen eigenen Namen zu buchstabieren. Ich würde es nicht schaffen – er müsste mich töten.

Ein Blackout im ‚Blackout' – sehr witzig.

Sarah kommt mir entgegen, ihre Arme legen sich um meinen Nacken, sie zieht mich an den Haaren, pinnt ihre Lippen auf die meinen und beginnt einen stürmischen Kuss.

Unsere Zähne schlagen aufeinander, ihre geschickten Finger finden meinen Gürtel und öffnen ihn. Hitze kriecht an meiner Wirbelsäule nach oben.

„Langsam!"

Meine geknurrte Ein-Wort-Warnung ignorierend, schiebt sich ihre kleine freche Hand in meine Hose und umfasst einen Atemzug später meine Erektion.

Bäämmmmmm!

Das. Ist. Zu. Viel.

Ehrlich.

Besonders diese langsame Auf-und-Ab-Bewegung, die stetig schneller wird.

Ihr Daumen verreibt die ersten Tropfen, die aus dem Schlitz an der Spitze perlen, und macht die ganze Sache etwas glitschiger.

„Du willst mich, Outlaw!"

Das war keine Frage, sondern eher eine Feststellung.

„Ich will dich."

„Willst du in meinen Mund?"

Was für eine beschissene Frage.

Seit ich sie das erste Mal gesehen habe, stelle ich mir vor, wie es wäre, ihre Lippen und ihre Zunge zu ficken.

Das. Würde. Jeder. Mann.

Bullshit!

Es hat seinen Grund, warum Sarah zu einer verdammten Schönheitsprinzessin gewählt wurde.

Weil sie nun mal schön ist. Schön und sexy und verführerisch und makellos und ...

Ohhhh verdammt!

Sie rutscht vom Tisch, geht vor mir auf die Knie und zerrt mir die Jeans nach unten.

Eine Sekunde später springt ihr mein harter Schwanz regelrecht entgegen.

Anstatt zurückzuweichen, kommt sie zu mir, reibt ihr Gesicht an meiner Härte und sieht dabei aus großen Augen zu mir nach oben.

Kein Wunder, dass ihr Ex so besessen von ihr ist.

Wenn ein Mann eine Frau wie sie erst einmal sein Eigen genannt hat, will er sie natürlich nie wieder hergeben.

Ihre Finger legen sich um meinen Penis, drücken leicht zu und entlocken mir ein Stöhnen.

Meine Nervenbahnen feuern, meine Muskeln spannen sich an und beginnen zu beben.

Noch nie zuvor bin ich so hart gewesen wie in diesem Moment.

Sarah sieht zu mir nach oben, richtet mein Glied anders aus und tupft mit ihren vollen Lippen auf meine Eichel.

Ich bin kurz davor zu kommen und dabei hat der Blowjob noch nicht mal angefangen.

Gott steh mir bei!

Sie öffnet den Mund, saugt mich hinein und presst die Lippen dabei fest zusammen.

Die ersten harten Zentimeter verschwinden in ihrem Mund, meine Atmung stockt und mein Puls rast.

Hitze. Da ist so viel Hitze und Feuchtigkeit und dieser Druck, den sie ausübt …

Fucking perfekt!

„Weiter ... Tiefer ...“

Sie versteht, was ich von ihr will, schiebt sich vor und lässt mich dabei immer weiter in ihren Hals gleiten. Ihre Zunge ist rau, ihr Gaumen glatt und ihre Kehle so eng wie eine Jungfrau.

Holy Shit!

Mein Sichtfeld engt sich ein und meine Hoden ziehen sich pochend zusammen.

Und dann schluckt sie und meine Welt steht still.

Noch bevor ich weiß, was ich tue, packe ich sie am Kopf, winde mir ihre Locken um die Finger und halte sie so in Position, während ich vorstoße und damit beginne, ihren perfekten Mund zu ficken.

Zuerst schiebe ich mich bis zum letzten Millimeter in sie hinein, dann ziehe ich mich zurück und wiederhole das ganze Spiel gut ein Dutzend Mal.

Die Geräusche, die meine kleine Prinzessin dabei von sich gib, das Schmatzen und Stöhnen, das Würgen und Keuchen, wenn ich besonders kraftvoll vorstoße, sind wie Musik.

Ich bin gut gebaut und Sarah ist eine kleine Frau.

Wenn ich eine Hand um ihren Hals lege, müsste ich mich in ihr spüren können.

Ich teste es. Winde meine Finger um ihre Kehle und schiebe mich zeitgleich so tief zwischen ihre Lippen, dass ihre Nase gegen meinen Bauch stößt und sich meine Eier gegen ihr Kinn pressen. Und Tatsache. Ich spüre meine Härte in ihrem Hals, ich kann fühlen, wie unfassbar tief ich in ihr bin.

Kein Wunder, dass ihr die ersten Tränen über die Wangen rinnen und dabei eine dunkle Mascaraspur hinterlassen.

Doch anstatt sich gegen mich zu wehren oder mir irgendwie zu verstehen zu geben, dass es ihr zu viel ist, überrascht mich die kleine Prinzessin, indem sie die Hände auf ihrem Rücken verschränkt und mir so zu verstehen gibt, dass sie sich voll und ganz meiner Kontrolle überlässt.

Sarah ist meiner Gnade ausgeliefert, und im Moment kenne ich die Bedeutung dieses Wortes nicht. Mit einem Fluch lasse ich die Hüften kreisen und spüre, wie sich ihr Rachen krampfend um meine Härte herum zusammenzieht.

„Saug fester!“

Sie tut es. Ihre Wangen ziehen sich nach innen und ich rutsche noch ein winziges, göttliches Stück tiefer in sie hinein.

Dort verharre ich und beobachte zufrieden, wie sich ihre Pupillen dank des Sauerstoffentzugs weiten.

Sie kämpft, aber nicht gegen mich, sondern mit sich selbst, um mir geben zu können, was ich brauche.

Leise bis dreißig zählend, streichle ich ihr sanft über den Kopf.

Ihre Tränen wollen einfach nicht versiegen, sie zuckt und stöhnt, als ich sie noch tiefer auf meinen Schwanz drücke.

Erst als ich spüre, dass sie wahrlich nicht mehr kann, erlaube ich ihr, mit einem gebrummten „Braves Mädchen“ kurz Luft zu schnappen.

Sie keucht und japst, etwas Spucke rinnt an ihrem Kinn nach unten, während sich mein Penis dick und ungeduldig direkt vor ihren Lippen befindet und es kaum erwarten kann, wieder so tief wie möglich in ihrer Kehle zu verschwinden.

„Du hast einen Riesenschwanz!“

Sie klingt atemlos und ein wenig heiser.

„Soll das eine Beschwerde sein?“

Sarah schüttelt den Kopf.

„Nein. Nur eine Feststellung. Ich kann dich kaum schlucken.“

Ach ja.

„Dafür hast du es aber verdammt gut gemacht.“

Sie keucht und wischt sich über den Mund.

„Ich will, dass du meinen Hals fickst.“

Nicht sicher, ob ich sie richtig verstanden habe, frage ich noch mal nach.

„Fickst oder füllst?"

„Fickst! Nimm dir, was du brauchst!"

Dieses Angebot ist fast zu schön, um wahr zu sein.

„Sicher?"

Sie nickt.

„Was, wenn ich mehr will, als du verkraften kannst?"

„Bring mich an meine Grenzen."

Fuuucccckkk!

Das hätte sie nicht sagen sollen.

„Du bist verrückt, Mädchen."

„Ich brauche beim Sex einen dominanten Mann. Ich mag es, benutzt zu werden!"

Der Traum eines jeden Mannes. Ich schwöre es euch.

Sarah ist wunderschön, hat keine Probleme mit dem Deep Throat und eine Vorliebe für harte Sachen. *Holy Shit!* Ich verstehe immer mehr, warum dieser Brandon sie nicht aufgeben wollte.

Entschlossen ihr Angebot anzunehmen, ficke ich so lange ihren Mund, bis ich kurz davor bin, abzuspritzen.

Erst als ich mir sicher bin, es keine Sekunde länger auszuhalten, ziehe ich mich zurück, pflücke die Prinzessin vom Boden, hebe sie wieder auf den Schreibtisch, tauche zwischen ihren Beinen ab und zerfetze ihr rosanes Höschen.

Es wird Zeit, dass das Mädchen auf seine Kosten kommt, ehe ich uns beiden gebe, was wir so dringend brauchen.

5. Kapitel – Sex. Besser als Schokotorte

Sarah

Dieser Vizepräsident hat nicht nur einen langen Schwanz, sondern auch eine lange Zunge. Die Art, wie er mich leckt, wie seine Finger in mich gleiten, mich dehnen und nehmen, hat etwas Allumfassendes.

Es fühlt sich fast so an, als würde er nur dafür leben.

Als könnte er sich nichts Besseres vorstellen, als mich an den Rand des Erträglichen zu treiben. Ich bin nicht einfach nur feucht, ich bin nass und kurz davor zu kommen.

Halleluja!

Wie um alles in der Welt soll ich nicht auf seinem Gesicht explodieren, wenn er solche Sachen mit mir macht?

Meine Beine zucken, mir ist heiß und meine Schreie werden immer lauter.

Gerade als ich mir sicher bin, es keine Sekunde länger auszuhalten, fährt seine Zunge ein letztes Mal durch meinen Spalt. Dann haucht der Biker mir einen Kuss auf den Kitzler, richtet sich auf, legt sich meine Beine um die Taille und dringt bis zum letzten Zentimeter in mich ein.

Woooowwww!

Das ist es. Dieses Gefühl, das dieser Biker in mir auslöst, ist perfekt. Es ist genial. Es ist besser als Schokotorte, und für eine Torte aus Schokolade würde ich sterben.

Seine kraftvollen Stöße schieben mich nach hinten, ich kralle mich an seinem Leder fest, drücke mich ihm entgegen und sehe ihm dabei tief in die Augen.

„Du bist der Hammer, Prinzessin!“

Das mit dem ‚Prinzessin‘ werde ich ihm wohl nicht mehr ausreden können?

Und das ist okay.

Die Prinzessin und der Outlaw ...

Das hat doch was. Findet ihr nicht?

Bei seinem nächsten Vorstoß trifft er auf diesen einen, ganz speziellen Punkt tief in meinem Inneren, der mich explodieren lässt.

Der Orgasmus kommt so schnell und überraschend, dass ich nach hinten auf die Tischplatte kippe und ein langes Keuchen ausstoße, während ich innerlich in Flammen stehe. Aiden beugt sich über mich, stützt sich neben meinen Schultern ab und legt noch etwas mehr Kraft in den Sex.

Die Muskeln unter seinem Hemd spannen sich an, seine Bizepse werden dabei so groß, dass ich für einen Augenblick die Hoffnung habe, dass sie den Stoff einfach sprengen.

Heilige Scheiße!

Ich hatte schon oft und schon viel Sex. Aber das hier toppt einfach alles.

Das Beben in meinen Knien lässt kurz nach, der Biker touchiert erneut meinen G-Punkt und ich komme wieder.

Zwei unglaubliche Orgasmen später kann ich mich kaum mehr bewegen.

Meine Muskeln sind schwach und meine Energie ist aufgebraucht.

Erschöpft sehe ich nach oben, beobachte den Biker dabei, wie er sich immer und immer wieder in mich rammt, dann seinen Kopf in den Nacken fallen lässt und ein lautes Brüllen ausstößt.

Einen Herzschlag später spüre ich seinen heißen Samen in meiner Muschi und mir wird klar, dass wir es so eilig hatten, dass wir nicht einen Moment an die Verhütung gedacht haben.

Zu meinem Glück nehme ich die Pille.

Was bedeutet, dass dieser kleine Fauxpas keine schlimmen Folgen nach sich ziehen wird.

„Fuck Baby. Das war höllisch gut."

„Finde ich auch."

Seine Mundwinkel zucken, dann küsst er mich und zieht mich dabei in eine sitzende Position. Aidens Augen bohren sich unnachgiebig in die meinen. Er fängt meinen Blick ein, seine Mimik wird im Bruchteil einer Sekunde ernst.

„Das will ich wieder."

Ich verstehe, worum es hier geht.

Um mehr. Mehr Sex, mehr Zeit, mehr von ihm und mir ...

„Du kannst so viel davon haben, wie du willst."

Sein gebrummtes „Sicher?" löst ein angenehmes Prickeln in mir aus.

„Ganz sicher!"

Zwei seiner rauen Finger legen sich unter mein Kinn.

„Spiel nicht mit mir, Prinzessin."

Das tue ich nicht.

Warum sollte ich auch?

Aiden ist der Hammer! Dieser Rocker ist groß und stark, er hat mich beschützt und der Sex mit ihm ist besser als meine geliebte Schokotorte.

Ich wäre dumm, wenn ich nicht zumindest versuchen würde, diesen Outlaw für längere Zeit an Land zu ziehen.

6. Kapitel – Eine neue Zeit ...
Eine Old Lady und beschissene Schmetterlinge

Aiden

Seit Jacob aus dem Knast entlassen wurde, sind einige Monate vergangen, und für das Spokane Chapter des *Poison Death Motorcycle Clubs* hat eine neue Zeit begonnen.

Eine. Ganz. Neue. Zeit.

Der Präsident hat seine Frau wiedergefunden und festgestellt, dass er einen Sohn hat.

Dämon ist aus Oregon zu uns gekommen und er wird bleiben.

Und das nicht nur wegen dem *Sergeant-at-Arms-Patch*, das inzwischen sein Leder ziert, sondern auch wegen dem Mädchen, das er verletzt auf der Straße gefunden und inzwischen für sich beansprucht hat.

Und dann wäre da noch die Prinzessin auf meinem Schoß, deren Duft mich in den Wahnsinn treibt und von der ich höchstwahrscheinlich niemals genug kriegen werde.

Schon verrückt wie das Schicksal so spielt.

Nachdem wir William vor einem Monat auf frischer Tat ertappt und ihn unschädlich gemacht haben, sind die Einnahmen des Clubs in die Höhe geschossen.

Erst dadurch ist uns wirklich klar geworden, wie heftig er den MC bestohlen haben muss.

Die vielen Änderungen sind nicht bei allen gleich gut angekommen.

Drei unserer Brüder haben Spokane verlassen. Einer hat sich dazu entschieden, ein Nomad zu werden und sein Glück auf der Straße zu versuchen, die anderen beiden sind zu weit entfernten Chaptern gewechselt.

In meinen Augen kein großer Verlust!

Meiner Einschätzung nach hat mindestens einer von ihnen mit William zusammengearbeitet.

Wenn nicht sogar alle drei.

Aber da ich das nicht beweisen konnte, ließ ich die Sache ruhen.

Sarahs Handy klingelt, sie geht mit einem „Hey Claire!“ ran und hört kurz zu, dann murmelt sie ein leises „Scheiße!“, das mich hellhörig werden lässt.

Etwas stimmt nicht.

Hat sich ihr Ex etwa wieder gemeldet?

Seit der Nacht im *‚Blackout‘* hat er sich von meinem Mädchen ferngehalten.

Aber man kann ja nie wissen.

Man kann verdammt noch mal nie vorsichtig genug sein.

„Ein Video? Wo?“

Sie beginnt nervös auf meinem Schoß hin und her zu rutschen, was eine gewisse Reaktion bei mir auslöst.

Holy Shit!

Der Sex mit dieser Prinzessin hat auf mich dieselbe Wirkung wie Koks.

Er macht mich high und süchtig. Ich kann ohne nicht mehr leben und brauche ihn mehrmals am Tag. Ich bin ein Junkie. Und ganz ehrlich? Ich will nichts dagegen tun.

Es gibt Schlimmeres, als von einer Schönheitsprinzessin besessen zu sein.

„Schick mir den Link. Ich werde es mir ansehen und melde mich dann noch mal bei dir.“

Sarah legt auf, wirft mir einen undeutbaren Seitenblick zu. Ihr Handy piept, sie klickt auf die Nachricht. Eine Sekunde später füllt ein verwackeltes Video das Display ihres iPhones.

„Was ist das?“

„Claire sagt, es ist ein Video von uns.“

„Von uns?“

Sie nickt.

Obwohl es ziemlich unscharf ist, erkenne ich sofort, wann es aufgenommen wurde.

In unserer ersten Nacht, nachdem Jacob, Dämon und ich William getötet haben und ich los bin, um meine Schwester von der beschissenen Tanzfläche zu ziehen.

Angefangen hat alles damit, dass ich Claire beschützen wollte, und es endete damit, dass ich Sarahs Ex das Handgelenk gebrochen und das Mädchen anschließend so richtig gefickt habe.

„Das war eine verflucht gute Nacht!“

Sie kichert, eine leichte Röte überzieht ihre Wangen.

Ich weiß genau, woran sie gerade denkt.

Die Aufzeichnung endet an der Stelle, an der ich Sarah und Claire auf die Toilette folge. Das Handy piept erneut. Eine weitere Nachricht, ein weiteres Video – wieder von meiner Schwester. Eine Nachrichtensprecherin meldet sich zu Wort. Sie verweist auf das Video, ehe sie unter dem Aufhänger ‚Schönheitskönigin mit Kontakten zum Rockermilieu‘ darüber zu reden beginnt, dass die frisch gewählte Miss

Washington in einem angesagten Nachtclub für eine gewalttätige Auseinandersetzung gesorgt hat.

Das entspricht zwar nicht der Wahrheit, aber das scheint der Pressetussi vollkommen egal zu sein.

Sarah zittert, um sie zu beruhigen, streiche ich ihr sanft über den Rücken.

Der Bericht dauert etwas über vier Minuten.

„Warum jetzt? Warum vier Wochen später?"

Sie sieht mich ratlos an.

„Denk nach. Was ist seitdem passiert."

„Viel. Unfassbar viel. Allein der Werbevertrag ..."

Sie verstummt.

„Ganz genau. Du rutschst immer mehr in den Fokus der Öffentlichkeit. Gewöhn dich also schon mal dran, dass irgendwelche Schlampen die Wahrheit verdrehen und so einen Mist über dich erzählen."

Sarah verdreht die Augen und macht Anstalten, von meinem Schoß zu klettern, ich halte sie davon ab und beginne, meine Erektion an ihrem Po zu reiben.

„Was soll das, Aiden? Wie kannst du jetzt an Sex denken?"

Blöde Frage.

„Ich denke in deiner Nähe immer ans Ficken. Immer!"

„Du bist unmöglich."

Sie kichert, ich streiche mit der Nase an ihrem Hals entlang und fülle meine Lunge mit ihrem Duft. Sie riecht nach mir und nach Sex. Ich lobe mich selbst für die grandiose Idee, ihr heute Morgen das Duschen zu verbieten. Ich mag es, wenn sie innerlich und äußerlich voll von mir ist. Das befriedigt die primitive Seite von mir, die ihr am liebsten meinen Namen auf die Stirn tätowieren würde.

„Stört es dich denn gar nicht?"

Nein.

„Was soll mich stören? Dass die Pressetussi im Fernsehen publik gemacht hat, dass ich ein krimineller Outlaw bin und dass du mir gehörst?"

Sarah nickt. Ich muss lachen.

„Fuck Baby! Es ist die Wahrheit. Ich bin ein krimineller Outlaw und du gehörst mir. Also was solls? Das kann von mir aus die ganze beschissene Welt wissen!"

Jetzt dreht sie sich um und positioniert ihre Beine links und rechts von mir. Ihr Gesicht befindet sich direkt vor dem meinen.

Diese Lippen ...

„Gehöre ich denn dir?"

Ahhhh ... Das ist also der Punkt, über den sie reden will.

„Gibt es daran irgendwelche Zweifel?"

Etwas, das nach Unsicherheit aussieht, blitzt in ihren Augen auf.

Bullshit!

Warum ist mir nicht vorher aufgefallen, dass für meine Prinzessin unsere Beziehung nicht annähernd so eindeutig ist wie für mich?

„Sarah, du gehörst so sehr mir, wie eine Frau einem Mann nur gehören kann. Ich brauche dich. Ich will dich. Ich lasse dich nie wieder gehen!"

Sie beginnt auf ihrer Unterlippe herumzukauen, das macht sie immer, wenn sie nervös ist.

„Wir sind ein Paar?"

Ich nicke, ohne zu zögern.

„Bin ich dann auch deine Old Lady?"

Fuck! Und wie sie das ist!

Als ich ihr vor einer Woche erklärt habe, was es mit dem Ladyleder auf sich hat, haben wir nicht wieder darüber gesprochen. Ich wollte ihr die Zeit geben, sich an den Gedanken – ganz offiziell mein Eigentum zu sein – zu gewöhnen.

Für selbstbestimmte Frauen wie Zoey und Sarah ist es manchmal nicht so leicht, die Kontrolle abzugeben.

Diese Sache mit der Emanzipation kann hin und wieder ziemlich kompliziert sein.

Da hat es Dämon leichter, Bailee hat ihm ohne zu zögern die Kontrolle übergeben. Sie scheint sich bei ihm zu 100 Prozent sicher zu fühlen.

Und nach dem, was sie durchgemacht hat, ist das keine Selbstverständlichkeit.

Ich betrachte meine Frau, streiche ihr sachte eine Haarsträhne aus dem Gesicht und hauche ihr einen Kuss auf die Stirn.

„Bist du bereit, mein Leder zu tragen?"

Sie denkt kurz nach, ihre Lippen verziehen sich zu einem breiten Lächeln.

„Bin ich."

„Dann, Baby, bist du ab jetzt meine Old Lady."

Meine Süße wirkt aufgeregt und rutscht immer unruhiger auf meiner Erektion herum.

Ich beiße die Zähne zusammen und versuche, mich weiter auf das Thema unseres Gesprächs zu konzentrieren.

„Und wenn ich kein Leder tragen wollen würde? Diese Kutte ist ja nicht gerade ein schickes Modeaccessoire."

Sie formuliert es geschickt, und dennoch habe ich sie durchschaut.

„Das Leder muss sein. So ist meine Welt. Ich habe die Regeln nicht gemacht, aber ich will und werde sie nicht ändern. Wenn du meine Old Lady sein willst, musst du die Weste tragen. Keine Diskussion. Sie macht dich sichtbar zu meiner Frau, sie kennzeichnet dich als Eigentum des *Poison Death Motorcycle Clubs.* Das sorgt für eine gewisse Sicherheit! Jeder, der dich sieht, wird wissen, dass du unter meinem Schutz stehst und dass ich für dich ohne zu zögern töte und bereit bin, die daraus resultierenden Konsequenzen zu tragen."

Sarah wird ernst.

Es wirkt fast so, als würde sie erst in diesem Moment verstehen, wie weit ich für sie zu gehen bereit bin.

„Ich will nicht, dass du für mich einen Mord begehst."

„Hör zu, Süße. Ich tue, was auch immer getan werden muss, um dich in Sicherheit zu wissen. Fuck! Wenn nötig fliege ich zum Mond oder zu irgendeinem anderen beschissenen Planeten unseres Universums. Egal ob Kutte oder keine Kutte. Beschützen werde ich dich immer. Aber meine Old Lady wirst du nur sein, wenn du dich dazu entscheidest, das Leder zu tragen. So sind nun mal die Regeln."

Sollte sie sich gegen die Kutte entscheiden, wird es mich umbringen.

Aber das werde ich ihr garantiert nicht auf die Nase binden.

Bullshit!

Ich würde für dieses Mädchen alles tun.

Und damit nicht genug, ich bin sogar bereit, meine Freiheit aufzugeben und meinen Schwanz an die berühmte, goldene Leine zu legen.

Und alles, was ich dafür erwarte, ist, dass sie mein Leder und somit das ‚Property of Aiden' auf ihrem Rücken trägt.

Das ist nun wirklich nicht zu viel verlangt.

Ganz besonders weil es in der Satzung des Clubs so geschrieben steht.

Eine Old Lady trägt eine Kutte.

So einfach – so fucking unkompliziert.

Als Member bin ich ebenfalls dazu verpflichtet, mein Leder zu tragen.

Ich würde es bis aufs Blut verteidigen.

Es definiert, wer ich bin und für welches Leben ich mich entschieden habe.

Und jetzt ist der Augenblick gekommen, an dem Sarah ebenfalls eine Entscheidung treffen muss.

„Dir ist das mit dem Leder echt wichtig, oder?"

„Aye, das ist es."

Meine Stimme klingt dunkel.

Das Thema ist ernst, trotzdem fällt es mir mit jeder Sekunde schwerer, mich auf unser Gespräch zu konzentrieren.

Ihr Arsch ist einfach viel zu nah an meinem Schwanz.

Wenn wir Sommer hätten, würde sie garantiert einen Rock tragen, und dann wäre es eine Leichtigkeit, ihren Slip beiseitezuschieben, meine Hose zu öffnen und mich jetzt und hier in ihr zu vergraben.

Fuck!

Niemand würde es merken. Schon gar nicht Noah, der auf seiner neuen Schaukel, die wir erst gestern für ihn aufgebaut haben, seinen Spaß hat.

Er schwingt mit seinem Lieblingsstofftier, einem kleinen Dinosaurier, hin und her und quietscht dabei vor Freude.

Kinder sind schon faszinierende Wesen.

Irgendwann werde ich meiner Prinzessin ebenfalls einen dicken Bauch verpassen. Nicht heute und nicht morgen ... Vielleicht nächstes Jahr.

Wir haben genug Zeit.

Denn ganz egal wie dieses Gespräch auch ausgehen mag, und ganz egal, wie sich Sarah auch bezüglich der Kutte entscheidet, ich lasse sie nie, nie wieder gehen!

Zurück zu meinem Problem – dem Rohr in meiner Hose.

Im Sommer werde ich dafür sorgen, dass meine Süße nur noch Röcke mit nichts darunter trägt.

„Das mit dem Leder ist dir verdammt wichtig. Oder?"

Sarah klingt nachdenklich.

„Es ist nicht verhandelbar!"

Ich beobachte, wie sie die Lippen schürzt.

Ihre Hände landen auf meinen Schultern, fast so, als ob sie mich jeden Moment reiten würde. Dabei verlagert sich ihr Gewicht, ich hole zischend Luft.

„Das ist ziemlich hart!"

Mir entgeht die Zweideutigkeit ihrer Aussage nicht.

„Es. Ist. Hart."

Sie besitzt doch tatsächlich die Frechheit, zu lachen.

„Oh du armer kleiner, Outlaw. Ich habe fast schon Mitleid mit dir."

„Spar dir dein Mitleid. Trag meine Kutte, werde meine Frau und lass dich von mir ficken. Mehr will ich nicht. Mehr brauche ich nicht, um ein glücklicher Mann zu sein."

Für einen Moment senkt sie den Blick, dann sieht sie mich wieder direkt an und ich erkenne, dass sie eine Entscheidung getroffen hat.

„Abgemacht. Ich trage deine Weste."

Irgendwie rechne ich damit, dass dieses Zugeständnis mit einer Bedingung verknüpft ist. Als nichts kommt, hebe ich fragend eine Augenbraue.

„Aber?"

Sarah wirkt irritiert.
„Was aber?“
„Was willst du dafür, dass du das Lady-Leder anlegst?“
Ein flüchtiges Lächeln bringt ihre Lippen zum Zucken. Mein Schwanz zuckt mit.
Ich bin so hart, dass ich kaum mehr denken kann.
„Dich. Einfach nur dich, Aiden.“
Holy Shit!
Das trifft mich bis ins Mark.
Ich bin kein besonders sentimentaler Mensch, trotzdem kann ich nicht verhindern, dass sich erneut dieses Ungeziefer in meinem Bauch ausbreitet.
Doch dieses Mal nenne ich es beim Namen.
Schmetterlinge. Es sind beschissene Schmetterlinge.
Und auch wenn ich noch nicht bereit bin, es laut auszusprechen, gestehe ich mir endlich ein, dass ich diese Frau über alles liebe.

7. Kapitel – Save a Harley, Ride a Biker!

Sarah

Ich habe lang genug mit mir gehadert.

Es mag für viele nicht verständlich sein, aber nur weil ich Aiden liebe, bedeutet das noch lange nicht, dass ich den Club liebe.

Aber Aiden gibt es nun mal nicht ohne.

Das habe ich längst verstanden und akzeptiert.

Für mich bestand eigentlich nie auch nur der geringste Zweifel daran, dass ich bei ihm und mit ihm zusammen sein will. Das Einzige, womit ich allerdings wirklich ein Problem hatte, war diese Sache mit der Kutte und was sie bedeutet.

Ich will zu ihm und nicht ihm gehören.

Für manche mag dies das Gleiche sein. Für mich nicht.

Nach der Beziehung mit Brandon bin ich vorsichtiger geworden.

Viel vorsichtiger.

Aber ich erkenne erst jetzt, wie unfair das Aiden gegenüber gewesen ist.

Dieser Outlaw hat mich von Anfang an wie eine Prinzessin behandelt und mir nie auch nur einen Grund gegeben, an seiner Loyalität zu zweifeln.

Er würde mich nie verletzen, er würde mir nie die Knochen brechen oder mich irgendwie anders unter Druck setzen.

Der Vizepräsident des *Poison Death Motorcycle Clubs* war einfach immer für mich da.

Und jetzt ist der Augenblick gekommen, an dem ich mich dafür entscheiden muss, für ihn da zu sein. Und zwar für immer.

Gespannt, wie er auf meine Entscheidung reagieren wird, sehe ich ihm tief in die Augen und erkenne die Liebe darin.

Zugegeben mit dem „Aber?", das ihm über die Lippen kommt, habe ich nicht gerechnet.

Irritiert schüttle ich den Kopf.

„Was aber?"

„Was willst du dafür, dass du das Lady-Leder anlegst?"

Seine Frage bringt mich zum Schmunzeln.

„Dich. Einfach nur dich, Aiden."

Der Griff, mit dem er mich auf seinem Schoß gefangen hält, festigt sich. Ich spüre die harte Beule seiner Erektion an meinem Hintern und weiß, was ich jetzt brauche.

Hungrig beuge ich mich vor, streiche mit meinen Lippen über die seinen und weiche, als er mich richtig küssen will, blitzschnell zurück, was ihm ein wütendes Brummen entlockt.

„Nicht hier. Bring mich rein. Ich will dich in mir spüren."

Das muss ich meinem Rocker nicht zweimal sagen.

In der einen Sekunde sitzen wir noch auf der Bank und genießen die warme Frühlingssonne, in der nächsten trägt er mich mit großen Schritten am Haupthaus vorbei zu dem Nebengebäude, in dem sich seine Wohnung befindet.

Doch wir schaffen es nicht bis hoch, sondern bleiben einfach im Treppenhaus stehen, ehe wir wie wild übereinander herfallen.

Seine Hände sind plötzlich überall, schieben sich unter meinen Pullover, legen sich auf meinen Po und verpassen ihm einen Klaps.

Pure Lust breitet sich in meinem Unterleib aus.

Wenn ich ihn nicht sofort in mir spüre, drehe ich durch.

„Fick mich!"

„Oh, das werde ich!"

Keine Sekunde später hängt mir die Hose an den Knien und ich werde grob herumgewirbelt.

„Stütz dich an der Wand ab!"

Ich folge dem Befehl und zittere dabei vor Ungeduld.

Das *Ratsch* seines aufgehenden Reißverschlusses und das Klirren des Gürtels verraten mir, dass es gleich so weit ist.

„Bitte ..."

„Fuck! Gleich, Prinzessin."

Und dann spüre ich die runde Spitze seines Gliedes an meinem Eingang und schiebe mich ihm ungeduldig entgegen.

Dick und lang dringt sein Schwanz in mich ein, dehnt mich aufs Göttlichste und entlockt mir einen lauten Schrei.

„Davon werde ich nie, nie, niemals genug kriegen."

Sein gebrummtes: „Das will ich auch hoffen, denn ich werde nie, nie, niemals aufhören dich zu bumsen!" sind die letzten verständlichen Wörter für die nächsten Minuten.

Aiden stößt entschlossen zu. Sein Penis gleitet so unfassbar tief in mich hinein, dass ein bittersüßer Schmerz entsteht.

Ganz egal wie oft wir schon miteinander geschlafen haben, mein Körper hat sich immer noch nicht an seine Länge und Kraft gewöhnt.

„Sorry!"

Ich will keine Entschuldigung. Ich will mehr.

„Mach das noch mal!"

Er zögert, um ihm zu zeigen, wie ernst es mir ist, spanne ich meine Vaginalmuskeln an, was ihn die Zähne fletschen lässt.

„Du bist verrückt, Prinzessin."

Oh ja. Verrückt nach ihm.

Endlich gibt er mir, was ich brauche. Seine Finger legen sich um meinen Nacken. Er drückt mich noch etwas weiter nach vorne, wobei ihm meine Rückseite entgegengeschoben wird.

Der Winkel, mit dem er nun in mich eindringt, ist perfekt.

Es wird nicht lange dauern, bis ich mit einem lauten Schrei komme.

„Du bist so fucking perfekt. So perfekt. Ich kann nicht glauben, dass du mir gehörst. Ich kann es nicht abwarten, dich von hinten zu nehmen, während du nichts weiter als meine Kutte trägst!"

Er stößt noch etwas fester zu.

Das Wimmern, das in mir aufsteigt, vermischt sich mit seinem Fauchen.

Die linke Hand um meinen Bauch schlingend, stützt er mich, ehe er so richtig loslegt.

Flammen lecken an meinem Kitzler. Meine Nervenbahnen fühlen sich so an, als würden sie zum Brennen anfangen, während mein Outlaw mich immer härter und tiefer fickt.

Vor meinen Augen tanzen goldene Punkte, meine Knie geben nach – Aiden macht weiter und immer weiter.

Der über mir hereinbrechende Orgasmus ist der Erste von vielen.

Und während ich zerfließe, bleibt mein Biker im wahrsten Sinne des Wortes hart.

„Ich könnte dich mein restliches Leben durchgehend ficken."

Indem er sich erneut bis zum letzten Millimeter in mir vergräbt, beweist er mir, wie ernst es ihm damit ist.

Mein Schoß zieht sich erneut zuckend zusammen.

Immer mehr Feuchtigkeit läuft aus mir heraus, während sich Aiden immer schneller in mir vergräbt. Das Geräusch unserer aufeinandertreffenden Körper gibt einen schnellen Takt vor.

Die Augen schließend, gebe ich mich meinem Mann hin, überlasse ihm die Kontrolle und spüre bis in den hintersten Winkel meines Herzens, dass ich die richtige Entscheidung getroffen habe und dass es meine Bestimmung ist, zu diesem Outlaw zu gehören.

Dieser Club, dieser Mann und das Leder, das ich ab heute tragen werde, sind mein Schicksal und ganz egal, was die Zukunft auch für uns bereithalten wird, zusammen werden wir es schaffen!

Zusammen werden wir glücklich sein.

„Fuck! Ich komme, Baby."

Süchtig nach dem Gefühl seines pulsierenden Glieds ganz tief in mir, drücke ich mich ihm willig entgegen und seufze zufrieden, als sein heißes Sperma mein Inneres füllt.

„Gott, war das gut!“

Er hört mein atemloses Flüstern, lacht und drückt mir einen Kuss auf den Hals.

„Ich brauche dich, Sarah. Du hast keine Ahnung, wie glücklich du mich mit deiner Entscheidung, endlich meine Old Lady zu werden, gemacht hast.“

Doch, das habe ich.

Mit einem Zischen zieht er sich aus mir heraus. Ich keuche bei der Reibung und will schon wieder mehr.

Dank dieses Bikers habe ich mich in ein unersättliches Sexmonster verwandelt.

Über meine Reaktion lachend, verpasst er meiner Rückseite einen leichten Klaps und macht sich daran, sich anzuziehen. Ich tue es ihm nach, drehe mich dann langsam zu ihm um und sauge jedes noch so kleine Detail in mich auf.

Die schweren Boots, die ausgewaschene Jeans, das Leder und die Waffe, die sich darunter befindet. Ich betrachte die vielen Patches, inzwischen weiß ich auch, was sie bedeuten, und halleluja! Wenn ich nicht zu 100 Prozent überzeugt davon wäre, dass Aiden keine Gefahr für mich darstellt, würde ich schreiend davonlaufen.

Dieser Outlaw ist vieles, aber bestimmt nicht harmlos und plüschig. An ihm ist einfach alles hart, unnachgiebig entschlossen, kampfbereit und maskulin.

Und auch wenn ich es nur ungern zugebe, verdanke ich es seiner ungefilterten Gewaltbereitschaft und seinem Hang zur Brutalität, dass ich mich bei ihm so sicher fühle.

Aiden ist in der Lage, mich zu beschützen, und ja, das finde ich wirklich unfassbar sexy.

„Komm schon Prinzessin, lass uns dein Lady-Leder holen.“

Er streckt mir seine Hand entgegen, ich ergreife sie und lande prompt in seinen starken Armen.

Den Kopf in den Nacken legend, sehe ich zu ihm nach oben, ertrinke in den grünen Tiefen seiner Augen und spreche das Allererste aus, was mir in den Sinn kommt.

„Ich liebe dich, Outlaw.“

Die Zeit stoppt, die Erde hört auf sich zu drehen, Aiden hört auf zu atmen.

Seine Mimik wird ernst, die Muskeln, die mich umschließen, spannen sich an, und an seinem Kiefer beginnt es unheilvoll zu zucken.

Scheiße!

Hätte ich das etwa nicht sagen dürfen?

War es zu früh oder einfach der falsche Moment?

„Wiederhol das!"

Seine Stimme ist so rau, dass ich sie kaum wiedererkenne.

„Wiederhol das, Prinzessin. Sofort!"

Eine Woge der Unsicherheit steigt in mir auf.

„Ich liebe dich."

Nervös beobachte ich, wie sich seine Nasenflügel blähen.

Das Herz schlägt mir bis zum Hals.

Für eine gewühlte Ewigkeit starrt er mich ohne zu blinzeln an.

Dann kommt ihm ein gezischter Fluch über die Lippen, die Anspannung entweicht genauso schnell, wie sie gekommen ist und seine Mimik verliert den furchteinflößenden Ausdruck.

„Ich liebe dich auch, Prinzessin."

Danke, lieber Gott!

Dankkkeeee ...

„Sicher? Du hast gerade ausgesehen, als würdest du in den Krieg ziehen."

„Ganz sicher! Ich habe das vorher nur noch nie zu einer Frau gesagt."

Wow!

Das macht es dann umso bedeutender.

„Und ich werde dafür sorgen, dass es auch nie so weit kommen wird. Deine Liebe gehört mir, genau wie die meine dir gehört."

Er beugt sich zu mir herab, doch bevor sein Mund den meinen berührt, brummelt er mir ein „Das will ich auch hoffen!" zu, ehe seine Zunge in mich hineintaucht und alles andere unwichtig macht.

Nach langer Zeit haben wir unser Glück gefunden ...

Ende

Buchempfehlung

Kennt Ihr schon alle Romane von Bärbel Muschiol?

LESEEMPFEHLUNG: „Vom Mafiaboss verführt. Mafiaroman“

Klappentext:
Francesco Esposito ist der Capo di famiglia des mächtigsten Mafia-Syndikats Italiens. Eine Familie zu gründen hatte für ihn bis jetzt keine Priorität. Aber der letzte Wunsch seines verstorbenen Vaters lässt ihm keine andere Wahl. Da kommt der Zufall ihm plötzlich zu Hilfe: Eine verzweifelte Braut auf der Flucht vor ihrem treulosen Verlobten stolpert in sein Leben. Das muss Schicksal sein! Er entführt sie in sein Reich und kennt sich bald selbst nicht mehr wieder. Diese Frau weckt Emotionen in ihm, die er bis jetzt nicht kannte! Lena ist hin- und hergerissen. Denn dieser Mafiaboss ist einerseits ein Macho, wie er im Buche steht. Er ist arrogant, anstrengend, selbstverliebt und einfach unmöglich. Doch er ist zugleich wild, zärtlich, besitzergreifend und die Nächte mit ihm so unglaublich gut, dass sie es kaum glauben kann. Obwohl sie es nicht will, begehrt sie ihn wie noch keinen Mann zuvor. Alles könnte perfekt sein, doch Francesco weiß nicht, wie Lena reagieren wird, sobald er sie mit seiner dunklen Seite konfrontiert. Kann sie sich damit abfinden oder wird sie sich für immer von ihm abwenden? Ein Happy End oder eine Tragödie – das Schicksal steht auf des Messers Schneide!

Taschenbuch ISBN: 978-3-96586-719-2
eBook ISBN: 978-3-96586-719-2

Klarant Verlag

Lernen Sie die Titel des Klarant Verlages kennen und besuchen Sie uns im Internet unter:

www.klarant.de

Sie können dort Näheres über unsere Autoren erfahren, viele weitere interessante Bücher und eBooks finden und Leseproben herunterladen.

Mit dem kostenlosen Newsletter unter

www.liebe-lesen.de

erhalten Sie aktuelle Informationen rund um das Verlagsprogramm, wie beispielsweise spannende Neuerscheinungen und Gewinnspiele.